陕西省重大文化精品项目

慢生活

原 | 创 | 小 | 说 | 系 | 列

特约顾问 方英文 丛书主审 叶广芩

别离

李晋瑞 著

西安交通大学出版社
XI'AN JIAOTONG UNIVERSITY PRESS

图书在版编目(CIP)数据

别离 / 李晋瑞著. — 西安：西安交通大学出版社，
2021.7

（慢生活原创小说系列）

ISBN 978 - 7 - 5693 - 1342 - 0

Ⅰ．①别… Ⅱ．①李… Ⅲ．①长篇小说-中国-当代
Ⅳ．①I247.5

中国版本图书馆 CIP 数据核字(2019)第 217442 号

书　　　名	别　离	
著　　　者	李晋瑞	
责任编辑	周　冀	
文字编辑	何　园	

出版发行	西安交通大学出版社
	（西安市兴庆南路 1 号　邮政编码 710048）
网　　址	http://www.xjtupress.com
电　　话	(029)82668357　82667874(发行中心)
	(029)82668315(总编办)
传　　真	(029)82668280
印　　刷	西安五星印刷有限公司

开　　本	700mm×1000mm　1/16　印张 13　字数 255 千字
版次印次	2021 年 7 月第 1 版　　2021 年 7 月第 1 次印刷
书　　号	ISBN 978 - 7 - 5693 - 1342 - 0
定　　价	68.00 元

读者购书、书店添货，如发现印装质量问题，请与本社发行中心联系、调换。
订购热线：(029)82665248　(029)82665249
投稿热线：(029)82668133

蒂凡尼灯罩

（代序）

　　真正的作家必须要有一颗真诚的心，只有真诚的作家才能赋予文学真正意义。文学不仅提供美，不仅提供善，文学也提供真。倘若美的东西更接近真，真的东西更近乎善，善的东西能让人产生愉悦感受美好，那么真、善、美便有了同一本质。很多年来，我们一直相信眼见为实，做到真实记录，可是，到头来发现，我们还是被骗了。生活充满欺骗，那些新鲜的、陌生的、华丽的、奇幻的、不可靠的东西，总想围攻我们，诱捕我们，只要我们稍不警惕，刚刚离开我们的内心 0.01 毫米，就会落入庸俗和媚俗的旋涡。

　　当我发现这个问题后，我便极力去克服。我力求真诚，把真诚作为标杆，努力为心而写。我们知道，只有映照于内心的世界才是真实世界，只有芬芳内心的花朵才是真的芬芳，只有内心的痛才是真的痛，只有内心的伤才是真的伤，只有听从内心的人才最可爱。一个人如果违背内心，那么无论他的声音多么铿锵，文字多么优美，那也只是一种虚伪。事实上，优秀的作家总是行走在内心的道路上，无论艰难与否，都将矢志不移。

　　人们为什么要离开那个夜如白昼的广场，欣然坐到一张小桌前促膝交谈？这个问题让我想到夜色中那只灯光亮起时的蒂凡尼灯罩。我喜欢蒂凡尼灯罩，喜欢那些色彩柔和，充满暖意，且表里如一的玻璃片，喜欢它的随意和规制的不必统一，喜欢工匠的精心与巧手，以及那条隐秘却很刚硬的锡线。当我看到它时，就像看到我们的生活。因为制作蒂凡尼灯罩，材料不能掺假，否则灯罩泛不出迷人的光，工匠不得投机、偷懒，否则玻璃片就会一盘散沙。而对于一名写作者来说，放下脑子里的那些虚幻的神圣，去记录、去阐述、去表达、去下定义，或者，再去否定定义，我们何尝不是一名工匠呢？

　　《别离》就是我制作的一个蒂凡尼灯罩。虽然不敢说是我的得意之作，但绝对是我的一次挑战和尝试。幸运的是，在写作期间，几位良师益友给了我关键性的帮助：一位是戴冰先生，在他的《穿过博尔赫斯的阴影》里，我读到了"有时候，时间就在空间里"的句子；一位是浦歌先生，在我和他一起穿街过巷畅谈文学时，他提到小说语言的"自然"问题，而之前我一直迷信"从容"；一位是郭艳老师，在她的课堂上，我听到了小说的"精神结构"。感谢他们，如果不是他们，我无法想象自己还能否有勇气、有能力，将一箩筐的碎玻璃片，拾掇并粘合成一只漂亮的蒂凡尼灯罩，让它去照亮读者。

《别离》完成后，我曾想用《卸了妆的独白》做题目，后者更直白，更强硬一些，可是作为一部文学作品，干吗不厚道一些，朴实一些呢？于是，我听从妻子的建议，选用了前者。关于这部作品，我不在这里讲它的意义。文学作品的意义永远该留给读者。写作者需要做到的，只是真诚。

李晋瑞　于太原

C目录
ontents

第一部

MIHAIXIDEHUIYI

米海西的回忆

这是千百万中国家庭的现实投影。这里没有跌宕起伏充满传奇的故事。

但我相信，我们的灵魂只有归于真实的日常时，它才会露出真容。

——作者

第1章

这么说吧，那是八月初的一个下午，令人头晕目眩的炙热还在兴头。要在乡下，阳光一定正照着满是收获的土地，蝈蝈在荆棘丛里鸣叫，黄色的柴胡花和紫色的风毛菊成片盛开。而我，却在城市的一家咖啡馆和米罗约会。

咖啡馆里，客人不多，多少显得有点冷清。不过，那些独自品着咖啡，或正和同伴聊天的客人们，每个人看上去都那么轻松自如、从容洒脱，仿佛内心里没有一点尘埃。在"初看春花红，转眼已成冬，匆匆，匆匆……"低沉、舒缓的背景音乐声中，我踯躅前行，我慢慢打开糖罐，我发现里面只剩下一小勺糖了。可我的托盘里，却摆着两杯咖啡。此时，米罗正双手相叠，斜倚在椅子上。他那两截儿又白又瘦的小腿露在外面，一只脚在桌下不停地踮着，样子既冷峻又自信。究其实，那不过是一个年轻人掩饰不住的芳华与青春罢了。

我把罐里的糖全都倒进一只杯里后，来到米罗对面坐下。我看似平静地向他解释为什么没有替他拿加冰的可乐或冰镇啤酒。他有两顿饭没有下肚了，说不定是三顿。当然空腹喝咖啡也不好，所以我帮他取了蛋挞和蛋糕。我把有糖的那杯咖啡放到他面前，看着他，希望他坐正了和我说话。

这是我和米罗的第一次约会，正式约会。我们还没开聊，气氛就已严肃。米罗不看我，喝咖啡时也不抬头（我宁愿相信他是自觉理亏），但很有可能是，他觉得自己长大成人了，不想再接受别人指手画脚。可我不是别人。我是他父亲。再过一个月，米罗就要离开我，离开他妈妈，像首次离巢远飞的雏燕去往南方了，可他浑身上下的稚气还未褪尽，更要命的是，就在一天前，一个与他要好的姑娘跳楼了，米罗为此抓起刀冲向他妈，尽管母子情深，没有酿成大祸，可毕竟性质恶劣，不能不叫人深思啊。

　　我试着说一些不痛不痒无关紧要的话，算作开场白。我尽量做到语气温和、动作平缓。米罗却似乎并不买账。他神情专注，只是盯着桌上的咖啡看，一直看，一直看，仿佛那杯既苦又甜的咖啡就是他来这一趟的全部目的。这让我们陷入尴尬。我只好也去看他，看他细长的手指，红润却扁平的指甲，右手中指那个泛白的硬茧，以及指关节处那些柔软稀疏的毛。臭小子！手都长毛了！我想告诉他，我不是法官，也不想做法官，我是他的爸爸。但在他看来，这就是法庭，就是审问，我已经准备好了一肚子问题要他来回答。是啊，在没有看到他之前，我确实这么想，我甚至还想过开口前要先抽他一巴掌。可是当他，我的儿子，出现在我面前时，我那些本来要说的话，就一句也说不出了，更别说再动手打他。

　　"那姑娘……我是想说，彭波她……，"我最终得和米罗开口说话。我说，到底是为了什么呀？不会真像大家传的那样吧？其实我想跟米罗说的是，在那几秒钟里，那个叫彭波的姑娘，在空中快速坠落，风在她耳边呼啸，楼房像中了魔，变成一根根直线向上猛蹿，整个世界都颠倒了，她搞不清自己是在坠落，还是在上升。那时，她就没想过自己赶紧长出一对翅膀来？毕竟是十八层楼啊，她那么年轻、漂亮，情窦初开。她又不是一袋垃圾。

　　米罗揉揉眼，但不是哭。我知道他还在心痛，那姑娘是他的至爱，说不定是初恋。初尝爱情的年轻人容易轻狂，难以把持自己，尤其他还是我米海西的儿子。他不接我的话，然后像解说员一样按部就班地对我说，那姑娘跳得很好，很彻底，甚至是完美；说那姑娘至少解放了，再不用"亚历山大"了，也不必再用空洞的笑来掩盖自己的空虚了；一切都云消雾散，归于了真实。他在拿那个姑娘向我挑战，在向我示威。我心里这么想。

　　可是，什么是真实呢？真实就是，一个叫彭波的女孩跳楼自杀了，无论米罗怎样想她，她都不会再对他笑，他也再听不到她的声音，得不到她的回答了；真实就是，那个姑娘太自私，根本不知道"身体发肤，受之父母"的道理，自以为结束自己就结束了一切；真实就是她让米罗抓狂、发疯，抓起刀仇人似地冲向自己的妈妈。真不错啊！我的米罗居然这么有出息，他居然用刀比着自己的妈妈。知道吗，那把刀，是他十六岁生日时他妈妈送他的礼物，水红色的，很漂亮，上面有一个小小的白色十字标记。他很喜欢。他现在还喜欢吗？还能喜欢吗？它变成了一把凶器。我看着米罗，莫名地害怕米罗身上表现出的那种自信和冷峻，因为我看到了一个年轻人毫无理智可言的盲目与自负、冷漠和无情。在我的印象中，他是个温顺听话的孩子，我无法接受他这种年轻气盛式的突然转变。

"不过是把瑞士军刀，也就切切水果，开开罐头，野营时才用。"我想米罗会如此辩解。可是，对于一个动了杀心的人来说，牙齿也是致命武器。"那只是一时冲动。"他还有可能这么说。可是……一时冲动怎么了？那姑娘不就是因为一时冲动吗？难道冲动就该得到原谅？

我们坐在那里。彼此不去正视对方。后来，我问起那把刀，我说："它还在你身上吧？"我知道所有男人都喜欢舞枪弄棒，那些刚硬锋利的铁器让男人觉得自己更像个男人，我年轻时也很喜欢。米罗还是不搭话，他那剪成平头的脑袋微微低着，却满是不服和反抗。我看到他下巴上黑色的胡须，不知道为什么，胡须里透出的硬朗给我提了个醒，兴许我该多一点耐心，换种眼光去看这个年轻人，就像看自己一样去看他。我不再提刀的事，而是让他喝咖啡时就上几口甜点。这次，他照做了，嚼得很慢，那种有板有眼的嚼法很像我爸。我说："昨晚你妈一夜没合眼。她一直哭。我们不知道你去了哪里。你身上有刀……我本来想……你妈却不让我报警。你知道的，你妈很担心，你知道的，她担心的不是那刀子。"

米罗还是一副无动于衷的样子。哦，他无法体会父母的感受。但无论如何这次聊天得开诚布公，起码我要坦然相待，我得推倒那个樊篱，走进孩子的心里去，就像他曾经强烈要求过的那样——就像知心朋友。当然，在心里我还是愿意把我们的关系定位于父子，我姓米，我妻子姓罗，我们响应国家号召，一对夫妇只生一个好，我们给我们唯一的孩子取名米罗，他是我们的结合体，是我们的下一代，是我们生命的延续。我是说，难道世上还有比父子关系更为亲近的关系吗？我不知道那些受到某种蛊惑的人，为什么非得让自己和孩子做朋友，难道朋友就意味着平等，父子就代表着压迫吗？父母就是父母，孩子就是孩子，这种天然的关系过去成立，现在成立，将来成立，永远成立。平等只不过是种心态，一种语气，一种技巧，那些借口时代不同的人，真是居心叵测。时代当然会不同，时代永远会不同，但总爱拿时代来说事的人，我觉得他们并不能真正理解时代。

过了一会儿，米罗的肚子大概不那么饿了，他把手伸进裤兜，将刀掏出来摆在桌上。没错，就是这把水红色的瑞士军刀，只是靠头的地方明显缺了一块，是新茬儿，但我没问，一看就是刚摔的，说不定就在他临进这咖啡店之前。我也没去拿刀，米罗能主动拿出来，就说明他已经意识到了什么，我心中的警报就可以解除了。米罗肯定希望我把刀收走。他一定恨死了这把刀。可我没那么做,无论那把刀是礼物,还是凶器,它都应该由米罗来处置,因为那片不服的阴云依然在他脸上,是的,他不服,因为他觉得自己是生活在一个崭新的世界里,而他面前的这个中年人,尽管是父亲,那他,也是一个活在旧世界的人。总之,他是新的,时尚的,新潮的,而我是老的,陈旧的,迂腐的。这是新与旧的对抗!年轻人阳光、鲜活、朝气蓬勃,棱角分明,铿锵有力,而我们这些中年人,灰暗、模糊,不是似是而非,就是死气沉沉。可他们哪里知道,太过年轻的他们其实就是一朵朵含苞待放的花。他们认为自己的理想紧贴花瓣,只要能量足够,时机一旦成熟,花朵一旦绽放,满世界的阳光、满世界的幸福就是自己的了。可他们并不知道自己有多天真,毕竟他们只是通过萼片间那点小小的罅隙得到了一点点外面世界的信息,而我们的世界又是如此不堪,如此狡猾,它不可能轻易就让一个孩子看清它的本来面目。我是说我们认识世界是个漫长的过程,如果谁要过早地相信了自己,那谁也就过早地变成了傻瓜。

这是我们父子间一次推心置腹的交谈,我努力做到平静,尽量不让米罗觉得我啰嗦……但是,说一些空话是避免不了的,我只能保证尽量少说,其中还有一个原因就是,在孩子那里,大人们所有的说教都是空话,但是作为大人,又不能不说,因为那是他们的天职。于是,我和米罗说,我讲你听,我只是想给你提供一些我的经验和建议,你不必言听计从,如果可能的话,你最好能有一些自己的思考,自己的判断。我说,前段时间,我在你的桌上看到一本《庆祝无意义》,而不是《盗墓笔记》《天龙八部》《鬼吹灯》,或《哈利波特》,这很好。《庆祝无意义》里,阿兰走过巴黎的马路,看到低腰长裤、超短T恤、肚脐裸露的少女,心就乱了,迷惑了,于是开始思考。我希望我的儿子也能在这高处,透过玻璃看着外面形形色色的世界开始思考。你不是想当作家嘛,真正的作家是从思考开始的,当然,现在太多的作家并不思考,他们不是没有能力思考,就是没有时间思考。米罗,你得在熙攘的人流中找到自己,然后发现别人,就像现在,我们躲在玻璃墙后,做个生活与世界的偷窥者。一个人要真正成长,也得从思考开始,而不是喝着酸酸乳和奶酪只长个子。孩子,只有思考的人,面对人生才会心存意义,如果人生只是衣食住行,那么当这些东西满足后,我们是不是就该端一杯茶或咖啡,呆呆地坐到太阳下等死了呢?

但是,这些话我并没有说,也不能说,我只能对米罗说:"孩子,你要进入人生新阶段了,将来你会独立面对许多东西。彭波死了。人死不可复生。相信这件事已经让你想了很多。我想说的是,一个人将来变成什么样子,会遇到什么事情,都不是我们所能预料的,而且每件事也不像我们看到的那么简单。就说昨天晚上吧……你得知彭波的事,用刀比着你妈。你一定有你的理由,我们可能不知道,但这里面，一定也有很多你不知道的事情。当时，你像疯了一样对你妈，你的胳膊和嘴唇，连下巴都在颤抖，那不是痉挛，米罗，你的神情中是绝望和仇恨，那一刻仿佛整个世界都成了你的敌人，整个世界都对不起你，你恨不得用刀捅了这个世界，真的吓到我了，我愣在旁边不知道如何是好……你不必再往下低头了，孩子，我是你爸爸，曾经也像你一样年轻，我只是想和你聊聊。可以吗？哪怕讲讲我的故事。其实，我们每个人都和宇宙一样神奇，都有未解之谜，但我们又是分不开的，你想想，我们身边的所有事物，一个个看上去都是独立的个体，但在本质上，其实都与周遭发生着紧密的联系，环境、气候、家庭、饮食、文化，甚至是远古时期发生过的一次洪水，一粒在风中流浪了几十个世纪的沙子，如果我们忽视了它们，那我们，就变不成现在这个样子。我们每个人都希望自己像孙猴子一样，是从一块巨石中崩裂而来，这怎么可能呢？孩子，我们是连在一起的，用一句玄妙的话讲，我们存在于某种‘道’中，一种冥冥中的注定。所以，你还是听一听吧，这些故事有助于你了解咱们家，有助于你改变对我的看法，还有可能有助于你理解人生。"

窗外响起几声闷雷，天有点阴了，但依然热浪滚滚。米罗似乎"哼"了一声，又似乎没有。不过我看到他点了头，尽管动作很小很小。兴许心绪慢慢平静的他，重新又恢复了往日的温顺。于是，我开始讲。当然，我得先让他喝口咖啡。米罗的嘴唇有几处已经开裂了，精神也软塌塌的，毫无斗志。

第 2 章

　　我叫海西,很明显我该有一个哥哥叫海东。是的,我家姓米,我有一个哥哥叫米海东。我们的名字里都带一个"海"字,但我们出生的地方却与大海毫不沾边,我哥哥到死都没有见过大海,他见过的最大的水,也只是农村里那种用来沤麻的池塘。我们的名字我妈说是我爸起的,我爸说是我妈起的,但当他们面对面的时候,就说,谁起的没有关系,关键是好听,尤其是那个"海"好,既开阔,还深不见底,想想都比山沟沟里抬头看到的巴掌大个天有出息。

　　好听不好听先不说,起码我们的名字有气势,像文化人起的。这得益于我妈,我妈是小学教师,虽说是民办的,但比村里的大部分人有文化;也得益于我爸,我爸长年躺在床上,但人家是工人,是国家正式职工,他身边总是有很多书,当然不仅仅是村里传来传去的《岳飞传》《三国演义》《儒林外史》《三侠五义》,这些书他早看过了,他还订了不少杂志,他说只要他看书,那我们就甩不下他(仿佛我们一心要把他甩掉一样)。为此,我妈给他做了一个简易书架放他面前,他可以用嘴叼着一根筷子自己看,我妈有空时也给他读。我妈喜欢读中国作品,我爸却喜欢看外国作品,他们经常为那些长长的外国名字抬杠。我妈说:"这些外国人,真麻烦,怎么非得起这么老长的名字呢?"

　　我爸嘿嘿笑:"我倒觉得,你应该好好谢谢人家。"

　　"谢他们啥,谢他们浪费我的唾沫?"

　　"你没有发现,自从你读了那些外国小说,你的口齿可是伶俐了不少?"

　　"你是说我原来口齿不伶俐? 原来我也挺伶俐的吧!"

米罗,你回过老家,知道咱们那个村庄的,它建在半山腰上,四周山高壑深。在那种环境里生活,自然很少受到外面冲击,或者说,外面的冲击本来挺强的,来势汹汹,但从山口扑进去,左绕右拐,再经过山上那些乔木灌木拉扯,再落到地上时,就变得不那么强烈,也不那么硬性了,很多"必须的"变成了"或许"和"那样也行"了。因此,我们的生活要比山外古老一些、自成体系一些,也温情一些、安适一些,当然也要贫穷一些……实际上,是贫穷很多。不过在我们小的那些年头,哪里不穷呢!只不过是"小穷"和"大穷",一时穷和一直穷的区别罢了。但是,普遍的贫穷也有它的好处,因为普遍,大家也就不觉得自己有多穷了,心里的攀比自然也就没有现在这么重。

　　虽说是大家普遍贫穷,但各家的过法却各不相同。在我的印象中,我们家似乎比别人家要显得富裕那么一点点,一点点,你懂吗,仅仅是多一个有机玻璃扣子,从你家借出来的改锥手柄是完好无损的,或你们家比别人家多那么几个细瓷碗,那么人家就会认为你家的光景是在人家之上。这种不同,是细小的,也是微妙的,我们家表现得似乎要突出一些,使我从小就不自觉地产生一种莫名其妙的优越感(很可能是我把"不同"与"贫富"在脑子里发生了混淆)。我说不清这与我们家住在村庄最高处是否有关,但住在高处确实让我们无形之中显现出了一些趾高气扬。我们家三眼窑洞,院门外是一个炉渣堆出来的高坡,我们出门总是昂首挺胸,别人来我家,却得弯腰低头,一种地理优势变成了我心理上的优势,有意思吧,尤其是那个炉渣坡,在村里孩子眼里,它可不只是炉渣坡,尤其是夏天,蜀葵开放的时候,孩子在里面钻来钻去,就像寻宝,我很小的时候喜欢站在上面威吓他们:"你们都乖乖听话啊,要是不听,我就站在我家门口尿泡尿把你们家冲了。"那些孩子仰头看看陡陡的炉渣坡,又看看我,还真就怕了。

　　那个炉渣坡孩子们都喜欢。他们踩着炉渣坷垃,在那里寻找葡萄糖和链霉素的橡胶软瓶盖、开塞露空瓶和皱皱巴巴的避孕套。他们在软木瓶塞中心插上火柴棍做陀螺,把开塞露空瓶吸上水装在口袋里当滋水枪玩,避孕套用来当气球。农村孩子眼里的脏和城里孩子不一样,我们觉得泥土、鸡屎猪粪脏、鼻涕脏、哈喇子脏,我们脑子里没有细菌的概念。大人们每次看到孩子把避孕套当气球吹就骂,说那东西脏,但孩子不听,因为他始终听不明白那个"脏"到底是什么意思,因为在我们看来,避孕套再脏,也没有猪尿脬脏,而且吹起来还比猪尿脬要省力。我跟米罗说,对于现在的孩子来说,发现一截四棱形的木棍,一个破旧的风箱,一个灯泡还能亮的汽灯觉得好奇,可对那时的我们来说,一个针管、半尺电影胶片、一段橡胶塑料管却是难得的稀缺资源,尤其是那些和"工业"沾点边的东西。我们常常讨好村电工,却只是为了得到一截儿保险丝(保险丝可以写字)。我们一度认为邮递员的自行车从街门口通过发出的声音,是世界上最好听的声音,汽车的尾气是我们闻过的最好闻的味道,所以谁家马蹄表坏了,几个金灿灿的黄铜齿轮就会让我们兴奋上好一阵子。正是因为这些东西,我就觉得我们家要比别人家高那么一些,因为我家给他们提供了稀缺资源。因此,虽然我也和那些孩子一起摔跤、爬高、跳皮筋、滚铁环、"抓特务",但我和他们有着本质上的不同,精神上的不同。

"米罗,你有过这种感觉吗?无论别人怎么看你,都觉得没什么不同,但你就是认为自己与别人不同。"我说。

米罗呷一口咖啡,轻轻抿嘴唇。他大概是第一次品尝真正的咖啡,我本想告诉他一杯真正的咖啡,不应该添加任何东西,不要奶,不要糖,什么都不要,就品咖啡本身那种纯纯的味,我还想告诉他随着烘焙程度的不同,咖啡会产生什么不一样的口感。可我发现他已经在认真听了,尽管他的表情依然那么冷酷,但不再那么无情了。他不说话,但眼睛却仿佛在对我说:"你们那时候,难道每个人都那样?"这时,他没有不耐烦地把杯里的咖啡一口倒进嘴里起身走人,比我预想的情况已经要好很多了。

我接着说,我们活在这个世上,我们总感觉自己是在独自前行,我们自顾自低头迈步,却忽略了周围的陪伴,或一起和自己努力的人。这其中,最容易被我们忽略的就是我们的父母,我们总觉得他们对我们寄予厚望,不断干预我们,自以为是地凭着那些过旧的经验对我们指手画脚,我们却没有意识到他们是我们的后盾,是我们的保障,是我们的灯塔,是那个宁愿把自己燃烧,宁愿将自己扔出去为孩子投石问路的人。我们和他们在一起待得时间太长了,我们只听到他们唠里唠叨,不停地说教,却没有体会到他们尽心尽力的付出。

"你体会到过吗,孩子,你妈妈的付出?你大概觉得她是你妈,她就应该那样。"

这似乎也能说得过去,因为为孩子付出是父母的天职。只是……其实,哪个父母的付出,都没想过要孩子回报。但是作为孩子,你应该看到父母的那份付出。父母的心甘情愿是一码事,孩子的用心体会是另一码事,父母不会因为孩子的视而不见就停止付出,孩子也不应该因为父母心甘情愿的付出,就觉得一切都理所当然。当然,不是每个孩子都能认识到这一点,在父母对孩子天然的真爱中,很多孩子都觉得父母的付出是自然而然的,是父母的日常,就像他们穿衣吃饭一样。我也曾经这么认为,尤其是对我妈,在我爸长年躺在床上,几乎剩下一个脑袋的家庭里,她的付出自然要比别的女人多很多。我是说,不仅体力上,还包括心力上,她默默做了多少努力我并不知道,我只是觉得我们家与别人家不同,我妈似乎也刻意要给我们营造出一种与别人家不同的氛围。譬如,我家的窗台是用彩色瓷砖贴的,而别人家的顶多用炉渣白灰泥粗粗抹上一遍;譬如,别人家的窗台可以摆上针线笸箩、要洗的脏裤头和袜子,我们家窗台上却摆着天竺葵和海棠。我们家院里种有丁香和百合,并没有像别人家那样种一棵苹果树或梨树;譬如我家院墙上从不摆有煞风景的破盆烂罐,更不会在里面养葱种蒜。"风景"在农村是个陌生词,更别说制造和欣赏风景了,我妈却似乎很懂这个,当然她也不说"风景",她只说,我们家虽然不能收拾得像个"景点儿"一样,但起码得拾掇得有模有样。

所以,我们家哪哪都是干干净净利利索索的,尤其是对我和我哥,我妈说,一定要走在人前。所以,夏天里农村的男人们会光着脊背端着碗串门,女人们会穿着背心在街上行走,我们家绝不允许。即使我和我哥午觉睡起来,那也必须得洗一把脸才能出门。现在回想起来,也许用"细致"来形容我们家,或形容我妈,比较恰当。如果不是有那个细致,那么我们家的窗棂油漆也不会刷得那么均匀,顶窗上糊的棉纸也不会那么平展,中间的剪纸贴花也不会那么讲究。正是因为有了"细致",我妈才让我们本该是粗茶淡饭的日子变得有滋有味,我们家的窗上才挂上漂亮的纱帘,我们家的地面才会擦得和故宫金銮殿一样光滑,我妈才有心情从半导体里引出两根线,线头系上铜钱,频道和音量都调到正正好,我爸想听时用嘴将铜钱摞到一起,不想听时只要将它们推开就行……

"孩子,这些东西你听起来觉得琐碎吗? 可生活就是这么琐碎。你细想想,如果你要粗线条地看,认为我们的生活就是吃了、喝了、生了、死了,那它也就简单到毫无意义了。我们活着,总得给自己一些活着的理由,我是说,如果我们用心去品味生活的滋味,感受生活的细节,那么我们就会在不断地变化过程中体会到了生活的意义,就像你奶奶一样,如果她粗枝大叶,得过且过,可以试想一下,那么我们家会变成什么样子呢,我不敢往最坏处想,但起码不是我所希望的。我这么说,你觉得空洞吗?"

米罗轻轻撇了一下嘴。我也不知道他是不是在笑。我自己倒是笑了。我似乎回到了自己的童年。这让我从心里拉近了与米罗的距离。我告诉米罗,我们家就连味道也和别人家不同。因为我爸的原因,家里少不了有针管、酒精、药膏、纱布和各式各样的药片。那些东西让家里散发出了只有在医院和保健站才能闻到的味道。我喜欢那种味道,曾经为那种味道感到骄傲。真是病态! 因为那些东西让我感觉我们家与外面世界有了某种关系。有时候,有些孩子突然到我们家来,他们怯生生地站在门口,无论我爸怎么叫,他们都不进去,其实我知道他们是来"闻"我们家里那种特有的"现代"味的。他们觉得那种味道是陌生的,是外面世界的味儿,潜隐着先进。在我们的教育中,我们不正是努力想让我们的孩子去探索陌生、追求未来、靠近先进的嘛。我知道,以色列的父母们就教育自己的孩子要勇敢,要得到视力所及的所有土地,他们教育孩子既要热爱脚下的土地,还要迈开步子去征服别的土地。孩子们在小的时候,还没有征服的勇气,但他们总是对陌生的东西表现出好奇心,慢慢地,慢慢地,好奇心就会引导他树立起自己的理想。"

"哦,你那时的理想是什么? 当作家?"米罗终于开口了。

"不是,"我说,"我想当工人。"

"工人?"米罗说,"这叫什么理想!"

我知道米罗的意思。但我也知道,他心中的"工人"和我心中的"工人"不同,很可能还错位。我只能告诉他"工人"在我们那时期意味着什么。我说,在我只能靠别人的解释才能理解世界的年龄段,我把天底下的人分成了三类,工人、农民、军人。农民靠天吃饭,终日只能和土地、牲畜打交道,军人保卫国家,工人却是一群靠技术为人类衣食住行服务的人。他们集智慧与手艺于一身,他们的面前是机床,是焊枪,是方向盘,是火车,是飞机,是轮船,是钻井平台。尽管我们所受的教育是在最终实现共产主义的伟大征程中,我们每个人都只是分工不同并无高低贵贱之分,但事实上,一个家庭,只要有一个成员在外面当工人,就是件令人羡慕的事。即便是侄儿侄女,也会有自豪感,因为他们会从书包里掏出漂亮的文具盒、不一样的笔记本,会自豪地说:"我叔叔是工人!"

"你爷爷,哦,我和你奶奶总是叫他'头儿',但别人叫他'大米'或'老米'。别看他是个废人,但因为他是工人,就让我们家在村里人心中有着不一样的位置。'人家是工人,过节单位有人来慰问,吃药报销,连订报看书的钱都不用自己出,要换成咱们,谁管你!'村里人经常这么说。"我妈当然知道这些,有一次她跟我说,我爸给我们提供了一个好平台,我和我哥得努力,可不能让我们家好不容易起飞了,重新又掉下来。落到实处,那就是我和我哥必须离开农村,到城市里去,起码得到厂矿去,实现身份转变,也就是说,我和我哥只有融入机器的轰鸣和拉响的汽笛声中,才算完成家庭使命。

这说法好像很荒谬,但不无道理。因为我妈是凭着自己几十年的经验总结出来的,经过各种运动的她,已经不再觉得孩子拥有一官半职或大发横财在村里建一座豪宅是祖上的荣光了。哦,现在人拜金钱拜权贵拜相貌,那是后来的事,在那时的她的眼里,她看到的是权贵们受到的磨难,她把对"无产阶级"的理解从政治范畴抽象出来上升到哲学,她从手艺人身上得到启发,朴素且真理般地认为"一招儿鲜,吃遍天"的正确性。无论谁掌权谁有钱,最终都离不开手艺人,我妈把"手艺"引申到"技术",那便是工人,便是工程师。她说:"和机器打交道好啊,机器不会去背后告黑状,也不会因为嫉妒置人死地。"但农村不需要工程师,农村只需要犁地的牛、拉磨的驴、下蛋的鸡,起码那时候是这样,工程师只有在城市才有用武之地。所以,很早我妈就想着,她的儿子,米海西有一天会站在一架自己设计的飞机或一台发电机旁拍照留念。我爸躺在床上,用在书上发现的东西和感悟给我和我哥做思想工作,他说,好些书里,把人生比作战场,要人们去厮杀,要不就是把人生比做游戏,要人们在"给与索"中寻得一种平衡。但他认为,人生其实就是一个自己跟自己过不去的过程,自己永远是自己的对手,一个人只有战胜了自己,才算真正的胜利。说到这里,他嘿嘿嘿笑,说:"你们别以为我躺在这里啥也不干,我忙着呢。"有时候我妈在旁边逗他:"那你说,你忙着干啥?"

"我在战斗。"我爸说,"你们不觉得我想死死不了,想活活不成,是在战斗? 你们以为我一天天躺在这里,滋润啊?"

我妈就说:"那你就别战斗了,多累人。"

我爸就说:"不行啊,哪能由得了我。"

那时我小,根本体会不到我爸,也理解不了他,还觉得他是故作矫情。他一天有吃有喝,两个儿子结结壮壮,自己的老婆精心伺候着他,把他养得白白胖胖的,还战斗个啥! 但我知道,我们家是各有分工的,我妈伺候我爸,我哥再过几年去我爸单位接他的班,我好好学习,通过考试考到城里。兴许是老小的原因,我妈对我要比对我哥娇惯,冬天学校教室冷,我妈就给我穿得厚厚的,即便那样,我的脸、手、脚还是常常会被冻伤,每次回到家手上抹凡士林站在火边烤,那种钻心疼和挠心痒啊。真是,就冲这份罪,我也应该好好学习,因为我妈说,到城里住上有暖气的房子,就不用再受这份苦了。

我看米罗,知道他没有这种经历,如果我再告诉他有的农村人冬天脚后跟儿开裂,还得用针线去缝,那他就更是无法想象了。米罗,连一个皲伤的脸蛋和一只冻坏的脚都没见过,即便是在暖和的晚上洗个澡,他妈妈也会叮嘱他涂抹护肤液。米罗正值青春期,自身分泌的油脂已经够了,他每天回家鞋都臭得不能进屋,衣领总像油浸一般,还要抹什么护肤品?"你懂什么呀!"每次他妈都会给我一句。似乎在生活上我就是一只低等动物。我理解她,她是母亲,母亲对自己的孩子,总是一方面希望强悍无敌,一方面又心痛孩子,像护一棵幼苗一样让他免受风雨。可是,这个世界是美好的,也是险恶的,是善良的,也是歹毒的,是温暖的,也是冷酷的,父母们都希望自己的孩子是王子,是公主,可是我们的社会哪里需要那么多王子公主啊,我们的社会需要的是不知疲倦的蚂蚁和勤劳勇敢的蜜蜂。总之,我觉得罗素兰对米罗太精心了,她不想把阳光下的阴暗告诉孩子,也不要提醒孩子人性的种种险

恶,她总说孩子还小,还小,还小,等他再长大一点点一点点,可是他什么时候才算
长大啊?十八岁?二十岁?二十五岁?不,我始终觉得一个人只能自己长大,在磨
砺中长大,长大是等不来的,别人也无法让他长大。但这些话我还是不能讲,我不
想在他面前诋毁他妈,也尽可能少讲大道理。

米罗开始慢慢搓手指,这是他紧张时的一个习惯动作。他在琢磨我的话,他知
道我说话不像他妈那么直接,他很可能觉得我是在借我的经历指责他缺乏志向。
其实我没有,因为我小的时候,我也没有。

"看来,你很小就很有野心了!"米罗说。

米罗的话让我感到意外,一个人的志向到他嘴里怎么就成野心了!但我又不
能说他不对,他的目光开始游移,我不知道他的话里还有没有其他意思,我只好顺
着他的意思说,是啊,我有。我说,你们这代人,生下来就衣食无忧。可我们不行。
我们得去奋斗,奋斗就得有目标,在农村时我一心想当工人,参加工作我当了工人
后,我就又想成为作家,托尔斯泰、纳博科夫、卡夫卡那样的作家。当然成为他们只
是我的野心,野心不一定能实现,但会给我动力。孩子,我似乎从来没有听你说过
自己将来要做什么,好像连上哪所大学都无所谓。我是说,一个人能早早确定目
标,就能比别人少走弯路,从这点上讲,明确目标还是非常有必要的,对吧,孩子。

米罗无所谓地摇头,似乎在忍受一段老掉牙的说教。

我问米罗:"还记得咱们家装小厨宝那件事吗?"

米罗摇摇头。现在的孩子啊!他们大概只记得我推着自行车去学校接他让他
在同学们面前丢面子的事了。不过,他有可能真不记得,因为在他看来,那件事再
正常不过,他至今也没有意识到自己哪里有不合适。

那天,一个工人到我们家安装小厨宝,工人师傅背着帆布袋进门,套鞋套、伏下
身,蜷曲在厨房的水槽下工作。家里厨房小,非常逼仄,用句行话说就是没有工作
空间。当时我在干什么,我不记得了,反正我叫米罗去帮忙。他倒是听话,一会儿
递扳手,一会儿拿改锥,一会儿又找抹布。当时他读初三,学习很紧张,他本可以在
自己屋里等师傅有事喊他的,他却坚持要待在厨房。我为此感动,觉得他小小年纪
便能热心助人,这是善良的表现。一个小时后,小厨宝装好了,热水从水龙头哗哗
地流出,我妻子再不用冬天洗菜手冷了。工人师傅收起工具,留下电话,便走了。
知道吗,这是关键点的开始,米罗突然大跨步从厨房里跳出来,他冲到阳台去开窗
户,他把屋里所有的窗户全都打开,然后将头伸到窗外大口大口很夸张地呼吸。我
这就明白了……他是嫌工人师傅有体味。他说,太臭了,太臭了!我问他为什么不
躲到自己屋里。他说,"那哪能行,如果他来个顺手牵羊,拿走那把俄罗斯锡制开瓶

器可怎么办?"

那个师傅很可能就是米罗心中的"工人",也是他误解我从小就想成为工人的原因。他觉得我当工人很丢人,因为他脑子里的工人是一群木匠、瓦工、油漆工、搬运工、钟点工,靠卖苦力为人家提供家政服务的人。他没有机会认识我脑海里的"工人",或者说我心中的工人已经消失了他接触不到。后来,我想给他讲工人阶级是领导阶级的事。可是,他会听吗?他脑子里的那些东西、那些概念、现实世界投射到他心里的东西,和我的已经完全不一样了。就说对"贵族"的理解吧,在米罗成长的这些年里,我们经常在马路上看到宣扬贵族的巨幅广告,似乎贵族以及贵族精神是可以宣扬出来的,可以用电脑喷绘招引而来的,贵族学校、贵族品位、贵族生活、贵族享受,那些隐藏着巨大商业阴谋的宣传,只是把那些住别墅、开豪车、穿燕尾服、饮食起居需要仆人伺候的人描述为贵族,简单地把贵族和金钱画上了等号……哦,我就想,那个搞出这些文案策划的人,很有可能都未必真正了解贵族。其实,那些挥金如土自恃傲物的人,并不是真正的贵族,贵族的真正内核是高贵。高贵需要优雅的谈吐、得体的装束、智慧的思想、善良的心地、容人的气度、对人类责任的担当。很多哲学家、思想家、画家、作家、革命家、圣贤,不都是贵族出身吗?如果只是为了享乐,他们的作品与思想怎么能打动人、启发人?真正的贵族,你可以没收他的财产、剥去他的衣裳,甚至流放他,但一有机会,他还是会像春阳下的原野重新发芽,再次生长出来的,依然还是高贵。由此推断,我觉得给米罗解释"工人"肯定是件极其困难的事,他还是孩子,很多东西还没有经历,我应该怎么说呢……哦,眼下,兴许我能让他知道这个世界虽然不那么好,但也不那么糟,这个世界上有人爱他,就可以了。他现在心情不好,我干吗还要难为他!于是,我莫名其妙地露出笑意,觉得我这个父亲实在差劲,他喜欢的女孩儿跳楼了,我却要给他讲什么是贵族,什么是工人!

我回到起点,去想他用刀比着自己母亲的理由,孩子的"冲动"背后到底隐藏着什么,事件的深层次里,我妻子罗素兰和我扮演了什么角色。不过,我是在和米罗聊天,我们先说我们父子间的事。至于我和罗素兰的事,我们该换个场合再说。

于是,我语重心长地和米罗说,孩子,我们应该有个共识,我们得承认,每个孩子都是在父母的教育和影响下立根,在社会的挫折与教训中塑型的吧。和你们不同,我们那代人差不多都是在自然状态下长大的,即使学校有作业,父母有训诫,那也是自然的。你想想看,冬日里,大雪从早下到晚,抖动着羽毛的山鸡和胖乎乎的野兔在林间发懒,风停树静,从天而降的雪花打到枯叶上,发出细碎而奇妙的声音,在那样一个白色的世界里,我们一起喧闹,我们四仰八叉地躺在雪地里聆听自然,我们任由一片又一片的雪花落到脸上,任由它化成滴水流过皮肤,我们得多快乐啊!秋天的夜晚,银白的月亮挂在天上,蟋蟀躲在乱石下唱歌,歌声美妙迷人,我们会在村庄里抓萤火虫,我们将萤火虫装进叠好的纸灯笼,萤火虫一闪一闪,照得纸灯笼非常漂亮。我们一直融在自然里,体会着自然,孩子,可是现在的家长们,都不愿意让自己的孩子接近自然,那些掉下悬崖、林中失踪、被毒蛇咬伤的报道把家长们吓坏了,似乎锋锐的巉岩、冰冷的河水、危险的丛林就专门是为孩子们准备的似的。

"你在说我妈。"米罗说。

我停顿了一下,我想说,罗素兰还相对好那么一点。但不否认她也有那样的担心,她也是当下母亲中的一员,她的理由很简单,"我们就这么一个宝贝,我们可掉以轻心不起。再说了,孩子长大,将来会有很多苦要吃,现在小,能让他少受一点苦,就让他少受一点吧!"(难道不是一个宝贝,就能有另外的说法?)我反对过,我说我们传统教育是"先苦后甜""苦尽甘来",小孩子吃点苦,不一定是坏事。但我的反对无效,我妻子罗素兰会为此批评我,说我观念陈旧、想法迂腐。每当我想多说几句的时候,她就会称我"农民",让我"打住"。

我不能接米罗的话,我不想把话题引到他妈那里,否则,我们的聊天内容,会变得更加复杂。因为涉及他妈妈,罗素兰,我有很多话要说,但那是我和罗素兰之间,不能让米罗介入。窗外,汽车和人流已经挤满街道,阳光透过玻璃照进来。我跟米罗说:"还是讲我吧,咱先不提你妈。"

"由你。"

米罗口气冷漠,我又不能发火,我只能耐着性子。我们小的时候物质匮乏,经常吃不饱、穿不暖,我想说的是,对于一个年轻人来说,他能感到冷暖、饥饿、疼痛、悲伤、忧愁、愤怒、高兴……但一定感觉不到"苦"。苦在一个人年轻的时候,是抽象的,是不存在的。

"是这样吗?这倒是一个怪怪的理论。"米罗说。

我知道他在等我解释。我说,在那个集体饥馑的年代,吃饱穿暖是头等大事,尤其在农村,每个人就像动物一样,抓住机会就往嘴里塞食物。我和我哥米海东,却不那样。我们不是不饿,青黄不接的时候,我们也用野菜充饥,面缸见底的时候,我们也去邻居家借米借面,但我们没有陷入对饥饿的恐慌。按你的理解,那时我们够苦吧,一个人一年中吃不了两顿饱饭,还不苦?可是,我在那个时候,看到的人们的笑脸却比现在多。兴许是我妈的原因?我不知道。我妈总在开动脑筋,一碗稀粥,如果你只是在清水里煮面,那就索然无味,但要放一把野菜,就会变得"秀色可餐"，如果再炒一小把黄豆放进去，那顿饭就变得香气诱人了。我妈说，日子穷点不怕，怕的是人们自暴自弃、破罐破摔。我妈说，有些东西我们无力改变，但有些东西我们总是可以改变的！一个人不怕吃不好穿不好，就怕没志气。因此，她宁愿家里少添几件家具，也要让我们有自尊。她说，一个人想什么，就会来什么；一个人心里想成为什么样的人，将来就会成为什么样的人。她给我和我哥举例子，说身边的那些叔叔婶婶，他们之所以没有改变身份成为工人、教师、医生、军官，不是他们成不了那样的人，而是他们就没想过要成为那样的人。很多人把这归为命。其实不是。因为有这种认识，我妈自然要我和我哥与其他孩子保持距离，我是说，那种精神气质上的距离。她说，那些孩子，一眼料定将来的日子是和他们的父母一样，会留在农村。但我和我哥不同，我们最终会到城里去生活！所以我们不觉得苦，或者说我们生活在苦里，已经把苦给忘了，反倒是因为那些苦，再加上我妈的努力，她变出的那些小花样儿、制造出的小意外和小感动，让我们经常感到甜滋滋的幸福。

米罗抬头看了我一眼。我知道他在内心里重新评估着自己那个至今还生活在农村的奶奶。我突然觉得兴许他看那本《庆祝无意义》有点早了。他要突然给我撂出一句"人生有什么啊，人生本来就无意义"，我可怎么回答？……哦，但愿他还没有认识那么深刻吧。当然，如果他真那样说，那我就只能告诉他，人，生来向死，死而再生，人生的意义就生死之间，人生是个过程，谁都不能逃避。好在，米罗只是说，他饿了。这说明我的话不全是废话，他多少听进去一点，或者说，是我的这些杂七杂八的东西，转移了他的注意力。

我说："好啊！饿了好，老爸也饿了。今天咱们破个例，我也吃比萨，咱们来个最大的。在你这个年龄啊，我可是一顿饭吃过六个馒头，五个鸡蛋，还要外加两碗汤。有一年，参加学校的冬季运动会，我真这么吃，记忆中那些年里，我也就吃了那一顿饱饭。"

我给米罗使眼色，让他把军刀收起来。毕竟是公共场合，我可不想别人看到两个男人中间摆着一把刀。我把服务生叫来。米罗强调自己要火候稍大一点、酥脆一些的比萨。我说，我随他。

然后我们接着聊。

我说，一个村庄的语言其实挺贫乏的。我自嘲式地笑了一下，对米罗说，你想想吧，我们连夸一个姑娘的好词都没有，只用一个——好看！要不就是——可好看啦！除此之外，就是那个没有性别之差的"精干"了。你想想看，在那种情况下，我们家却是村里第一个不让孩子对父亲叫"大"，而要称"爸爸"的人家。这是我妈的主意。我哥米海东却不干，他不想我们家与众不同，不想让我们从村庄分离出去。

我妈就训他："将来你出去，和人家打交道，'俺大'长'俺大'短的，能行吗？"我哥当面不顶撞我妈，可背后就对我说："妈怎么那样呢，弄得和真的一样。"

但那是我妈的真实想法，也是我们家的战略规划。对于这个规划，我哥既不反对，也不赞成。他更多的意思是，自家的事自家去做就好了，干吗去嚷嚷！我哥米海东是个心里做事的人，在事情没有成为事实之前，他不愿意让别人知道，更不希望别人常常提到我们家，他也不希望别人提到他，似乎别人在提我们家，说的尽是些不光彩的话一样。后来我分析，这很可能与我爸长年瘫在床上有关，我哥比我大，自然比我成熟，他知道一个父亲或一个男人在家中的作用，很可能在他看来，一个父亲能站在山坡上把皮鞭甩得脆响，一甩臂可以将一块拳头大的石头扔到河对岸，一个人敢抓一只猫头鹰或捉一只獾回家，要比那个可以给家里拿回多少钱的男人更像父亲。我哥平时话不多，性子倔，要干的事没人拦得住，我妈说就和我爸年轻时一模一样。这在我妈看来不是优点，而是缺点。我妈曾经用过很多办法，想改变海东，但没有起作用。但我喜欢我哥，觉得他像男子汉，甚至有时候我会产生一种错觉，当别人问起爸爸时，我脑子里想到的却是我哥。

关于我哥，我没跟米罗讲太多。对于这个家族成员，米罗相对要陌生一些，他只是在大人们聊天时，隐隐听到过一些关于他的故事。我爸是村里的第一个工人，米海东却是村里第一个被枪毙的人。我之前不讲，是不知道怎么讲，现在讲，是绕不开他。我注意到，当我提起米海东时，米罗的眼睛总是亮的，他对这个几乎需要我们忘掉的人很感兴趣。米罗看着我，希望我把故事讲下去，他可能在假设，如果换成他是米海东，他会变成什么样子。多少年过去了，提到米海东，我还是会将耻辱与亲情交融在一起，米海东对我的影响很深，无论是他的生，还是他的死，他在，还是不在，是他让我体会到：家就是家，家不是工厂，不是学校，也不是军营，那些触碰一下就得怎样怎样的铁律，在家里是不适用的。如果现在有人让我用一个词来概括家的话，米海东一定会替我回答——爱！我们维系家的东西，是爱。当然，很多时候，爱也让我们的家鸡犬不宁。

我没有立即满足米罗的好奇心，因为米海东不是我们的重点。米罗想知道的那些东西，就让他在我们接下来的聊天中一点一滴收集吧。但我看得出，米罗在有些地方还真像我哥，那种不声不响，却默默做事的劲头儿。

"是吗？"米罗咳嗽了一声。

"是。"

"难道这样不好吗？"

"这不是好不好的事。"我说，"那要看放到谁的角度上。"

第3章

天色向晚,我很自然把话题转到黄昏。我跟米罗说,我觉得乡村的夜晚比白天美,应该说城市里也一样。可我不是说那些华灯和灯红酒绿,我说的是种心境,一种归于平静、放松、专心于自己的心境。我的童年记忆,似乎总是充满着黄昏的颜色,那里面有浑浊的绚烂,也有酒醉般的深沉,我很喜欢,我特别珍惜黄昏的那段时间。因为,黄昏是属于我们孩子们的时间。

"在农村,黄昏不代表伤感,孩子,黄昏意味着狂欢。"因为在那段时间里,大人还没从地里回来,而我们又跑出了校门。那时我们的书包没有现在这么重,除了课本和作业,就是一个哐啷乱响的文具盒。我们背着绿色军用包,不约而同地跑到约好的地方。我们玩的游戏就像连续剧,能持续好多天。大部分孩子不会把书包送回家,一是家门不开,二也怕被抓了"壮丁"。但我一定是要送的,我得去看一眼我爸。

我不算是淘气的孩子,在学校,我也不是老受表扬的孩子。我这样的孩子放在众多孩子中显现不出来,这样的孩子活得比较自在。不过,我会考虑别人的感受,也在意别人对我的看法,会在旁人快要发火时,赶紧调整自己。我这是世故吗?我可不觉得。处在这个喜欢群体生活的人类世界,你不可能不在乎别人。现在的年轻人动不动就讲自己是在追求个性。追求个性是优点,但一味以自己的个性为中心那就成缺点了。因为你不是超人,谁也不是超人,连上帝都不是,合作是我们人类共生的基础,谁不合作,谁就会叫人讨厌。所以,我们应该克制一些自己的个性。一个总想强调自己个性的人是危险的,如果他掌握足够多资源,就会制造灾难,呵呵,希特勒不就是一个例子嘛。可能是我太落伍了吧,我缺乏锐气和锋利,我从来就是一个妥协派。

"所以说，你妈从心底里，很可能看不上我。"但出口后，我后悔了。

"那我妈为什么还要嫁给你，你又为什么还要娶我妈？"

这问题问得好直接，我却不能一言蔽之。服务生这时把比萨饼端上来。我们开吃。我让米罗趁热吃，我拿比萨作比喻："有些食物你趁热吃是一个味儿，等它凉了，你再吃时，就会感觉是另外一种味道了。"这个比喻不十分恰当，因此我冲米罗笑了笑，希望他能从中看到一位父亲的慈祥。

米罗嚼着比萨饼，等我说下去。米罗就是这样，他对成人世界充满好奇，他总想早一点进入成人世界。这当然不是不可以，只是在罗素兰地呵护下，我觉得他还不具备这个能力，他看上去很嫩，还没看到成人真实的世界，他一直被自己的想象欺骗着。我跟他说，任何事情一旦扯上情感就复杂了，罗马不是一日建成，冰冻三尺也非一日之寒，很多东西只有你成为当事人时，才能体会。你看到的很多书本上的那些东西，只能停留在书本上，你想想，如果世界上要有一种方法可以让人们变得贤哲，从此不再贪婪、阴险、丑陋、粗暴，永远只做正确的高尚的事情，那么，社会也就太好治理了，世界也早就太平了，说句不负责的话，我倒觉得正是有人不断犯错，我们的这个世界才变得这么可爱，才这么有意思。

"你说呢，孩子，我们每个人都不想犯错，可是我们天天都在犯错。"我笑着和米罗说。

"哦，我还以为只有小孩子才会犯错。"

"大人同样在犯错。只不过大人的错和小孩的错类型不同而已。这个世界没有人不犯错，连上帝都会犯错。"

"上帝能有什么错？"

"他把人分成男人和女人，还要让人从小慢慢长大；他制造了一个人间，却又描绘了一个天堂……哦，不说这些了，上帝犯的最大的错，就是给了人类奇思妙想的能力——我们的想象力。"

"可是，如果没有想象力，那我们活得该多单调啊，多没意思。"

"所以，"我说，"连上帝都不完美，谁还能完美？可是我们总在追求完美，现实中不能完美，就在想象中完美，所以我们才有阿拉丁的神毯，孙悟空的七十二变，还有我有一次发烧，竟然看到一群拃把儿高的小娃娃，穿着红肚兜儿，手牵手，排着队，在老家屋里瓦瓮的空隙里钻来钻去。"

"真的？你真看到了？"

"注意前提，我是在发烧。"

"哦，我也发过烧，可是我在脑子里看到的是我们老师在罚我站。"

"是啊。可我们又得感谢上帝给了我们想象力。"

"这为你成为作家，做了很好的准备。"

"我没想过要当作家。"

我说："我真心想当的是将军。"

我特崇拜一个人，我们就称他"将军"吧。他是我爸的挚友，从入伍到被升营长，他每次变化，我们家的相框里就会多一张他的相片。他浓眉大眼、身材魁梧，和电影里正直帅气的军人一模一样，有很多次，我认为电影里的正面演员就是照他选的。他很可能只是一个营长，顶多是副团长，但村里人没有见过大官，都称他"将军"。我不知道他是否真正上过前线，自卫反击战钻猫耳洞的故事里有没有他，他有没有把手榴弹扔向敌营，把匕首扎入敌人的心脏，不知道他是否训斥处罚过战士，在魔鬼训练中有没有生吃过蜘蛛或蛇。可他身上的军装叫人眼馋。我想当将军，想带上我的队伍进村对面山上那个山洞，对了，忘说了，我从小就是孩子王，他们称我"司令"。那个山洞从来没人进去过，我觉得村里人都胆小，只要我成了将军，我手里就有枪了，有枪我就什么也不怕了。

"这想法听起来很幼稚，"可我发现米罗很爱听，让我有点失望。不过想想，像米罗这样的城里孩子，尤其是现在，从早上一睁眼，就得像秒针一样不停转，他们连接触幼稚，或表现幼稚的机会都没有……在孩子的教育上，他妈妈罗素兰一手遮天，总是把我排除在外，我能做的，只是努力地做好自己，指望自己的"身教"胜过她的"言传"。

"你想让我讲讲这个将军？哦……，咱们还是跳过去吧。"

"不用。我知道他是'小兵'的爸爸。你一会儿就会讲到小兵。"

哦！我说，这个"将军"和我爸不是一般关系。他每次回乡探亲，必定会来看我爸。"将军"每次来，也都是黄昏，我不知道是真那么巧，还是黄昏的氛围更适合他串门。"将军"到我家里来，每次都坐很长时间，我觉得与其说他是来看故友，不如说他是来把上次未说完的话接着说下去。我不是每次都正好在场，也不知道他们都说些什么，但我知道他们有说有笑，气氛融洽，可我总是隐隐感到一种微妙、复杂、含而不露的关系在他们中间回荡。

"每次你奶奶和你爷爷的表现都很奇怪。我在他们脸上看不到兴奋，也看不到焦躁不安，而是一种心情的复燃。"在这里，我想给米罗传递的信息是，如果一个孩子用心，大人们是骗不了他的。一个孩子无论多小，他都应该试着用自己的眼睛去看世界，哪怕是片面的，狭隘的，也得去看。

"你记得老家门头起挂着的那个木匣吧?"我说。它一直挂在那里。村里多数人家把它钉在屋外的檐石下。我妈很看重它,怕雨水淋了,就放在家里。她的理由是,这样我爸听起来方便。那个木匣是个喇叭,我们习惯称它木匣,每天早中晚三次广播,主要播放上面的通知、领导讲话和转播新闻,偶尔放歌曲或评书。其实我爸不爱听,他躺在床上,有时眨巴着眼想从木匣里听点笑话,木匣子就放几段相声,可是还没等他笑,木匣里的人就自己笑了,而且现场的观众又鼓掌又哈哈大笑。我爸说那没意思。我爸说,只有会心的笑发自心底的笑,那才有意思,会心的笑让你每次想起来就发笑,他说相声里那种笑,是傻笑,皮笑肉不笑,除了能开开胃再无用处。那个木匣我带米罗第一次回去时还在,只是不出声了,我还把它指给米罗,一个薄木板钉成的匣子,上宽下窄,涂成胡桃色,中间镂空雕着红色的五角星,里面装有喇叭,由一根线通过街门外的线杆连到乡广播站。等米罗第二次回去,我想把它改成鸟窝,它就不在了。我妈说,看它碍眼,每次看到它,就会想到我爸,就摘了。是扔了,还是当引火柴放进了炉膛,我不得而知。但那个东西确实非常重要过,尤其是对我妈,只要它稍稍不响,她就让我把那根钢钎从地里拔出来用砂布打磨,再插回去之前还要撒盐浇水。但我爸嫌它吵,每次我把木匣修得特别响时,他就会用一种奇怪而复杂的眼神看我,似乎我成了我妈的帮凶。不就是一只喇叭吗? 对,它就是一个喇叭。但它背后有秘密。后来我猜想,那根细细的喇叭线实际上连接的并不是乡里的广播站,而是"将军",我妈能从广播里听到"将军",我爸也能听到。有一次,我妈正听得入神,我爸就突然说我妈:"那个专心,你干脆钻进去算了。"

我妈说:"噢,专心,就得钻进去啊,那你看书的时候,咋不钻进去?"

我爸说:"我不是钻不进去,是我钻进去了,没有想见的人。"

我妈说:"那你的意思是说,我要钻进去了,就能见到想见的人?"

我爸笑了笑说:"能不能见到,再说,你先钻钻看!"

我妈不理我爸了,临了,扔给他一句话:"你这个人呀,可有意思呢,你有本事,那你替我钻吧!"

那时候我听不懂他们的话,等我长大了才明白,为什么每次把钢钎插进土里,我要撒盐时,我爸就不耐烦地跟我说:"还撒什么盐,你冲它尿上一泡,它还不一样地给咱响!"

"将军"每次到我们家,都坐在炕沿靠门的地方,旁边的墙上挂着一盏15瓦或25瓦的灯泡。我妈会忙一些家务,不忙的时候,就背着手靠在炭火旁。炭火上放着锅,吁吁的热气在她身后冒着,她站在那里看着锅。那个地方离将军近,离我爸远,但他们聊天的时候,谁也不看谁。我妈有时转头,隔着风门玻璃看外面。"将军"有时看炭火后面墙上贴着的报纸,有时看我妈旁边那根白铁皮做的烟筒。烟筒被铁丝固定在墙上,用泥或布糊的接缝处还滋滋冒着黑棕色的黏液。我爸的床紧靠炕边,他平躺着,眼睛看着拱型的窑顶。他们聊国家大事,但更多的时候是聊他们小时候的事。他们有时候平淡无奇地闲聊,有时候也打一些暗语,开一些玩笑。在那个时候,我爸就特别能叫我妈,一会儿让我妈给他倒水,一会儿让给他擦脸,不是耳朵痒痒,就是感觉有灰落到眼睛里,完了,就会问"将军":"你看我这个人,活死人一样,活着麻烦不麻烦?"

"将军"说:"麻烦啥!人活着,就是麻烦嘛。"

我爸说:"自己麻烦就算了,还得老麻烦别人。"

"将军"说:"那该麻烦就麻烦,既然能麻烦得着,那她也就不是外人。"

我爸嘿嘿笑:"看你说话艺术的,要不你躺在这试试。你一天里和个死人一样躺着,人家谁吗,就活该天天这么伺候你?"

"是啊,好像谁愿意伺候你一样,这不是摊上了嘛。"我妈这时就插嘴说。她说我爸尽说些没用话,要是不想麻烦人啊,就好好吃好好喝,赶紧把身体养好,哪一天站起来好给孩子们去挣钱。

我爸就说:"以我看啊……"

我妈就让他闭嘴,说他该打针了。这时,风门还真响了,村保健站的医生来了,他来给我爸身体上化脓的地方换药和打针。医生把玻璃针管、针头放到开水里煮,用镊子夹到铺好纱布的托盘上,用砂轮片划破注射液的玻璃瓶。细细的玻璃管被他用镊子打碎,针头像吸管一样发出滋滋的声响。医生把针管举过头顶推出冲洗的液体,一串串亮晶晶的水珠,就像蜘蛛丝上的露珠一样落地。这期间,谁都不愿意说话,但是我爸,他看着医生将针扎进自己的身体,却还问医生:"进去了?"他几乎每次都问,因为他没有感觉。

"你爷爷、你奶奶和'将军'年轻时是有故事的。"我说,"我当时就有这种直觉。孩子,这个世界,人与人之间真的有着千丝万缕的关系。家庭也一样,世界上没有独立存在的家庭,即便是你,也一样,我在那样的家庭成长,那样的家庭就会造就我这样的人,而我身上所带的东西又会传到你身上。所以,我有时觉得你妈说得对,你身上的问题都是我的问题,但我又无法改变。我相信那些隐秘的因子在遗传中,不是被扩大,就是被减退,但它不是马上能实现的,它是一个'慢慢'的过程,需要时间。所以,要说教育,我觉得家庭的影响更重要,家庭就像土地,它的成分、所处的海拔、经度纬度,就会决定长出什么样的庄稼。我不相信一棵高粱种到南方的水田里,会长得颗粒饱满,也不相信凤梨长到吐鲁番的葡萄园,会增加含糖量。什么样的家庭出什么样的孩子,所有孩子的问题实际上就是父母的问题,家庭的问题。我们好像却忽视了这点,总是把原因推给那些外在的东西,和贫富联系在一起,让经济去说话。米罗,你认为贫富对一个孩子的影响真就那么大吗?"

"起码穷人家的孩子没有钱穿名牌,也没钱骑上好车。"

"是的。这是事实!但这并不重要。对一个孩子来说,快乐才是最重要的。"

"嗽!"尽管米罗的声音很低。但我还是听到了。

我知道米罗没有快乐,也不快乐,他甚至不知道快乐的含义。他没有什么所缺,也就没有什么所需,他总是动动嘴,什么都可以得到。他会说,他需要自由。但自由是一个复杂的东西,老师和他妈妈都说从来没有剥夺过他自由。你是孩子,你就得学习,就像小动物需要学习一样。我们的问题是,小动物是在玩耍中学习,我们的孩子为什么就不可以呢? 我们的孩子都是在被压迫中学习,可是孩子们很想玩,老师和家长马上就会说:"不是我们不想让你们玩,而是这个残酷的社会不让你们玩。"可是社会是谁,社会又是个什么东西呢?! 为了孩子的未来,为了祖国的花朵,为了国家的栋梁,老师和家长们责任重大,使命光荣,于是逼着孩子只要学不死,那就去死学。在这样的环境下,孩子们哪里还有快乐,最后让孩子变得,似乎只要不学习就是最大的快乐。在这样的威逼下,孩子怎么会不叛逆,他们当然会想,既然学习那么重要,好啊,那我就全力去学,你们来伺候我,为我服务,当我的仆人吧,只要你们服务得不好,那就别怪我学习成绩很差。

我说,和他们这一代孩子相比,我们在孩子的时候,快乐可是只多不少,我们也没有什么可叛逆的,充其量,哪个大人会说自家的孩子这一段时间脾气特别大、不听话、不好管、顶嘴。我们想反抗的时候也有,但不会上纲上线,不会太过激烈,更没有人去看什么心理医生。是我们的大人对我们的叛逆期疏忽了吗? 我觉得不是。因为我们总是和小伙伴们在一起,我们一起玩,在野地里玩,自己玩,没有被绑架在成人世界里。我们在成长中出现的问题,很可能在我们的玩耍中,自己就悄悄消化了。

我这么说吧,如果不是因为米罗,不是在家里发现罗素兰买的那几本如何和孩子沟通的书,我还真不知道"叛逆期"。我讲得不客气一点,我觉得现在的孩子很多心理上的问题,都是因为父母过分关注,过分溺爱造成的。我觉得我们作为大自然中的一员,每个人都有自己的分工,孩子有孩子的事,大人也有大人的事,哪一方毫无理由地去占用另一方的时间,都是违反自然规律的,不道德的。父母有责任给孩子提供学习的平台,但学习一定是孩子自己的事,现在的情况却是,太多的父母参与了孩子的学习,恨不得变成孩子的眼睛,孩子的耳朵,孩子的大脑,去代替孩子,最后却干了拔苗助长的事。我们那个时候，社会上没有这种风气，我们也没有那个条件。我爸是工人，虽说有工资，每个月39块钱，可我爸在娶我妈时修的那三眼窑洞，却欠下了1050块的债。这个债得还吧，用我妈的话说："有债的光景，不精打细算，行吗？"

我和我哥知道家里的压力，所以我们从来没有在吃穿上给父母出过难题。可是现在的孩子，我问米罗："你知道家里的实际情况吗？你大概也没有问过你妈，我们的收入能不能交得起那些昂贵的课外辅导班的费用。"

"我是没有问过。"

作为家长，我们也不会主动去说。因为没有一个家长会把这种压力传导给孩子。我们小时候也一样，我们只知道家里欠着债，我爸我妈却从来不说有多少。但我知道，我们家还了21年的债，我到单位报到上班时，我才穿上第一条没有补丁的裤子，才知道棉裤里套上秋裤是什么感觉。我知道每年单位派人来慰问我爸的慰问品，我妈不是送到供销社让人家代销，就是去顶账。我知道每次盛饭时，我妈总是把干的稠的捞给我和我哥，自己却只是稀汤寡水喝上一碗。我知道表面上风风光光，一身整洁的我妈，其实里面的棉袄已经穿了14年。这些事情，我们从来不说，但我们彼此心知肚明。作为孩子，父母能体谅你的不易，但我们也要学会去体谅父母的难处。

"话扯远了。不好意思！"

好在米罗没有厌烦。我马上谈论"将军"。我说，"将军"（一提"将军"，米罗的眼睛就又有了精神）和我爸是同年同月同日，几乎同时生，有人说他们本是双胞胎，只是跑错了门，投错了胎，进了两个女人的身体。他们原本是邻居，关系好得形同兄弟，他们常常晚上待在谁家就睡在谁家，还不用通知各自的家长。每次睡觉，他们都合盖一条被子，一年四季赤条条的，十三四岁的时候还是那样。长大后，他们俩相隔万里，心却没有分开。"将军"回乡探亲，总会带很多礼物，一多半是给我家的，我爸、我妈、我和哥哥，人人有份。我不知道他每次给我爸我妈带什么，但他走后家里就会冒出一些新东西，比如好看的围巾，或一块电子表，我猜是"将军"送的，但我妈却说是前一阵她买的。"将军"送我哥的永远是书，家电维修或果木维护之类的。那时我哥已经辍学了，原因很简单，他不想在老师宣布成绩单时老听到自己的名字被最后一个念出。给我的礼物多半是文具和笔记本。我哥哥不喜欢"将军"的礼物。我也不喜欢。我哥会把"将军"送的书摔到他住的那屋的窗台，还让我撕了去做三角。我一直以为我哥是因为看不懂那些电路图才讨厌那些书，后来我才发现，他的不快并不是礼物本身，而是只要是"将军"送的他都不喜欢。我不喜欢，是因为"将军"本该送我一些我想要的东西,比如军用匕首、军装面料、真五角星,或弹壳什么,他却不。

这倒便罢,更为讨厌的是,有一年他回来,他们大人们在一起聊天,把我扯进去了。哦……如果要追溯我与作家这个行当的关系,我最得感谢的人就是"将军"了,因为是他把我和作家扯到一起,尽管在当时连他也没有想到这会变成事实。那天,他们本是扯闲话,聊一些不着边际的国际大事,"将军"说了一通后,我爸呵呵一笑,说:"其实你说的这些,我都知道。"

"原来你知道啊,""将军"说,"哦,是我忘了,你有这个。""将军"指指门头上的木匣。

"不过,广播里的东西很多只是点到为止,"我爸说,"更多的时候得我去想象。"

"想象?"

"也就是推断,推理。"

"将军"夸我爸的想象力。他说:"你这个人,不写作不当作家真是亏了。"

我爸莫名地呵呵笑。"将军"欠欠身,搬条凳子坐到我爸床边,他用手指划我爸的额头:"你可是想把它砸了呢吧!""将军"说。

"嗯,我倒是想呢!"我爸故意做个鬼脸,"可是,某些人,能干吗?"

"某些人"是指我妈,她当然听到我爸和"将军"的话了。这时,我正好回来。我从我妈脸上看到了一种莫名其妙的窘态,但她还是大大方方地接过我爸的话:"你想砸就砸吧,又没人拦你。我这就给你拿个榔头来。"

三个人这就呵呵呵笑了。后来"将军"说,我爸一天躺在床上,听广播、看书、想故事、思考人生,具备了当作家的一切条件。他的意思是说,我爸身体被捆住了,灵魂却松了绑,我爸免去了日常生活的打扰,就可以进入另一个思想世界了。我爸问"将军":"凭什么你要我成作家,我就得成作家啊?"

"因为我看出来了。"

"我也看出来了,你这个人是当官当惯了,动不动就想决定别人。"

"这样说也行,那我就替你决定了。""将军"说,"那样啊,你的想象力不是就派上用场了嘛。省得你动不动就和小孩子一样耍脾气,让人家伺候你的人也伤心。"

"原来,是这样啊……我还以为你为我好呢。"但我爸不恼,他依然继续他们之间成年人的玩笑,他说,"好吧,好吧,你决定,你决定,那我就遵照执行。"

我说,其实我们每个人对"决定"这个词真是既爱又恨。恨,是我们老是被别人"决定",喜欢,是原来我们自己也可以"决定"别人。我们都在想,如果把"决定"换作"见证",那它就大受欢迎了。毕竟每个人都不喜欢旁边站一个主宰者,不管是有形的,还是无形的。要是换成一个见证者,情况就不一样了。自己的成功有人见证,一点一滴都不落下,甚至那个见证者将来还可以为自己写自传,多好。

说到这里,我爸开始慢慢品味"将军"的话,慢慢慢慢,就品出了名堂,我看到他满是得意地伸出舌头,舔了舔自己的嘴唇,然后转过头来看我。他对"将军"说:"你觉得,我真的可以?"

"什么?"

"作家,当作家啊。"

"当然,还用说!"

"我倒觉得,他(它)可以。"

我一点儿也没有意识到我爸是指我。我觉得他指的是那只猫,那只纯黑色,毛色油亮,胡须、爪子、肉垫都是黑色的猫。它当时正卧在我爸右边的炕上。关于那只猫,我简单说几句。它是在一天家里没人的时候,突然出现在我爸旁边的。它通体油黑,蓝绿色的眼睛泛着光。我妈撵它都不走,我妈担心它抓伤我爸,或趴到我爸脖子上让我爸窒息。我爸说这猫来得奇怪,说不定是谁派来的。但我妈不管,她只求我爸安全,如果它身上有跳蚤或虱子呢?如果爪上有病菌呢?如果它开口咬我爸的鼻子和嘴呢?去抢我爸嘴里的食物呢?我爸说,它就是老天派来要他命的。我妈在我爸热切切充满哀求的目光中,用笤帚打那只猫,最后打走了。但它还是在趁人不备的时候,重新卧回到我爸身边。"你爷爷觉得那只猫是来陪他的,在他向往太阳的时候,那只猫会跑到院里趴着收集阳光,然后回到他枕边,让你爷爷嗅。"后来,我妈拗不过我爸,把猫留下了。那只猫后来陪了我爸8年。

所以我爸有可能拿它和"将军"开玩笑。再说了,我对作家的理解,仅限于课本上一条黑线下的注释,那年代,连女人都铁手铁脚铁骨铁心的,大家都喜欢革命的、铿锵的、视死如归的,谁稀罕当个细皮嫩肉总被狐狸精缠着的秀才?练就一身本领,健步如飞、刀枪不入,最起码有《加里森敢死队》里酋长的飞刀本领,才是男孩的理想。那时,我们男生的书包里都有飞刀,甚至不止一把。我有一把还是我哥和我一起跑到40里外的地方,把八号铁丝放到铁轨上让火车碾压成的,不过,最厉害的那把是用锯条做的,既锋利,又有弹性,每次扎到木板上,会发出嗡嗡嗡的声响。所以,在我爸和将军讨论作家时,我心不在焉,我在想怎么能和"将军"开口,让他下次给我带一把真匕首回来。

我爸又重复说了一遍,我却不看我爸,我去看墙上的报纸,我记得那张报纸有一长串"解放思想 实事求是 团结一致向前看"的黑体标题,我居然把"前"由谐音联想到"钱"。后来,坊间传言要大家"团结一致向钱看"时,我还和他们争,说这话是我发明的。

"海西……"

"嗯。"我爸都叫我三遍了,我只能答应了。

"你说,你可以。"

"我可以什么?"

"你可以当作家。"我爸说,"而且必定会是作家。"

还没等我开口。"将军"和我妈就笑了。"将军"和我爸说:"我是和你说,你就推给海西,你好狡猾啊!"

"我没推。我觉得海西将来就是作家。"

我爸说得很正式。他越正式,我就越觉得他是在开玩笑。我觉得他们在拿我开涮,在拿我的未来侮辱我、嘲讽我、取笑我。我觉得我爸不该拿我来做挡箭牌。当时,我快气疯了,我神情恍惚,想跳上床把他掐死。可我又不能,毕竟他是我爸。

第4章

▼

从那个黄昏开始，我就和"作家"扯上关系了。一个连乡里、县城都没去过的孩子要成为作家，这不是天大的笑话嘛！奇怪的是，我爸觉得一点儿都不可笑，似乎"将军"的玩笑一语惊醒梦中人。"作家"很快成了我的外号。很多孩子拿它嘲笑我，同时也嘲笑我爸，似乎四肢失灵的我爸，变得异想天开了。每当有别的孩子称我作家时，我就觉得自己脖子上长的不是一颗人头，而是一个丑陋的鸡头。

"你在学校也有类似的经历吧，那些稀奇古怪的外号，莫名其妙地落到你头上，你的外号是什么？"

"面包。"米罗回答得很及时。看来，他的心已经放松了不少。

"因为你长得蓬松？还是缺乏香肠的油腻？"

"我哪知道！"

"以你的外形，应该叫你'油条'，要是我，就给你起个外号叫'烤肠'。"

"我就那么油腻？"

"不。是老爸希望你油腻一些。"

米罗撇撇嘴，笑了，既含蓄，又青涩。

我相信，那些孩子喊我"作家"时，他们不是觉得我轻佻，而是说我在痴人说梦。每次都叫得我满脸通红，每次我都想抓住他们，掐住他们的脖子，撕烂他们的嘴。"作家"的外号把我搞成了异类，就连医生的小舅子——他是个疯子，居然也那么叫我。那个疯子叫圆圆，因为在邻村看电影强行抱人家一个姑娘，有人揪着他要送公安局就吓疯了。他总是穿一身军装、解放鞋，脖子上系一条红领巾，不犯病时，还挺招人喜欢,但只要说"抱姑娘"和"公安局",他就疯了,不是蜷成一团嚎哭,就是拿一支红缨枪乱打乱刺。我莫名地觉得我会成为第二个圆圆,那感觉很恐怖。后来我想,我会成为作家的消息一定是医生传出去的,因为医生不光是村里的医生,还是"电台",总爱到处广播,我猜是他在给我爸打针时,我爸把这事讲给他听,他一字一句记下来,又在给别人打针时广播了出去。可我不能当面骂他,我不想因为这事影响他给我爸打针换药,我只是用弹弓偷偷打碎了他家两块玻璃。

"这就是孩子,米罗,针尖儿大的事放在孩子眼里,就变得像山一样大,就不可饶恕,就过不去了。"我观察米罗的表情,"兴许,那个姑娘,彭波也是这样,遇上了什么事,突然觉得过不去了,觉得生无可恋,就……,可是……时光不会倒流,今天过去了,将永远不再有今天,我是说,如果彭波她能坚持一下熬过那一天,情况很可能就不同了。"

"我不想提这事!"米罗马上烦躁起来。

好吧! 我说,我总有一种不好的感觉,总觉得在现在孩子的心里,母亲占去了太多的部分,父亲却几乎被清退出场了。父亲的作用正在越来越模糊,越来越被忽略,越来越小。这对孩子的成长是不利的。有人说,现在的孩子不强大、不自信、娘娘腔,就把孩子关进黑屋里让他反省,练他的胆量。可我想,孩子也许想反省,也想找个榜样或参照,可是他去找谁呢? 这个时候,本来该由父亲站在旁边的。

我接着说,那个外号最终没有把我逼疯,但它让我闷闷不乐了。我不想回家,放学后,我和小伙伴们就去村北的羊圈地挖泥、捏手枪。一路上我掏了不少大人们塞进墙缝里的头发,掺了头发的泥容易定型,还结实。捏泥手枪是技术活儿,我得在场才行,因为不管是盒子炮,还是勃朗宁,只有我才能做得大小合适,枪管和手柄的长短粗细符合尺寸。这一点,我像我哥。你别看米海东话不多,但手巧着呢,同样是弹弓,同样两根皮筋一个 Y 型木架,但经他一绑,打出的石子就不偏不倚特别准,同样是用梧桐树枝做水枪,他做的就是比别人的滋得远。我以为这样做,不会有人发现我的心情,但后来证明,我那只不过是自以为是。一个星期六的下午,我回家送书包被我爸抓住,他当然不是用手抓,而是用了眼睛,他叫我一声"海西!",然后就用那种充满魔力的眼神看我,看我,我半个身子都还在外面,我正准备瞄他一眼转身就走,可是我看到他和之前不一样的眼神,似乎那两只眼睛里汪汪地泛着水光。我故意不应答,想装着没听到。可他又叫:"海西……。"

这次我犯起了犹豫,我不想进去,又担心他有事,万一他是拉了呢,或想喝上一口水。我只好进门,来到他床边。我先检查了他床下的盆,又掀开被子看是不是那只黑猫在里面捣乱。一切都正常。我想问他怎么了,这时我才发现我爸的眼睛竟然是……怎么说呢，就是那种让你看一眼就无法逃脱的感觉。

"你咋了，海西？"

这是个躺在床上的人，是一个没有用的人，是一个摆设，我一直这么提醒着自己，如果不是他活着可以给家里提供些收入的话，兴许他真的可以死去，他给家里的拖累太大了，尤其是我妈，我混蛋地想，如果我妈嫁给"将军"的话，那一定会非常幸福。

"在外面受欺负啦？"

我真是……真是哭笑不得啊。我突然想笑！

"海西，有什么你就跟爸爸说嘛，我是爸爸呀！"

"他们都叫我作家！"我这么说，只是想叫他闭嘴。

"那怎么了？不是挺好嘛，你会成作家的，他们叫你，你就当个作家给他们看。"

"为什么？"

"什么为什么？"

"为什么你要这么说我？"

"因为我想当作家。"

"那你干吗要扯上我？"

"因为你有可能，而我没有。"我爸看着我，"你觉得当作家很丢人？还是认为自己就成不了那个作家？来，海西，到我这来。"

其实我离他很近了，他却让我再近一点。他很别扭，也很生硬地给我挤一下眼，想做出一个俏皮的样子，但却一点也不俏皮，反而很滑稽。屋里光线不好，他的脑袋瓜又亮，他的动作和声音都让我感觉不适，他像变了个人的语气让我陌生，他躺在床上，黑暗中，仿佛具备了蝙蝠一样非人的本领，他可以靠超声波捕捉信息。我想去开灯，他不让，我就站在离他的脑袋很近的地方。我的恐惧感油然上升，我担心他会反复无常，会突然厉声大呵，会让我把书包里的东西倒出来。那段时间老师和家长们都恨透了那部电视剧——《加里森敢死队》，说如果再播下去，全国的男孩都得进监狱。他们统一行动，搜查孩子的书包，甚至嚷嚷要联名上书中央。我爸虽然一次都没问起过我这事，也不让我妈翻我的书包，但不等于他就同意和认同我干这事。后来他问我，就是练成百发百中，我要把飞刀扎向哪里呢，坏蛋？敌人？可是，谁是敌人？哪来的坏蛋？树上的喜鹊吗？还是草丛里的野兔？难道，那些动物是我们的敌人，它们该死吗？

"再近点，孩子。"我爸继续要求我，声音甜腻得有点像糖。

我虽然担心他会不会借机咬我的鼻子或耳朵。但我还是得靠近。那是我第一次那么近距离看他,看他那颗圆到奇特的脑袋,太圆了,像一个标准件。可是,一个圆圆的脑袋,上面两只被放大的眼睛,很吓人的。同时,他的眼神却是温柔的,就像两条向我伸出的胳膊,仿佛要拥抱我,我能看出我爸的那种欲望,他让我把两只满是血口子的手放到他脸上,他感叹着说:"你这个妈呀!"可这不能怪我妈,因为我妈尽力了,她保证了我的棉鞋不露脚趾,不让我湿手出门,桌上备有凡士林,她还……给我脸上抹开塞露。哦哦哦,提到这开塞露,我又有话说,山里的孩子不知道开塞露的成分与功用,他们只知道那东西是往屁眼里插的,我一旦抹上,他们就会追着我闻,他们不说那是开塞露的味道,只说是屎臭味。我还是把手放到了我爸脸上,我的手凉,又害怕痂皮划伤他。他像看出我的心思一样,说:"没事,孩子,轻轻摸一下,你感觉一下,这是爸爸的脸,不至于那么怕人。"那是我第一次发现一个父亲竟然有那么细腻的情感,他的眼睛竟然可以像湖水一般迷人,作为父亲的他,也希望自己的眼睛是一泓湖水,那样,他的儿子就可以在里面游泳了,他可以陪着他,就像城市里的父亲那样,和他的儿子一起在自己的眼睛里嬉戏、打闹、玩耍、欢笑。

这个场景我印象深刻,因为当时我被我爸的温柔吓着了。我在他旁边,心里却叫着米海东的名字。那时米海东已经去乡里工作了,当临时工,给人家看库房。他的腰上老挂着一大串钥匙,据说有几把可以打开枪支弹药库的门。他是这么说的。但我知道他有吹牛的成分,因为我数过他的钥匙,如果那些钥匙都有用,那么整个乡政府就全由他管了。管它呢,反正那时候年轻人喜欢在腰上挂钥匙,走起路来钥匙"欻欻"的声响,很给人一种成功的感觉。我心里想念米海东,我爸似乎看出来了。

他问我:"你是不是有点怕?"

"没有。"我确实害怕,但我撒了谎,因为一个孩子怎么能怕自己的父亲呢?

"我知道,我这个样子是挺吓人的。"

我爸的表情马上变得黯然神伤起来。他说如果不想离他那么近,就到他旁边说话吧。我"哦"了一声,但没有真的离开。他问我为什么不想当作家。他说,作家很伟大,作家是一群真正理解人类灵魂的人,他们就像工程师,当人类的灵魂出现问题时,他们就会站出来用自己的良知去修理它。我爸用了"修理",实在妙,可是修理得有资格,得有本事。莫不说人类灵魂,我连我的灵魂都找不到,谈何去修理别人。这不是瞎扯吗?我没有回答我爸,我只是像所有孩子不想回答父母时一样,说:"我不知道。"

我爸没有生气,他很耐心地劝我说:"孩子,将来当作家吧! 以我看啊,如果没有作家,我们真的看不清这个世界!"我不懂他的话,我看到他的枕头边放着一本奥古斯丁的《忏悔录》，但那是谁的书，那个人的忏悔与我有什么关系呢，我才不关心。那个黄昏，我爸对我说了很多我听不懂的话。有那么一刻，我很想逃，觉得我爸过分，觉得他在对牛弹琴。现在回头来看，那个黄昏又十分重要，起码它让我对父亲刮目相看了，起码它让我知道一颗连枕头都离不开的脑袋，也可以做别人做不到的事。我傻傻地站在我爸旁边，他最后问我："既然你不想当作家，那你想当什么呢？"

"将……军。"

"嗯！我猜到了。当将军好，将军可以威风凛凛，将来一声令下，就是万炮齐发。"我爸淡然一笑，"可那是电影，孩子，电影里的东西不能信，要不人家怎么叫剧作者是编剧呢！"他把"编"字做了重点强调，"孩子，打仗兴许能征服一个国家，但征服不了一个民族。民心不服，那就不叫征服。再说了，孩子，我们每个人来到这个世上，都是为活着而来的，我们干吗要为死去拼命？我枕头底下有本杂志，里面有篇《老人与海》，写得很好，你有空看看，这个故事给我的东西，我觉得比好几十场电影都多。所以，我还是希望你将来去当作家，真正的作家，就要写像《老人与海》那样的故事，要人们通过看你的书变得坚强，变得有力量。你有这个能力的，也有这样的天赋。只要你多看点书，多动动脑筋，会行的，孩子！"

那是我小学五年级的事，第二年夏季我就要参加毕业考试，在那个特殊的点上，我后来想兴许是我爸在使一个花招，他要帮我立一个远大的志向，激发我学习的动力，毕竟多数孩子学习还没有那么用功，底子都差不多，如果我快马加鞭奋起直追，应该会冲出去。但在当时，我没想那么多，我只是假借给我爸整理被子，躲开了我爸的眼睛。他说："海西，我换种方式和你说如何？即使你真的不想当作家，那么……爸爸要你来替我当，怎么样？就算是帮我实现一个愿望，这样，你愿意吗？"

我就觉得我爸太会说话了，他这么一说，还让我怎么回答啊，我能说不愿意吗？

"我就剩这个脑袋了，我来替你想，你来替我写。等你完成作业，咱们就开始，先拿你的作文来试试，看咱们写得是不是比他们好。"

到这个份上，我哪还有推脱的可能。我只能答应。后来，我放学就很少能玩了。我得趴在窗台上，我爸躺在床上，我们一写作文，我爸不让我用那些华丽的词，也不让编故事，他就让我写生活中点点滴滴的小事，他说越是朴实的语言，越有力量，越是生活里的故事越能引起读者共鸣。他给我举例子，说世界上最动人的三个字就是——我爱你！但这三个字的含义太深刻了，它可以是美好，可以是嫉妒，可以是仇恨，可以是冷漠，可以是热情，可以是应付，也可以是讽刺。他陪我一起去揣摩那些看似普通的词语背后的深意，我发现那些普通的词如果用对了地方，就会产生意想不到的奇妙效果。

　　"米罗,如果我要让你将来替我当个画家,或什么家,你答应吗?"我说,"你大概想都不会想地认为这是个笑话。因为你会想,你是你啊,即使我是父亲,那也不能把我的意愿强加给你。重点是这个'强加',所有的孩子都烦父母对自己管束太多,可是我相信若干年后,你们会发现父母那样做,其实并不是你们想象的自私,他们只不过是凭着自己的经验,帮孩子做了一些客观判断罢了。就拿我说吧,成不成作家,能不能写出《老人与海》并不重要,重要的是你爷爷帮我发现了我敏感细腻、善于观察、想象力丰富的特点。"

　　"哦,说不定你真能写出比《老人与海》还要好的作品。《老人与海》我看过,真心说,不错。"米罗撇嘴笑了一下,"我一直以为是你写的,海明威是你的笔名,说不定我说得没有错,你上辈子就是个美国人,你的名字叫海明威。"

　　这是米罗和我开的第一个玩笑,但表达的内容却很复杂。他有可能在嘲笑我。这个帅气、憨厚、单纯的男孩,在为面前这个思想守旧、不懂风情、满心自负的父亲感到悲哀。以前,米罗很少像这样和我说话,他总是和我板着脸,有一说一,有二说二,他妈害怕他成为第二个米海西,他也害怕自己成为第二个米海西,我也担心他成为第二个米海西,似乎我们不约而同地认为日后的米罗随便成什么,只要不成第二个米海西,就是我们最大的胜利。但是,无论孩子如何想和父母不同,但毕竟他们是父母"制造出来的",他身上怎么会没有父母的痕迹呢?

　　"我们每个人都是父母制造出来的,孩子,父母们却不问我们乐不乐意。你也有过类似的想法吧,似乎自己是父母策划的一场阴谋。你知道你爷爷跟我聊天的那个下午,我产生了什么感觉吗?我就觉得你爷爷是个阴谋家,他正变成一只甲虫,摇着大颚从我的指甲缝开始一点一点往我身体里钻,他把我的皮肤撑起来,钻进我的血管,然后如鱼得水般在我身体里畅游,最后他待在某处,像个卫士一样,凡是流经那里的细胞,都被他改变了模样。我反感死了,甚至愤怒,我想学电影里的硬汉用刀将他剜出来,可是我做不到,因为他是父亲,我剜出那个甲虫,就等于剜出了我父亲。我只能陷入无奈,米罗,我也常常让你感到无奈吗?"

　　"有过。"米罗很肯定地回答。

　　"感觉我在逼你,利用你?"

　　"是的!你经常看似无意地说话,似乎没有对象,但实际上每一句都是在说给我听。"

　　"哦,这你也发现了,我是那么做过,我想让你在听别人的故事时,能从中吸取教训。"

　　"但不高明。"

"我只是想影响你，但不知道是否有效。"

"我也不知道。"

"作为家长，也许我们比你更了解你自己。毕竟我们也年轻过，我们不想让自己的孩子走弯路，再犯我们年轻时犯的错。家长们都恨不得给孩子提供一条捷径，帮孩子插上翅膀直接飞上成功的高台。于是你们开始反抗，朝相反方向拼命，似乎只有那样，你们才能为自己争取到自由。这没有什么不对，奇怪的是，孩子们总是喜欢去相信别人，却不相信自己的父母，仿佛从娘胎里掉下来的那刻起，孩子的任务就是'分离'和'逃跑'，可你们不是海马，也不是蝌蚪，哺乳类动物离开家长活不下去，米罗！"

"你也会希望我成为作家吗？"米罗突然问我。我能感觉出他不想听这些话，他在打断我。

"不。恰恰相反，我想提醒你千万别动当作家的念头。"我苦笑了一下，"我就是个例子，作家太苦了，他的苦没人能懂。别人总觉得他特立独行，那是因为没人可以和他对话。别人说作家思维敏捷，那是他调动了所有的神经集中精力去感知事物。别人看到他风风光光、荣誉多多，但哪里有人知道他根本不看重荣誉，因为那些荣誉是对他的作品而言，对他本人来说，人们永远无法靠近他，更无法了解他。尤其是眼下这个时代，我觉得你就是做个电脑程序员、动漫画师、园艺师、掌勺的厨师，都比作家强。因为一个人，当你与凡尘俗世保持一定距离后，你就会慢慢喜欢上艺术，艺术的神性和它不可抗拒的灵性会让你成为艺术家，但我们的现实是，人们一方面仰慕艺术家的气质，一方面又热衷于世俗的享受，这是一对矛盾，孩子。可是一个人不当艺术家完全可以，但离开世俗生活，那就是一场灾难，所以……"

"不会吧？"米罗用怀疑的眼神看我。

我不想做更多的解释，我只是告诉米罗，有些东西我们是无法抗拒的，那些东西会在我们人生特殊的时期出现，它影响着你，改变着你，暗示着你，你身不由己地听从了它。就说我吧，其实我也没想过自己会和艺术扯上关系，会成为作家或什么家，本来嘛，我在山村里生活，艺术像星空一样遥远，在我眼里，那些窗棂、床围、柜门、衣饰、花馍上的美，只是小玩意、小把戏，是人们长年累月生活经验的积累，我从来不觉得那是艺术。我们的村庄永远是老旧的，无论房子怎么翻新，走在房前屋后的街里巷外，还是会闻到一股股难闻的味道，那种味道是上千年的发酵和积淀形成的，里面散发着腐朽和余毒。我就觉得，村里的笑听起来爽朗，背后却是无知；人们的性格看上去大大咧咧，实际上是粗鄙；那些大红大绿的颜色，动手动脚的亲热，不分场合的哺乳，惊天动地的啼哭……如果那就是多数人向往的，那么我们干吗还要涌向城市？我一直认为，艺术是深沉和优雅的代名词，可我印象中的村庄，是轻盈，是粗枝大叶，是粗陋，是与艺术不搭界的，它粗犷、粗劣、粗糙、粗俗、粗鲁、粗暴、粗壮、粗放、粗鄙、粗野、粗笨……直到近几年，习惯了细腻、细致、细微的人们，似乎才像睡醒一样，猛然发现粗壮、粗放、粗犷很可能是艺术的另一种形式。原来，不论是轻盈，还是粗犷，其中都有可能承载艺术。

"如果我没猜错，孩子，你从心里也瞧不上你这个'农民'老爸，你一定会的，不说，我也知道。可是没办法，我就是农民出身，你就是成了我的儿子，不管你愿不愿意，都无法更改。"

米罗笑了笑，什么也没说。

我们的比萨饼吃光了，连一点渣儿都没剩，这点米罗做得很好，像我，知道爱惜食物。我问米罗吃饱没，要不要再来点儿别的。米罗摇摇头。他十指紧扣，两个大拇指不停地绕来绕去。我犹豫要不要问他前一夜是怎么度过的，他兜里没有钱，是去同学家了吗，在街上乱逛，还是到公园里的长条椅上睡了一觉，但又觉得，再问这些问题毫无必要了，他安然无恙地坐在我面前，除了情绪压抑，其他的看上去都还好，我该为此庆幸。我背着他，给我妻子罗素兰发了一条微信，告诉她："我和米罗在一起，我们聊得很好。"

第5章

"你爷爷是个心思缜密的人。我在你眼里也心思缜密吗？我是怎样的一个人？"我说。

米罗又摇头，说不清他是想说"不是"，还是"不知道"。他有可能说不知道。他妈妈总像大母鸡一样罩着他，本来一个家庭，教育孩子是全体成员的事，可罗素兰却尽可能少让我参与。其实作为父亲，无论孩子需不需要，他都应该存在的，就像我爸带给我的那种感受——他在，你感觉不到他在，但他不在时，我才发现他曾经那么日日夜夜地存在。

就是那次黄昏的聊天，让我感觉到了父亲的存在。我也希望我和米罗的这次谈话，能让他明白一直以来，我并不是一个有名无实的父亲。我爸用他真诚、恳切、温柔的眼神击穿了我，我只是不知道用什么方法去打动我的孩子。一个人走进另一个人的心灵，尤其是心灵深处，确实挺困难，我记得我爸在看我时，那种淡定平稳的神情中隐含着的幸福，在他说我不要害怕时，他表现出与我共同努力的信心与决心。可是，我却无法与我的儿子，能像我和我爸那样成为一个复合体。我爸把一颗作家的种子种在了我的身体里，可我在我的儿子身上种下了什么呢？我找不到。从这个意义上说，我真失败。在我们小的那个时候，尚武精神盛行，似乎每个人都在提高警惕，提防特务破坏、敌人的糖衣炮弹和帝国主义的和平演变，我爸却看到了滚滚的现实背后人们真正需要的东西，那种代表着未来的东西。可我呢，我却什么都帮不了米罗，这很可能有时代变化太快的原因，更有我对米罗的教育不上心的原因，再有就是……我的写作，哦，写作几乎占有了我所有的时间。米罗是孩子，有孩子的局限性,我却没有帮他认识到自己的局限性,这就不能不说是我的失职啊!

米罗一直面无表情,像个职业听众。我不好指责他。我本来想给他讲讲影视作品对一个孩子的影响的,但他表现得毫无兴趣,那我,就继续给他讲我爸吧,讲他那个只剩下一颗脑袋的爷爷的厉害之处。当然我事先就告诉他,我爸的厉害是来自他的阅读,在农村一个人能认识到艺术的功用,已经不简单了,但我爸还告诉我,他希望我能成为作家,是因为觉得一个艺术家的生活要比普通人有意义,他偏激地不喜欢军人,他说军人是为和平而存在的,但军人也制造灾难。他说只有艺术家是自始至终善良的,因为做不到善良的人,成不了艺术家。他的目的很明确,他希望我成为作家,就是想让我不舞枪弄棒,做一个温文尔雅的人。尽管他没搜我的书包,没有没收我的飞刀,但他已经从我身上看到某种潜在的危险,他说学习英雄、鼓励勇敢没错,但把握不好,就容易让孩子变成一个冷酷无情的人。尽管那时阶级意识在教科书上已经不多见了,"阶层"的概念还没有提出,但是非红即白、非好即坏的敌我思想还很重,人民的意愿还只是一个圈子意愿,还没有上升到人类的共同愿望,"那种人""那类人"的说法依然挂在嘴上。人们看问题还是那么简单直接,不是朋友就是敌人,眼神稍有游移,就是心里有鬼,穿一条紧身裤,就是性取向有问题。我爸说,这都是人们看书太少,总受人影响,自己却没有能力做出判断的原因。他说,去看看吧,越是学富五车的人,他的性情越温和,越是大字不识几个的人,越是气壮山河。他说,大概也只有艺术才能将人们冰冷的心柔化,才能让周而复始的生活散发出迷人光芒。

这和我妈形容年轻时的我爸,可是判若两人。我爸说,他年轻时确实粗暴(主要是头脑简单的原因),他和"将军"一样,都想成为砸碎旧世界建立新世界的一代新人。没有多少文化和见识的他们,把新旧世界等同于昨天与今天,似乎从昨天往前推,所有的一切都是旧的,旧的就等于是翻动垃圾,是使人堕落的糟粕,而新的就是从未来中来,处处朝气蓬勃,充满生机。他们肤浅地认为,历史只是一条直线,人类也没有什么历久弥新的东西,他们坚信财富是所有剥削阶级的罪恶,艰苦奋斗、舍己为公才是取之不竭的宝藏。他们只知道脚下的土地属于祖国,却搞不清祖国与中国有什么关系,知道自己是人民,却不知道人民与人有什么区别。他们压根儿不知道古希腊就有民主,不知道崇尚武力的斯巴达也有专制的一面,他们恨透了孔老二,觉得"四旧"就是一条毒河,既坏人心,还坏土壤。他们以为穿绫罗绸缎的人都是丑的,体态妩媚的仕女塑像是一种邪恶。他和"将军"带着一帮年轻人,砸门撬锁烧掉村剧团的戏服,他们带着榔头毁掉了龙王庙的神像,用錾子凿掉了石碑上的碑文。要知道,龙王的神像可是宋代的木雕。好在,神像的头被人抢走藏了起来,才没被他们当柴火烧掉。后来,"报应"的说法开始在村里流传,人们说我爸和"将军"干饭没吃过几碗就敢毁神破庙,一定会遭报应。

因为年幼无知,孩子们目光短浅是不争的事实。他们也因此常常被别人利用。一听到"永远""绝对""伟大"就心潮澎湃,孩子们总以为自己用最适应时代的眼光,看到了永远正确的东西。可是,永远并不牢靠,时代也会骗人。我们一直追捧的"新"的东西(科学技术可以除外),其实大多数不过是旧有事物的改头换面。我爸和"将军"当然看不到这点,他们被各种新的说法洗了脑,所以在砸毁神像后,被大人赶出家门不准回家,自己不反省,还把自己当英雄看,面对亲情还说出那种"此处不留爷,自有留爷处"的豪言壮语。后来他们真的离开村庄,一个去参军,一个当了工人,进入了另一个体系,他们烧毁神像的壮举没人关心了,他们自己对此也缄口不言。村里人对他们的诅咒,却没有停止,直到诅咒……最终应验,"将军"的妻子卧轨死了,我爸变成了废物。人们说,这是老天有眼。我爸不信神,但信命。在只剩下一颗脑袋后,他开始懊悔自己的行为,因为他知道了"文物"的价值,对"英雄"有了新的理解。

"英雄……"提到英雄,我必须得给米罗讲讲我的那个亲身经历。

也是一个秋天。庄稼正在上劲,还没熟的时候。一架飞机从我们村上空飞过,不过飞得很低。没有常识的庄稼人,起初以为是政府在搞飞机播种。飞机飞得很慢,机尾像母鱼一样甩着白色小崽,不远一个,不远一个。当时我正在窑顶上晾晒豆角,我抬头也看到了,突然一件东西像死鸟一样摔到我脚旁,我捡起来一看,是本画册,开本就像加长的明信片,用纸和印刷质量都很高档,就像软化了的相纸,实际上是油光纸。内容我还记得,是说一个大陆飞行员驾机"投诚"台湾了,上面有国民党军官欢迎飞行员和奖励他金条的画面。我拿回家,我爸让我扔到火里。我知道那是敌人的东西,他们在上面宣扬自己的富有。但对一个孩子来说我才不管,我看重的是那些油光纸,如果将它叠到牛皮纸三角里一定战无不胜。我爸却不让。接着,我又出去和村里的孩子往后山跑,去追一个白色的降落伞。最后,是医生的小舅子疯圆圆先抢到,毕竟他年龄大,跑得快,他把降落伞扔掉,留下一个小木盒,他抱在怀里,我们一起回村。走到保健站门口的时候,我们被医生叫住,疯圆圆洋洋得意地对他姐夫说自己得了个宝贝。

医生没好气地问他:"啥宝贝?"

他说:"不知道啊,但肯定是宝贝。"

"哪来的?"

"天上。"

"你还地上呢!"医生说。

"真的是天上。"我们帮圆圆说话,"你没有听到飞机?"

"我天天都听到飞机。"

"今天的这架不一样,往下扔东西。"我们说。

"胡说八道。"

"真的。"

"飞机凭什么往下扔东西?"医生问。

"我哪知道!"圆圆害怕他姐夫,声音没有底气。

"那你还……抱着它,你还不快……把它扔了!"医生的语气变得极快,充满恐惧。

我们这才恍然大悟,意识到危险。我们的脑子里,出现的画面是——炸弹。当时圆圆的脸都白了,想哭,又不敢哭。我们慢慢散开,似乎那个木盒马上就会爆炸,一下把圆圆炸个天女散花。我们的后撤加重了圆圆的恐惧感,也让恐怖的气氛变得更加凝重。圆圆僵在那里,希望他姐夫去救他,医生却站在门口不动弹,这倒便罢,他还刺激圆圆:"你什么都敢捡,你就紧紧抱着哇,只当你抱了一个大闺女。"这时,圆圆哇的一声就哭了,扑簌簌的眼泪流出来,却不出声。几个胆小的孩子继续后退,有的躲到房子拐弯处,探出脑袋来看,有的索性回了家。我当然也害怕,我哪能不害怕,电影里爆炸的场面多了,可是圆圆那么可怜,他一边还在低声说:"救我啊,你们谁来救救我啊! 救救我啊!"圆圆哭得伤心。我就想,他就是个疯子,也不能眼睁睁看着他被炸死啊! 我神使鬼差地就向圆圆靠近,还没到圆圆跟前,医生就在边上喊:"米海西,你是咋啦,他疯了,你也疯了。他不想活了,难道你也不想活了?"我就站在那里,这时,谁也没想到圆圆突然一个弹跳,直接把盒子塞到我手里,自己来了个前滚翻,在地上打了几滚,滚到远处,然后站起来又蹦又跳,拍着手鼓着掌冲我高呼"我胜利了! 我胜利了!"一边还模仿爆炸的声音,"嘭""嘭,嘭"个不停! 我手里捧着那个盒子,心里害怕极了,我想,如果里面真是炸弹,反正是个死,那我还不如就死得英雄点,于是我把木盒贴到耳朵边听。

"什么声音?"有人问。

"咔、咔、咔的!"

定时器! 我立马把木盒子举到头顶,大喊一声:"都趴下!"他们以为我会本能地把木盒子扔出去,所以所有人都趴下了,医生关上了保健站的门。

"不过,我没有像电影里的英雄一样牺牲,否则也就没有你了。"我跟米罗说。

当时,我的脑袋其实是蒙的,只是闪了下董存瑞手举炸药包的画面。但我没有喊"万岁!",我只能等那声巨响的到来,可是半分钟过去了,没响,一分钟过去了,没响,那个木盒在我手里一直不炸,我就举着它,还看它,旁边趴着的小孩还奇怪地问我:"到底是炸不炸啊?"我说:"我也不知道,要不你来拿着吧。""还是你拿着吧!"木盒子一直没炸,我只好举着它往村外走,我把它扔到一片野地里。过了一夜,还是没有炸。但那天夜里,我挨了打。我妈把门关上,用荆条抽我,我当时想着就算抽死我,我也不哭不求饶,因为我觉得我没错。我爸躺在床上,既不替我辩护,也不制止我妈。事后我妈和我爸生好几天气,嫌我爸不管,纵容我。

"你能体会家长的这种心吗,孩子,他们其实不是阻止你见义勇为,他们只是不希望你莽撞行事,如果有可能,他们宁愿替你去干那件最危险的事,你是他们的孩子。我该怎么讲呢,这问题真很难讲,家长们知道孩子的勇敢应该鼓励,但孩子不应该盲目去勇敢。可问题马上就出来了,如果不盲目,哪还会有勇敢呢?就像彭波,她用那种方法结束自己,她的那种勇敢……"

"别提彭波。"

"行。"

"那个木盒到底炸没炸,里面到底装的什么呀?"

第二早上,见我妈的气消了,我爸才平静地对我说,我确实该打,但并没有说我为什么该打。然后他让我回忆细节,问我那个盒子的大小,上面有什么标记。我说是个原木小木盒,做工很好,我用笔在纸上写下上面的字母"W-t-h"。他说,应该少了一个吧。我说记不清了。我爸这才长吁一口气说:"但愿没有错吧!"

"什么?"

"表。应该是一块手表,或怀表。"

第二天第三天第四天,那个盒子依然没炸。人们对它就放心了。我们重新鼓起勇气,用改锥撬开它,剥去一层层包装,我们看到里面确实是一块手表。但我们谁都没有拿回家。我们不担心爆炸,但我们担心有窃听器,或微型照相机。

"后来呢?"米罗问。

"我们把它扔进了井里。"

"你们可真傻!"

"可那就是当时的情况。"

"再后来呢?你们没有去捞它。"

"没有。"我说,"因为那是敌人的东西。"

"真有意思。"

我笑笑。再后来,我就不得不讲"小兵"了,因为"小兵"出现了。他是"将军"的儿子,是一个捣蛋家伙。因为"将军"要去前线,不得不把他送回老家。"小兵"大我几岁,但比我哥米海东小,他个头也不是太高,脸蛋儿圆圆的,像鹌鹑蛋,说话总是油腔滑调,穿衣服喜欢把领子竖起来。他常常来我们家,总喜欢和我爸聊天,一聊就是几个小时,两人还嘀嘀咕咕地笑。

"我知道他。"米罗说。

"是你妈说的吧!"

"不是。是我奶奶。"

"哦,最后'小兵'害死了你大爷。"

"我奶奶没说这个。"

"是吗?也许是她不知道该怎么说。但这个人对我们家影响很大。"

"这个我知道。"米罗说。

第 **6** 章

其实，我不太想给米罗讲"小兵"，因为"小兵"死的时候也还是个孩子。但米罗很想听。我也就只好讲了。我刚才说，"小兵"常常来我们家，总喜欢和我爸聊天，一聊就是几个小时，是吧？我都怀疑是不是在回来之前，"将军"就跟他说过，可以把我们家当他家。"小兵"在我们家表现得很放松，他总是一副什么都懂的样子，很想把我哥也当弟弟看。可我哥早已经觉得自己是男人了，他不觉得"小兵"从外面回来就什么都懂，就有什么了不起。他们俩都把我当小孩看，所以在我面前，他们说话都显得像大人。这一点，我和我妈都不喜欢，但念在"将军"的份上，我和我妈就对"小兵"做了不少忍让。

我说："有时候我们不得不容忍不喜欢的人在自己身边，甚至还得和他相处。那样做，不是因为我们怯懦，而是，世界本来就是个复杂的东西，会有各种各样的人，无论好与坏，对与错，优秀还是恶劣，你都得容忍他们的存在，这个世界是好人的，也是坏人的，是高尚者的，也是卑鄙者的，你允许天使的存在，也就得允许恶魔的存在！"

这个观点是我妈早早说给我的。也许是我妈害怕我和"小兵"合不来吧，她就说"小兵"那样不行，太张扬，迟早会吃大亏，让我自己管好自己，对"小兵"身上的一切，抱一种见怪不怪的态度就好。我觉得"小兵"之所以那样，很可能是他觉得自己是来自城市（说不定只是山沟里的一个军营）的原因，他看不起我们，觉得我们是井底之蛙。也许吧，"小兵"确实是有两下子，只不过那是打架，他在军营里学过散打。我爸却说，"小兵"并不像我们看上去的那样，"小兵"其实挺好，他老在"小兵"身上看到"将军"小时候的样子。后来,"小兵"到乡中学读书,但他不好好学,学校也管不了他。在学习上,"小兵"不关心名次不关心成绩,你要问他:"孩子你这么不好好学,能对得起你爸啊?"他一定会给你一个白眼:"那你咋不问问我爸能不能对得起我呢?"显然"小兵"肚子里有气,他似乎一直在赌气。你要再进一步跟他说"将军"是责任在身,他马上就会"喊"你一句:"我还责任在身呢。好了,你吃你的饭,就少管别人的事吧啊!"对于"小兵",我妈总有种隐隐约约的不踏实,她担心"小兵"是根钢钎,会把我家撬塌。若干年后,证明我妈真是对的,她从日常的细微中发现了"小兵"的心机。

"所以我说,你奶奶其实是很细致的人。"我说。

"我奶奶,细致?"米罗有点纳闷。

"可能我说的细致和你理解的不完全一样!"我说,我妈确实细致。用"细致"来形容一个农村女人,兴许有点高档了。在我们小的时候,农村里与细致对等的词是"洋气",而不是"仔细""细心"或什么词。人们用"洋气"来形容新潮与时尚,说谁洋气,就等于说她超出大家的审美,接近影视明星的美了。她们形容我妈就是洋气,当然不是年轻人口中说的那种肤浅的洋气。说我妈洋气的人,大部分也是些中年人。细细品来,真正能形容我妈的词真的就该是"细致",我妈也想细致,因为只有细致了,她才感觉配得上自己教师、工人的妻子,还立志要把两个儿子培育成才的人的身份。

我能体会我妈那时的心情,那是她最最朴素的一个野心。她在对我们进行着言传身教,我知道她对出类拔萃有着自己的理解,她眼中的出类拔萃不是名和利,而是一种优秀,一种脱离粗鄙、庸俗、疏懒的优秀。那种优秀是种品质,或高贵。所以,我佩服我妈。我妈身体瘦小,却能量巨大,她不会借邻居家女人的火剪来给自己烫发,那样太张扬,我妈要恰如其分,要含而不露,她会在衣服底边与屁股的距离上下功夫,会在衣服的腰线上下功夫,她要把腰线缝得不深不浅正合适,让她穿起来后既显腰身,还不招惹是非。她会做几个假领子,包括纯白色的和乳白色的,心里不细致的人自然不会有这么细致的眼睛,那些羡慕她的女人也只能对我妈说:"这衣服也真奇怪,咋一穿到你身上,就不一样了!"

除了穿着外,我妈的皮肤也比她们细嫩,她的脸和手,无论冬夏春秋,一年四季都软软和和、柔柔嫩嫩的,身上还有一股略带酒精味的清爽。我知道其中的秘密不仅是那袋郁美净,更主要的是那瓶开塞露。这个开塞露啊!又是开塞露,因为它,我还伤过我妈的心。有一年过"六一",我要上台演出,三句半,我就是说最后那半句的人。我背了几天,生怕忘词,想早点到学校,可我出门时被我妈拉住了,她挤出一股开塞露非要往我脸上抹,说那样脸看上去光滑,就是有人在下面拍个照,脸上也好看。可那种东西！那时，村里人的想法很怪，冬天里脸冻了手皴了正常，但你要把香油抹到唇上看上去油光发亮的，倒惹人家笑话。尤其是小孩，似乎脱了鞋脚上必须冒臭气才合群，如果谁鞋里没泥，伸出来的脚白白净净，就会被嘲笑。我不想脱离群众。因为我接受的教育是，任何脱离群众的行为都是腐朽可耻的，就是资产阶级，就是地主老财。所以我不让我妈抹，我妈却非要抹，她把我搂在怀里，一只手掐我下巴，一只手给我抹，还说："要听蝲蝲蛄叫，还不种庄稼了呢！"我马上就反感起我妈身上的那股清爽气，觉得她脱离了我们的阶级，我使劲儿挣脱，推门跑到院里，一边用袖子擦抹着脸上黏糊糊的东西，一边用很革命的语气冲她叫："资产阶级！""臭女人！"这话很刺耳！还是出自自己儿子之口。"米海西！"那次，我爸出面了，他在屋里喊，让我不得无礼。可是，我已经叫出去了。我先声明，我不是不爱我妈，我只是话赶话，从内心害怕我妈堕落，是想提醒她千万别在不知不觉中向那些披着大波浪头发、缎面旗袍裹身、挺胸翘臀、露着两条大白腿的女人靠近，那样的女人不美，那样的女人总是和一群留着八字胡子、戴礼帽、手拄文明棍、嘴上叼雪茄的男人混在一起，那些人要多丑有多丑！

可我没意识到，我伤我妈的心了。当然，不是一个"资产阶级"的帽子，而是那个"臭女人"。在村里，革命、主义、阶级仅仅是口号，是形式，但"臭女人"却是实实在在的，有据可依的。我妈觉得我做了某些人的代言，我无意中的真心话击溃了她，置她于不堪之地。我们家一直在村里，她的男人长年瘫痪在床，而且她、我爸、"将军"年轻时候的事大伙儿都知道，自然别人会有一些说道，他们好奇我妈对我爸的精心伺候，奇怪家里躺那么一个难缠的人，我妈脸上还总能挂着笑容。尤其是"将军"每次回来，他们认定"将军"去我家看的并不是我爸，而是我妈，更为奇怪的是，我爸竟然躺在那里还那么气定神闲。他们找各种理由支撑这种奇怪，解释这种奇怪，说我爸有求于我妈，自然顾不得尊严，否则我妈一时不高兴用力一拍，他的脑袋就像断秧的倭瓜从脖子上掉下来了。说我妈把自己打扮得那么洋气，就是因为在心里想着"将军"。还有人说，她那样纯粹是为了气我爸，尤其是"小兵"妈死后，人们说我妈是想气死我爸，好改嫁给"将军"，可是不想我爸更厉害，我妈越是气他，他就越是不气，还要好好活着。总之，说法多多。所以在别人家谈到我们家时，常常是颇有微词，他们说"那家人，啊，就那个平时打扮的……"，似乎就心领神会了，似乎我们家成了他们眼中的一道无解之题，或一个哑谜。村里人相信"无风不起浪""苍蝇不叮无缝的蛋"的说法，他们问对方真的假的的时候，实际上已经相信是真的了。为了那些闲言碎语，我哥和几个婶子动过手，回来我妈就收拾我哥，说一些"真的假不了，假的真不了""身正不怕影子歪"的话。我哥一次不出声，二次不出声,三次的时候就给我妈讲他的道理:这世道啊,历来就是软的怕硬的,硬的怕愣的,愣的怕不要命的。我妈让我哥别说了。我哥哪能不说,他气呼呼地对我妈说:"你别管我,你先管好你自己再说吧!"

这些东西当然会影响到我,因此从我嘴里说出"资产阶级!""臭女人!"也就不是偶然了。可是我妈她……她一直含辛茹苦,不让别人家小看我们,她累死累活支撑我们那个家,到头来……儿子却这么说她,她的滋味哪能好受! 其实,我知道我错了,但我没有道歉说"对不起",农村孩子既不会撒娇,也不会认错。但父母是知道你已经认错的,因为她发现你早上起来把被子叠得四棱四角和豆腐块一样;院子本来不脏,你却拿起笤帚又扫一遍;水缸里的水还够吃两天,你却默不作声地把它挑满了。我妈都知道,可她就是不理我,她是有意要和我划清界限,她是要用她的方式惩罚我。当然也惩罚她自己。那段时间,我发现她经常躲到我爸看不到的地方发呆,长吁短叹,那口被情绪压制的气总也喘不上来。关于这件事,我爸也没多说,但他很严肃地提醒我,别光长身体不长脑子,就是和父母说话,也要过过脑子。

"哦。看来你那次……"米罗说。

"是啊。父母也不是永远坚强。父母也有伤心的时候,而且越是亲人,对他们的伤害越大。他们付出没想过要回报,但起码该得到尊重。很多孩子不知道这些,一心觉得自己是父母的孩子,就可以在父母那里恣意放纵。"

米罗看我一眼。

"你呀,你也这么干过。"我对米罗说。

"有吗?"

"当然有,就那次,我和你妈陪你去报班,就是那次咱们遇到的彭波。"

"这我知道,彭波也去报班。"米罗说,"但彭波说,她可不是第一次见到我妈。"

"咱先不管你妈。"我说,我当然知道罗素兰不是第一见彭波,"你妈当场叫彭波'宝贝',还开玩笑,要彭波给她做儿媳妇。彭波的爸爸,那位大老板,彭金辉,就站在旁边。"

"是呢。"

"彭金辉把彭波领到你面前,要你们做好朋友。彭波当时一脸不屑的神情,说:'你们可真逗!'她说她根本不需要朋友。"我对米罗说,"彭波初给人的印象很不好,短发,鸭舌帽,帽檐儿上翻还歪到一边,浅灰色的短腿裤,她的眼睛总是左顾右盼,总也停不下来,她双手插在裤兜儿里,浑身长着刺儿。但彭波成绩不错,她爸说,只要保持下去,考个一本没问题,但他想让她瞄准南大、清华,至少得上个中国传媒。彭波的爸爸当时很得意,还炫耀他的公司马上要上市。还记得吗?"

"记得。"

"你很烦躁，我和彭金辉礼貌地握手，你妈再次把彭波拉到你面前，说你们生日只差七天。我当时也希望你们能成为朋友。我觉得现在的独生子女太自我、太孤单了，有个伙伴是好事。你却不乐意，也很排斥。你妈就夸彭波，说彭波活泼可爱、志向远大，吹拉弹唱、舞蹈、绘画样样行。你妈没有贬低你的意思，她只是想激起你的斗志。可谁想……你一个转身挤过人群冲进了电梯，那还不算，你重新又把电梯打开，冲你妈喊……你说：'既然人家那么好，那你去给人家当妈好了！'你当时的神情，那种暴躁……一点都不顾我们的感受。"

"我有吗？"米罗故意抵赖。

"彭波后来没跟你说起过吗？"

"好像说过一次。"

"这还不算，那天你回到家，情绪也不好。我倒没说什么，我猜是让你去上辅导班你感觉脸上无光，其实那有什么，现在的孩子人人都上，有什么，人家彭波不也去了嘛。再有就是，你觉得去上辅导班占了你玩或休息的时间。如果这两点都不是的话，那就是你不想和彭波在一个班，你觉得人家比你成绩好，两家大人关系不错，你心里不痛快。"

"不是。什么都不是。"

"可你很烦，什么话都听不进去。我记得你妈说：'我们做父母的，辛辛苦苦挣钱给你报那么贵的班，都是为你好，你反倒不高兴，还给我们脸色看！'你当时的态度，你记得吗？"

"不记得。"

"你冷冷地看你妈一眼，眼神那个冷啊，真是能把人心冷冻了，你说：'钱在你们手里，报班是你们自愿的，没有谁逼你们啊。'孩子，这就是你当时的话，你妈一口饭含在嘴里，半天都没咽下去。"

"有吗？"

"你当然不记得了，因为你觉得她是你妈，你怎么着都无所谓。"我说，你看，我们都是这样，伤害了父母，心里还不以为然。我说："哦！看我，又把话扯远了。"

"没关系。"

"那就好。刚才我们聊到哪了？"

"小兵！"

"哦，对，咱们还是说'小兵'吧。"我本来是想借此拐道的，但发现还是不行。我必须得聊"小兵"。

第 7 章

"小兵"和我哥米海东关系很好,"小兵"说争取比"将军"和我爸小时候还要好,他们几天不见,再见面时"小兵"就会扑过去抱我哥。我前面说了,米海东在乡里当临时工,但在乡里工作的还有另外一个人,医生的女儿,灵秀姐,她是乡广播站的播音员,现在"小兵"又在乡中学读书,自然他们在一起的机会就不会少。灵秀姐的年龄我不清楚,应该比我哥大几个月,或是因为女孩比男孩成熟,显得比我哥大。她有三个特点,一是皮肤白,二是嗓子好,三是爱笑,人也好看,当别人夸女孩漂亮时,我就会在心里拿她比。我叫她灵秀姐,知道她的小名叫灵儿,而不是秀儿。灵和秀不一样,灵没有秀内敛,灵却比秀清澈聪明。一日三次,灵秀姐准时在小木匣里广播。我妈很喜欢她,只要木匣一响,我妈就说:"听,是你灵秀姐。"

灵秀姐的广播站在乡政府礼堂主席台的旁边,很小,实际上是一个操作间,每次播音灵秀姐都得坐在床上。灵秀姐是我们村第一个说普通话的人。她当播音员也是临时工,但她想总有一天会转正。我哥到乡里只是为长见识,因为他会接我爸的班,迟早会有城市户口和正式工作。这样的预期让他们产生了一种别人不可企及的契合,再加上他们总是一起回村,人们就认定他们迟早会是一家人。他们自己有没有这种打算,他们从来不说,但明眼人都能看出来,他们是有的。我听说,我哥常去广播站,灵秀姐也常拿走我哥的衣服去洗,反正他们是一个村的,别人也说不出个什么来。有意思的是灵秀姐的父亲,有一次他来家里给我爸打针,居然和我爸称起亲家,说是玩笑,但肯定不只是玩笑。我爸就提醒他,事情八字没一撇别乱说啊。他嘿嘿一笑,说:"这不明摆着的事嘛!"

那时,我们家的重点不是我哥,而是我。因为第二年,我就要参加那场决定我前途命运的考试了。我有意识看了几本我爸的书,但更多的只是做做样子,书里云山雾罩的语言我看不懂,我潜意识里也想为自己开脱——"你们看,我努力了,可我就是……"我不知道我爸有没有看出我的伎俩,兴许看出来了,他只是没有揭穿我,但在他看来,我能把书拿起来,就已经相当不错了。

那时,我的成绩并不太好,一个班40个孩子,我从来没有考进过前十。乡中学每年招两个班,我们村最好的一年考上4个,十分之一,比考大学还难。而且这仅仅只是一个小升初,这一考就像一架大眼儿筛子,把大部分孩子都筛下去了。我就想,那些孩子大概连为啥要学习,什么是理想还没搞清,就被送回农村了,从此,所有的表格上,他们只能填写自己是小学文化。小学文化,那也叫文化?唉,他们的数学能力,也就只能停留在加减乘除了,无论幂、平方,还是函数、几何,都与他们无关。他们的地理知识,顶多知道地球是圆的、七大洲和四大洋,他们不知道季风、洋流和极光,到城里他们是能分得清男女厕所,看得懂公交站牌,但汉字下面的 toilet、hotel 会叫他们糊涂。他们有可能会大着胆子笑,说"你咋说我不会英语?"他举起手,做出 WC 的样子,但他却不知道那是 water closet 的缩写。他们看的书只能是《故事会》《民间文学》《今古传奇》,他们注定得以体力为生,就是学手艺,也是建立在下苦力基础上的。山里孩子和海边孩子不一样,很少有雄心壮志,也没野心。他们对自己、对世界的看法是惯性的,是从父母祖辈那里继承来的,他们只能看到父辈的幸与不幸,看到邻居家的鸡鸭与骡马牛羊,他不会和城市比,因为城市是另一个世界,两者没有可比性。在那个受户口限制的年代,很少有农村人真正能奔出农村,当兵和下窑在村里人看来等于去鬼门关遛弯,剩下的就一条路,就是一次一次地考试,一次一次地过筛,直到自己成功。在这种情况下,农村的家长也就不会去过多苛责孩子,考上固然好,考不上也正常,反正在农村,起码有吃有喝,饿不死人。我们家可不这样,我们有宏伟蓝图,那就是我爸我妈自己可以留在农村,但他们的两个儿子必须到城市里去,逢年过节的时候,孙子们梳着洋娃娃头,穿着干净合身,关键是买来的衣服,说着普通话回来,那才是他们理想中的样子。

"所以说,我能不能考上乡中学,对我们家来说是至关重要的。"我跟米罗说。

"那个'小兵'呢?他在学校里,也不是个好学生吧。"米罗似乎更关心"小兵"。

"可不是嘛。"我说,就他的成绩……100的英文他能考3分,也算是奇葩了吧!所以,我觉得他不是在上学,他是在度假。我知道"小兵"这小子完了,他没心思上学,总给我一种"反正就那样"的感觉。他有时吊儿郎当,有时认真,你不能说他破罐子破摔,但他确实没有一点上进心。他仿佛只想表现得与我们不同,我也说不好,也许是我戴了有色眼镜看他,反正我觉得他有问题,感觉哪里不对劲儿……他爸——"将军",人家那可是一表人才,怎么轮到"小兵"身上,就……怎么回事呢,我有时为"将军"叫不平,后来,我就想,很可能问题出在他妈妈身上,大概是他妈基因太强了。我向米罗简单形容了一下"小兵",我说,他总是喜欢穿一类衣服,就是松松垮垮的那类,不是浅蓝色的迪卡中山装,就是没有领子的夹克,下面永远是一条军绿色的甩裆裤,那行头穿在他身上,就像从哪儿捡了大人的衣服一样,很不合身。

"我们叫那种裤子甩裆裤,"我问米罗,"你知道什么是甩裆裤吗?"

米罗说不知道。

那种裤子穿在身上是要甩起来的,所以又肥又大,很像现在女人们的裙裤,反正人要穿上它,把两手插进裤兜里,往前伸二尺,还能握住手,里面要藏个人一点问题都没有。那种裤子的标配是板鞋,又是一个专业术语,那种鞋,塑料底,无跟,颜色有黑色和白色两种,特别是冬天,走起路来不是"啪啪"响,就是"嚓嚓"声。"小兵"喜欢白色,爱干净,不能见上面有一丁点脏。我们那时候流行"恰恰舞"就是因为这种鞋……哦,当然不是列入国标拉丁舞里的那种"恰恰"。"恰恰"是声音,跳舞的人随着音乐轮流抬腿,稍做停顿,然后向旁边蹭去,硬硬的塑料鞋底摩擦地面,发出"恰"的一声,身体相应左摇右摆,双手与胳膊随便做些动作,前两个"恰"缓慢匀速,第三个"恰"简短而快速。看过的大人说,那也叫跳舞? 那是羊角风,是抽筋。是呢,那种舞还有个俗名就叫"抽筋舞"。"小兵"跳这种舞跳得好,他还将太空步和霹雳舞加在其中。我哥和灵儿不太会,他们还在跳迪斯科。我还说,我不清楚学校为什么允许"小兵"那样打扮。听说他常常在上晚自习时,在教室后面搬开课桌教男生跳舞,实际上他是只害群之马。但老师们总对他睁一只眼闭一只眼。说也奇怪!

"那时候,你在干什么?"米罗问我,他想让我和"小兵"扯上些关系。

我在备战,准备打一场生死攸关的大仗——考试。知道吗,我妈还要求我和我哥必须看那《平凡的世界》,让我哥着重看孙少平的部分,我看孙少安。她说:"咱家条件比孙少平家要好不少吧。"言外之意,她是说我和我哥得比孙少安、孙少平强。那时,社会的变化已经很大了,我们已经从电视上看到过广州人、上海人、北京人的生活,和我们一比,简直就是天上和地下。我们不努力哪行啊! 我爸就用那种历史的语气给我分析,他说人家过得好,那是人家有知识、有头脑。我爸进而说,你想想,一个只有小学文化的人,就是进了企业,大概也只能做些瓦工、钳工、焊工、油漆、起重之类的事,如果你想穿白大褂坐在显微镜或示波器前搞研究,那你怎么也得上过大学吧! 我爸能说出这样的话,真不简单,他似乎总是能说出一些不简单的话。他说，人和人是不一样的，也不会真正平等，人们天天叫嚷平等，怎么可能呢！但是，机会却是给有准备的人的，可我们准备的是什么呀，只能是知识。我爸很直接地对我说："人只有有了知识，才会有智慧，才能变聪明。就你，米海西，你不学习，连初中都上不了，你还哪有什么机会嘛！"那时在我爸我妈嘴里，他们说不出"精英"，也说不出"贵族"，那时的社会精英还没有出现，贵族是个贬义词。但他们已经认识到知识的重要了，科技是第一生产力，没有知识，哪能谈得上科技？在他们眼里，不论知识分子受到多么不公的待遇，但他们绝对相信知识分子有着"以一挡十""以一挡百""四两拨千斤"的本领。我爸很形象得比喻说，一粒玉米扔进土里，不用管它，它会发芽、开花、抽穗、结籽。可是一块铁，你就是对它三叩九拜，喂它红烧肉，它也变不成火箭、轮船，你要想把一块铁最终变成火箭、轮船，每道环节需要的是什么啊——是知识。

但在当时，我根本听不进他们的话。那些道理，我当然懂，只是没有办法落实到我身上。所以，每次面对父母的教诲，我都是不停地点头。但我知道，他们只是在白费口舌。他们也意识到了，所以有一天我妈在家里炒了菜摆了酒把我们班主任给请来了。我们班主任也是个民办教师，眼睛的度数比学历高，因为他的眼镜框的腿总有一条断着，我们就叫他"半根腿"。他是医生的弟弟，就是说，是灵秀姐的叔叔，但他和医生素来不和。因为"民办"的身份让他感觉没有保障，他家又是中医世家，手艺却传到他哥哥身上。当然不是医生不把祖传医术传给他，而是他的视力实在成问题，人家担心他把处方开错。他的视力是够让人害怕的，每次给我们写板书，老是写两遍，因为他无法保证两次能叠在一起，所以好些字就变成了立体字，反倒让我们看了眼花。不过他教书很认真，就冲他的认真劲儿，我妈给他介绍过对象，开始几个没成，最后一位，人家因为好奇，就问他前面几个姑娘长啥样。我们班主任害羞，说："长得……"他拖起长音。姑娘让他往近处坐坐，要他瞅着她，然后又问他，是她好看呢，还是前面的好看。我们班主任实在，说差不多，差不多。人家站起来就走。要知道，人家当时是背对他坐着的，他看到的是人家的后脑勺。所以我们班主任一直单身，吃饭有一顿没一顿，遇上村里的红白事，他去给人家写写画画，才能解解馋。我们班主任的育人观是"扶强不扶弱、保前不顾后"，说白了就是只顾好学生。在教学上，他采用题海战术，相信熟能生巧、书读百遍其义自见。他一到家里来，我就知道是为什么了。好在，那顿饭我爸我妈和他聊得投机，我爸说话也艺术，从头到尾不讲班主任对我要"关照"，他只说"关注"。我爸和我们班主任说："兄弟，你看，我都这样了……我要好好的，我要还是一个囫囵人，也许我就……大兄弟，你说实话，你觉得，海西这孩子，值不值得你关注？"

其实，我知道我们班主任平时并不关注我，我就想，那顿饭后他就更不关注了。他一定觉得我爸和我妈这是在拉拢贿赂他，他吃了一顿"鸿门宴"。我当时那个无地自容啊，真想……可我又不能走。我就看到我们班主任嘻嘻笑，将一盅酒送进嘴里。那酒是我哥从乡政府带回来的——汾酒，乳白色的瓷瓶上画着牧童遥指杏花村的图案，尽管带回来时就是半瓶，但毕竟高档啊。我们班主任这才慢条斯理地说："老哥，你让我怎么说呢？"

"该咋说，就咋说！"

"海西，这孩子吧，脑袋瓜好使。"

"这我倒没发现。"我爸谦虚地说。

"你没有发现？依我看，他还真有点化学脑袋带绷簧的意思。"

"你说什么？"我爸呵呵笑了，"化学脑袋带绷簧？"

我们谁都没听懂我们班主任的意思。

"就是说他很聪明。只要他的脑子给咱动上一动，发生点化学反应，成绩马上就会上来。"

"你是说，他也不至于那么差？"我爸一下子高兴起来。

"谁敢说海西差，那是他没长眼，只是吧，海西这样子，好像还不到开窍的时候。"

我爸的心大概马上又凉了半截儿。

"今天当着孩子的面，那我就直说了吧。我是觉得你们家海西，根本就没把我放眼里。"

我这可第一次听这话。一个孩子没把老师放眼里，可能吗？可能。言外之意，是老师教不了他，不配教他。很多孩子们不都这样嘛！自恃聪明，故作清高。

"还有这种情况？他真这样？"我爸被吓了一跳。但他马上否定了，他将这种情况归为孩子的无知，他说，"不会的。海西回来经常夸你，说你会用柳树枝做碳素笔，说你写的字和书法家写的一样。"

那天很冷，寒风刮得飕飕的。后来，我被打发去里屋睡觉。据说我爸和班主任谈了很久，他们达成共识。从此我就被班主任"关注"上了。但他们不知道，那个"化学脑袋带绷簧"又给我带来了多少麻烦。"化学脑袋带绷簧"……多创新啊，简直就是一个杰作，它很快就在村里流传，比现在的网络用语还快。当然也传到了"小兵"那里。他听后，兴奋得跳了三个高儿……"化学脑袋"……"还带绷簧"，那得是个什么东西啊！"小兵"回村见到我，抱住我的脑袋就晃，说要听到绷簧响。他又跑到乡政府说给我哥和灵秀姐听。他不断重复一句话："那是个什么东西！什么样的脑袋啊!"我哥不知道咋回答,但他知道我爸和我妈以及我们班主任的良苦用心。面对"小兵"的纠缠不休,我哥就给他一句:"化学脑袋带绷簧就是化学脑袋带绷簧,这有啥好奇怪的,你想不到是你猪脑子。"这是我哥的风格,斩钉截铁,干脆利索,懒得和你去浪费口舌。他也一心护着我,记得有一次,我和几个小伙伴赛跑,我跑不过人家,就哭,我哥大老远过来,让我们再跑一次,我自然还是跑不过人家,我哥就走几步站到我跟前大声宣布:"这次啊,米海西第一名啊!"那两个早跑到我前头的孩子,回头来怔怔地看我哥,一脸纳闷:"凭啥呀?!""凭啥? 就凭米海西跑得快。"我哥弯腰抓起一块石头在我脚下画了一条线,说:"你看,这是终点线。"那两个孩子又抽鼻子又瞪眼。我哥就用手抓人家的肩膀,呵斥人家:"咋,你不服? 还是你觉得自己的眼睛比我大?"那两个孩子就不吭声了。

"之后呢?"米罗问我。

"什么之后呢?"

"'小兵'说你的事。"米罗提醒我。

哦,完了就完了。再说,"小兵"去乡政府也不是专为这事,他去乡政府,多数是去灵秀姐的广播室,灵秀姐那里总有水果或干馍馍片。后来他们切磋跳舞的事。灵秀姐说,我哥的迪斯科跳得可好呢,尤其是跟着节奏打点儿响指,很准,他能连着打双声,有时候还能打出三声来。所以我哥不觉得"小兵"的恰恰舞有什么了不起,不管是什么舞,只要能跳到极致,那就是水平。我爸我妈不知道这事,在他们眼里米海东老实本分、少言寡语、不喜欢花哨。当然这里面的原因,很可能出在灵秀姐身上,在一群开口闭口讲"某某同志""县里""上级精神得抓紧落实"的人眼里,灵秀姐就是有文艺范的青年,在她的耳濡目染下,我哥怎么也得跟上她的步伐不是! 有一年过年,我哥、灵秀姐和"小兵"在村里搞舞会,当然是秘密的,"小兵"提供录音机,那台录音机本是"将军"寄回来让他学英语的,他倒好,把英语磁带全都翻录成了歌曲和舞曲,也不知道他从哪儿学的技术,"小兵"在电线中串入一个日光灯启辉器,一排溜儿彩色灯泡就闪起来了,他又从录音机里引出两根线直接连到手电筒上,手电筒的灯泡就能随着音乐有节奏地闪烁,同时还具备了追光灯的效果。他们几个半大不小的孩子把门插上,在强烈的音乐声中躲在屋里跳舞,他们笑啊,叫啊,蹦啊,跳啊,就是不让我进去。我从门缝里看到灵秀姐甩着长发,跳来跳去,很美,我哥在她旁边,"小兵"有时候会跑过来突然将灵秀姐举起,我就觉得人家那才是年轻的人生活——热情、奔放,还不用学习。唉,自己苦闷,也不知道什么时候才能长到人家那么大。

"每个男孩都急着长大,是吧,因为长大了,就有了自主权,就不用听父母啰嗦,不用受父母压迫了。在孩子们心中，父母的管教就是压迫。可是不愿意接受父母提醒的孩子，很容易出事。'小兵'就是例子，他最终害死了我哥……这样说也许不公平，兴许是我哥害死了'小兵'，不管是谁害死谁，总之，他们都死了。就像彭波。他们一定是忘记了父母的提醒，淡忘了父母的忠告，才酿成了那样的后果。"

"就是那年过年的时候，他们出的事吗？"米罗问。

"不是。事情是在后来发生的。那年过年，'小兵'只是举了灵秀姐，当然也抱了，但灵秀姐把他当弟弟看。可我想，其实那就是祸根的开始。或者说'小兵'自从回到村庄就有自己的计划。我不知道'小兵'是不是在他与米海东关于灵秀的问题上看到了'将军'和你爷爷的影子，我不知道，他也没说，因为他每天都是笑眯眯的，就像我们家的第三个孩子。他不叫我哥米海东哥，他就叫海东，他说他们是革命的同志关系，当我哥用年龄压他时，他就说年龄什么也算不了。重要的是，我觉得小兵有思想，有主意，但我不知道他内心在想什么。我总觉得他老和我哥在一起，并不那么单纯。他们并不是什么革命的同志关系。"

"看来还是他害死了我大爷！"

"也不那么绝对。这只是猜测。因为谁也还原不了当时的情况。三个当事人，两个死了，一个喝多了酒记不清了。他们仨关系那么好，很可能都没有说实话。"

"我大爷真是枪毙的？"

"是啊。是被枪毙的。"我说，"欠债还钱，杀人偿命，这是村里人的理。只是，他好端端的一个人，怎么就去杀人了呢？我是说，他怎么就能动了杀人的心！？"

米罗说："是啊。人一旦动了心，接着就会有行动。"

我知道米罗是说彭波。关键是，因为什么事情，什么理由，让彭波产生了那个轻生的念头，我又不能问米罗。

第 8 章

关于我哥米海东，我真是有很多话要说。海东是死了，但这么多年来，我觉得实际上是我害了他，至少他的死与我有关。我是说，如果我能学习成绩好一点，顺顺当当考入乡中学，大家来个皆大欢喜，也许米海东就不会死。但我又不能这样去引导米罗，如果我那么说，他很可能会由此联想到他和彭波。我还是就事实说事实吧！

我说："米罗，其实我们都是以家庭为单位作战的集团，子女是先锋，在前面拼杀，其他成员是后援和保障。爱是这个集团的协调官，情是润滑剂。爱情只是家中的一部分，还是份额不大的一部分，因为爱情放在家的层面来说，是退而求其次的东西。爱情只是锦上添花，而不是唯一单选。我总觉得我哥是在以自己的理解为我们家做着贡献，甚至是牺牲。这个结论当然只是我的猜测，我从不敢讲出来。你爷爷活着的时候，我不敢讲就是到后来只剩下你奶奶一个人，我也不敢讲，我害怕她这么认为，害怕我们会欠他很多。大家都不提米海东，但你知道，有些人，你越是不提他，他就越是牢固地活在你心里。"

"我知道你最后还是被乡中学录取了。"米罗说。

但那是后来，开始不是那个样子。我说，被班主任关注后，我的成绩是有了长进，但长进并不大。为了我的成绩，有一次村里放电影，班主任还独独把我从人群中叫出来，揪到他家改错题。他对我要求很高，书写都管，一旦发现把 6 写得像 0，把 1 写成 7，就会揍我，他出手重，常常在你冷不防的时候，不是拳打脚踢，就是抓到什么就拿什么打你，他家的烧火棍都打断了两根。他还把教室门钥匙给我，这样我就必须最先到校,最后离开,好延长我在学校的学习时间。我有时会反抗,但没有用,因为他得到了我爸我妈给他的尚方宝剑。我只能服从,就是一万个委屈一万个不乐意,也得听他的。

那种学习,你想想吧,大概和现在的孩子差不多,要多苦闷有多苦闷。我们每个人都知道学习重要,知道只有知识能改变命运,可是一个小孩子体会不到,他只是在理论上明白民族大义、国家使命、山河荣辱,可他找不到这些东西具体到自己身上是什么! 就像我当时,我爸给我讲一个作家有那么大的作用,但我就觉得当作家远不如去当医生,我要当了医生,起码在给我爸打针换药时,我爸就不用再陪着笑脸了。我们做大人的,总是让孩子明白,学习是为自己,可是自己是谁,自己为什么需要那些东西,实际上孩子是搞不清的,自然在父母眼里,他们就缺乏学习动力。

我把这些坦诚地讲给米罗,我不隐瞒自己的缺点。当我语气坦诚时,我就发现米罗会听得津津有味。米罗不是那种懒于动脑的孩子,他知道我说这些话的目的,他在高二时就和我探讨过《他人是地狱》,那时他还不知道萨特是谁,他对文字的理解还只是停留在表面。他以为尼采说"上帝死了",上帝就真死了,人们从此再不依赖上帝或根本找不到上帝了。他无法理解存在主义的意义,问我为什么他人便是地狱。客观上讲,米罗比我优秀,他在初中一年级写的作文比我 30 岁时写得还好。但每个人只有放到同一个时代,比较才有意义。我只能回到我们那个时代,和一群傻乎乎的对于考上考不上都无所谓的人比较。

临考前的那个傍晚,我坐在街门外发呆。就像所有临上场的人,不论是士兵、演员、政治家、运动员一样,说是没有压力,但哪哪都是压力。但我不能说压力,因为我妈比我还紧张,我只能并着腿坐着发呆,看着眼前的炉渣坡。炉渣坡里依然有变污的棉球、踩扁的开塞露软管、变形的链霉素瓶封铝片、柴胡针的玻璃碎片,但它们都变得污秽不堪了,我还看到那个我用我爸指甲粘成的一支蔷薇花,它被埋在一堆中草药渣里,脏兮兮的,叫人恶心。

"那个时候,你是不是特想抽烟?"米罗问我,"或跑到山上大喊大叫。"

"没有。"

"没有?"

我说,没有。村里孩子紧张时,只会沉默,发呆,不会抽烟。不过,我抽过,但不是真抽,我们那时没有玩具,没有网游,我们什么都玩,抽烟也是一种玩。无论我们玩什么,玩具或道具都是自己动手做,这锻炼了我们的动手能力,也培养了我们的协作精神。现在电影里很少有抽烟镜头了,这很好,我们那时候,就是受电影影响才学抽烟的,一个年轻人,穿一件圆领线衫,把衬衣领子翻到外面,手指里夹着烟,哦,烟必须是洁白的烟卷,老农民的旱烟不行,手里握半瓶酒,单脚踩在石头上,另一只手捋着额头上的头发,宽宽的皮带上挂着飞刀。我们觉得那个样子很帅,这就是电影的力量。但真心爱你的人会阻止你抽烟,会在你熟睡的时候搜你的书包,闻你的衣服。我相信我妈也干过,但我们的烟是用秋天的南瓜秧做的,她顶多能闻到一些草木灰味道,不会想到香烟。

"看来我奶奶对你挺容忍的。"

"也不能那么说,我只能说每个家长处理事情的方式方法不一样,有的温和,有的粗暴。"

所以那时候,我哪还有心想抽烟的事,我双手抱腿,脑子里空空的。我只是盯着自己脚上的鞋看,觉得这双鞋也很有名堂,其实就眼前这一双鞋,就够我对自己的母亲感激不尽了。

"不至于吧!只是一双鞋。"

"那是因为你不知道那是一双怎样的鞋。"

"再是怎样的一双鞋,它也是鞋,顶多来个千层底万线纳嘛。"

哪儿像你说得那么容易。我说,我脚上是双黑灯芯绒布鞋,胶皮底的,但不是一般的胶底,也不是市面上能买到的那种塑料底,现成的塑料底一到冬天就变硬,一不小心就折,还滑得不能走路,更不能穿着它上坡,特别硌脚。我们穿的鞋都是用煤矿上替换下来的旧皮带做的,那种鞋底结实,软和,还防滑。但做一双那样的鞋可费劲儿了,皮带虽然旧了,但里面十字交叉的尼龙线与胶还紧紧地粘在一起,整张太厚,用的时候必须得对半划开。鞋帮做好,在缝之前我妈就得把皮带放到炭火边烤,等胶皮变软了,再用菜刀或割胶刀慢慢划开。那活儿一个人干不了,必须得有人拿老虎钳帮忙。鞋底割好了,上鞋帮更不容易,因为农村里没蜡线,为了结实,做鞋时就只能用自己搓的细麻绳。

"你没见过那种绳子,"我说,"你们这代人,很多东西都没见过。这也是你们这代人最鲜明的特点。你们绝对是最划时代的一代。我们,你爷爷奶奶,你爷爷奶奶的爷爷奶奶,我们和他们都差别不大。你们不同,孩子,我们顶多是在城市与乡村二维空间里纠缠,可你们已经在虚拟世界里挣扎了,你们甚至已经开始了智能生活。我是说,你们是在'0'和'1'中诞生的一代数字人,你们对人的定义已经和我们不一样了。在你们看来,除了自己,大概所有的一切,包括父母、老师、朋友,都是机器,我这么猜,有道理吗?"

米罗不表态。

我又回到话题里来。我说,就那么一条细麻绳,要想得到它,那我们得先把麻秆在池塘里沤得恰恰好,时间短了,麻皮从秆上撕不下来,时间长了,麻秆就会烂,韧性和强度不够。从麻秆上撕下麻皮晾干,捶打,揉搓,变得柔韧才能用。麻绳是女人们在自己腿上搓成的,她们坐在房檐上,旁边放一碗水(用来蘸手),她们把腿拍得啪啪响,长长的麻绳从房顶一直垂到院里。那场景我没有给米罗细讲,对他来说,在乡下旅游,看到山坡上红彤彤的柿子满树时,能感觉这是一种美,就已经不错了。在我看来,米罗心中的美,早已经没有了乡土气、自然气,他心中的美大概是那种星系般的绚丽美,是那种铿锵有力的金属美,是那种阴森森的黑暗美。但是,我特别想让他知道一个做母亲的不易,我就又说那双鞋,我说,我妈给我们做的鞋一般都偏瘦,自然比别人家的看上去要好看。我妈说,我们的鞋是鞋,其他家孩子脚上的不是鞋,那是船。因为那些孩子的鞋都太大了,还没个形。我妈给我们家每个人都做了鞋样,那些鞋样比我们的脚瘦,从小就这样。我妈说,不能把我们的脚放开,做人有规矩,脚也得有规矩,小的时候不受限制,长大了就得受罪。每年秋天,换新鞋的时候,我们发现我们的鞋不是顶脚就是磨后跟。我们以为是我妈把尺寸搞错了。我妈却说,是一个夏天没人管,我们的脚放肆了,自然得收拾收拾。多少年后,当我看到米罗总爱穿大号鞋,走起路来像骆驼蹄子时,我就会想起我妈。

“当然,现在一切都方便了,有什么样的脚就有什么样的鞋,可那些商家,人家只为挣你的钱,才不管你的脚将来是美是丑呢。”说到这里,我本来是想说米罗的脚因为没有管好,太丑了,可我想想还是算了。毕竟一双脚,在这个时候,既不去选美,又不拿它评职称,难看就难看吧。

后来,我承认我临考前的那个状态,其实就是因为害怕,害怕自己考不上。因为在那时,我才突然意识到,如果我考不上,那可真就意味着我得留在农村与广大农民为伍了。

“孩子,你懂‘广大’的意思吗?”我看一眼米罗。

他摇摇头。

“广大”其实就是泥土、沙子、石子、砖头,它既可以被视之为不可或缺,又可以被人认为不必当回事。因为太多了,太大多数了,“广大”就成了常见,就成了普通。普通和常见的东西,还有人去珍视、珍惜、珍爱吗?没必要嘛!它们遍地都是,随处可取。但我没有原话讲给米罗,我一直坚信世界是多维的,立体的,谁说世界是平的,谁就在睁眼说瞎话。我问米罗:“你听过有人用‘广大’来形容‘精英’的吗?‘广大’只是用来形容普罗大众。我们作为父母,怎么会希望自己的孩子,落入或停滞在茫茫的‘广大’中呢?谁都知道金字塔宏伟高大,也知道只有站在最顶端的人才能得到更多的阳光。兴许完全进入智能时代后,人类就会平等,但那也是相对平等,因为自然界告诉我,连阳光都无法做到普照。"后来,我妈回来了,本来满脸倦意,但一见到我,就立马变得精神起来。我知道她必须那样,我们那个家其实挺脆弱的,很不牢固,也只有她,靠着她那哪怕装出来的坚强,才像钉子一样把我们固定在一起。她走到我背后,用手摸了摸我的头说:"明天要考试,你别坐太久,小心凉了肚子。"她走后,我却干了一件"二杆子"事。

"你带人钻地道。我奶奶说,她狠狠收拾了你。"

是啊,我带人去钻地道。那个地道很多人知道,却很少有人钻过,我就想在我临考前去钻钻,我在心里和自己打赌,让老天给我暗示,如果我第二天能考出好成绩,那就让我顺顺畅畅地从那个地道钻出来,如果不行,就让我原路返回。我们从村南头的一个枯井下去,沿着弯弯曲曲的地道往前钻,大概钻了两三里长还不到头。我不是想逞英雄,我只是想看自己的运气,因为那段时间我老做梦,不是梦到我被控在火柴盒里,就是被扣在碗里,我总也爬不出去,那些梦让我觉得晦气。我记得我们是六七个人,我们举着自制的火把,排成一队往前钻,我一直在前面把头儿。那个地道高低不一,很多地方有很深的淤泥,还有七八个岔路,但我们还是成功地钻了出来,地道的出口在一处废弃的羊圈里。我们的收获是:捡到一个钢盔、一支木柄长矛和一把洋刀,还有一个骷髅头。尽管我们没能捡到手枪、东洋刀、望远镜,但能捡到钢盔和骷髅已经令我们骄傲了。我们挑着钢盔和骷髅回家,一路上大呼小叫,很高兴,尤其是我,因为我钻出来了。遇见我们的大人,都用怪怪的眼光看我们,觉得我们这帮孩子真是淘气到家了!

我挑着骷髅回家,但没想迎接我的是一根锄把,我妈提着一根锄把站在院门口等着我。我想,我妈不至于会生气吧,我第二天就要考试了,她就是生气也会忍一忍。可是她……先是用锄把把那个骷髅打飞,骷髅从炉渣坡上丁零当啷滚了下去,第二下就打到了我的屁股上。我妈想着我应该会跑,可我就是不跑,我立刻站在我妈面前让她打,打就打吧,最好能照准我的脑袋一锄把把我打死。她边打边骂:"你这个不争气的狗熊孩子,什么时候了,你还钻地道,那地道里咋就没埋个地雷把你炸死!那里边咋就没藏个狼虫虎豹把你咬死!"最后,还是邻居家的婶子跑出来把我拖走,人家一边拖我,我一边还犟嘴,我说:"打吧,有本事就打死我。"

"这就是我们考试前的状态。可是今天,轮到你们,"我跟米罗说,"在你临考前,你妈、我,敢动你一下吗?想想你的中考、高考,哪一次临考前,你妈不是提前就要研究菜谱,帮你制定作息时间,本来离考场就 20 分钟距离,我们也得在附近酒店开房子。"

"那是因为你淘气!"

"呵呵，"我说，"也可以这么说。我们是比你们淘气。但你奶奶打我，真正的意思是怕我临考前出事。"

我问米罗："这些东西，你烦吗？"

米罗说："还好吧。"

"哦，可这些东西就是老爸的过去，你看到的现在的我，都是由过去那些一点一点的东西像堆雪人一样堆起来的。你懊恼过你是我的儿子吧，你有没有因为生在我和你妈组成的这样的家庭而后悔呢？有没有觉得自己很倒霉很不幸？"

"我可没这么想过。"米罗争辩说。

"但愿你没有吧！现在，很多孩子都对自己的父母和家庭不满。因为他们体会不到人生的难处，自然就觉得父母和家庭为自己准备得不够。可是，我们在向上比的时候，也应该和下比一比，那些战火中的孩子，那些忍受饥饿的孩子，那些贫困山区的留守儿童，我们至少比他们要好吧！"

我笑了一笑。米罗也笑了笑。但是，即便是他为生在我们这个家庭而懊恼，我也不会怪他。因为他是孩子。

第 9 章

尽管临考前我尽了最大的努力，但我还是没有考上乡初中。这结果出人意料，因为在总复习的几次摸底考试时我都进全班前六了。加上我们班主任说，阅卷时他对我扣分扣得比别人严，只要我发挥正常应该能录取。所以消息一出，我们班主任就跑到我家负荆请罪。我爸我妈当然不能怪人家，他们只能说，我们大家都尽力了，没办法的话只好让我补习一年。

你就可以想想，那个夏天我的日子有多难熬了。我爸不吭声。我妈却天天在自责，说她请班主任太晚了，怪她没给我准备一张写字台，让我趴在炕沿边、窗台、石桌、缝纫机上学习影响了成绩，她后悔临考前不该打我，说我考试时屁股和腿上的伤口影响了我发挥。其实我不怪她，不怪任何人，村里就那条件，趴在炕沿边、窗台上学习的孩子多了，也没影响人家后来的孩子考上乡初中、县高中，最终考到北京，还去外国留学，成了历史学家、证券公司分析师、微电子领域学科带头人。我没考上，只能说是我不行。但有一条我妈说对了，那就是我考试时真没有正常发挥，因为我太想考上了，所以慌里慌张，好几道题明明之前做过，一到卷子上，我却不认识了，还有一道数学题，在临交卷时我发现审错了题，想改，却没了时间。总之，一团糟。考完试的那天下午，几个男生叫我去打篮球，我没有去，之前这种打篮球的事总少不了我，我是投篮高手，三分球投得又准又好。我要做的，只能是偷偷把书和笔记本重新装回书包，等待父母的发落。

在接下来的一个月时间里，我很少出门，自己觉得没脸见人，尤其是木匣子里播报那些被录取学生的名字时，我心里特难受。播音员当然还是灵秀姐，她的声音还那么好听,可我气她为什么就不能少播几遍。我开始闷头读书,多数从我爸那里拿,小说、历史、科普,大部分我都没看过,觉得新鲜,比如天涯海角、印第安人头上的王冠、虎斑蝶、乌与鸦其实不是一类鸟,比如外国人起名也有先写姓后写名的等等。我曾把一本书上说外国某个地方的老鼠比猫大,有一种猴子小得可以装在口袋里的事讲给别人,结果成了全村人的笑话。我还知道有些鹰为了让雏鹰学习飞翔,会把孩子从巢里踢出去,一些黑雁出壳两天就得跳崖,即便是凶猛的虎豹,幼崽的成活率也不到四成……这些东西他们根本不知道。我看了那些书,才发现自己原来是那么无知。

"一个人书看得越多,就越发现自己无知。"米罗当然没有这样的体会,他总觉得自己无所不知,他反倒觉得无知的是父母,因为我们连《菊花台》是周杰伦唱的都不知道,我们不会网游,罗素兰骂我时只知道用"农民"却不知道还可以用"凤凰男",当然她也不知道和"凤凰男"对应的是"孔雀女"。他觉得我整天看那些名著,就像在温习古代文明,无用的已经死去的文明,同时也觉得他妈妈一听歌不是邓丽君、蔡琴,就是那英,简直土得掉渣儿。我不能指责米罗,毕竟一代人有一代人的经历,我不是他,他也不是我。

我只是告诉米罗,那个夏天,我常常坐在院子里的月台上看书,我爸躺在屋里的床上,他正好通过墙上的镜子看到我。闲的时候,我就背一把镢头到山上去刨灌木的根做根雕,不管那些根雕算不算艺术品,我要的其实只是一个人能待在山上安静地吹吹风。我爸就悄悄跟我妈说,我会有出息的,因为我静下来了,还学会了独处,这就说明我开始管理自己了。一个人能管理好自己,那他就不会比别人差到哪里去。我用那些灌木根做了老鹰、喜鹊、猴子探月、老寿星什么的东西。那只喜鹊最像,我爸把它摆到他屋里,等医生来打针时,他就问人家:"你看咋样?"

"什么怎么样?"

"那只喜鹊。"

"倒是挺像的。"

"海西做的。"

"真是闲的!"

"什么叫闲的!这叫艺术。难道你不觉得海西手很巧?要是给你,你能弄出来?"

医生不说话。

"反正我是弄不出来。"我爸的语气中充满骄傲。然后他瞅了机会跟我说,"海西,你看,你有天赋的,只要动手,就行,只要你敢想,就能成。那些艺术家也是人,他们不也是一个鼻子两只眼嘛,咱也不差他们什么。"

我和米罗说,现在的年轻人和我们那时不一样。现在的年轻人,脾气大,爱激动,争强好胜心重,不如我们平和。这也许是市场经济总在讲竞争的后果? 还是贫富差距拉大让人们失去了心理平衡的原因? 我不知道。总之,这些年,金钱让人们变成了陀螺,大家都在拼,有钱没钱的都一样,往往有钱的比没钱的更拼。我们的孩子,即便是学生,从窗户一眼望出去,看到的已经不再是轻淡的云、绚烂的花、和煦的阳光和灵动的金翅雀了,他们看到的是那辆在车流中穿行的红色法拉利,然后就想,将来的自己,会是那个西装革履从豪车上下来的富二代;还是那位身穿条纹裤、白色圆领T恤(上面一定得印有美女,至少得有两条美腿或烈焰红唇)、脖子上套条粗大的金项链、嘴里叼根细雪茄、把悍马车音响调到震耳欲聋的土豪;还是那个浓眉大眼、肤色白净、袖口系紧、有几分艺术气质的小鲜肉,无论是多有钱的富婆,只要看一眼,她就会彻夜难眠呢? 无论是哪个吧,反正,必须得有一样东西——钱。钱让现在的年轻人心比天高,同时又让他们得过且过。钱是种让人膨胀,让人飘飘然的东西,如果再没有文化素质,钱就会让人目空一切。这是钱的错吗? 不是,说到底是人的问题。

"包括我在内,孩子,我也很少去找自己的毛病,我们总是习惯把责任推给别人。"我说,"很多孩子不就这样吗,自己不努力,却怪别人,怪父母,怪学校,怪社会。"

"但这是事实啊。"米罗反驳我说,"称职的父母们就应该给孩子多提供一些平台。平台在现在来说,太重要了。过去也一样,毕竟物以类聚,人以群分嘛,你刚刚也说,人是有层次的,你在什么样的层次里成长,你就会变成什么样的人。"

"那么,我是说如果父母没有那个能力,"我说,"就像我,我小时候,家里没有那个条件,怎么办?"

"那能怎么办?"米罗说,"只能认命。"

这就是这代人,我泛泛用"这代人"来和米罗聊天,其实,我没有资格去评价一代人,我这样做,只是不想让米罗听起来刺耳。米罗一直自负,总想一步登天,他太缺少脚踏实地的精神了,他老觉得自己聪明,认为自己只要稍加努力,就会让人望尘莫及。可事实上,一直以来他成绩平平,他的聪明,只是小聪明,他自以为清醒,实则是糊涂。可是,负责教育他的是他妈罗素兰,她对我说:"这就是孩子,如果他也像你一样成熟,那他还用得着再接受这么多教育吗?"他妈喜欢用鼓励的方式教育他,总说上辈人的教育是"填鸭式"、是灌输,不利于孩子发展。我说,这是在中国,中国有中国的特点,中国人有中国人教书育人的方法,中华文明几千年,多灿烂啊!"是啊,所以就教出你这样一个人来。"罗素兰这么说。她的语气似乎是说,我就是一个传统教育的殉道者。可是,之前她不是这个样子的! 她就说,时代变了。一提到时代,我就无话可说了。因为我不知道"时代"到底是什么东西,是不是一提到时代,我们就必须臣服于它。我总觉得罗素兰忽略了一个事实,那就是,我们是一个讲集体主义的国家,集体主义从根本上讲就是合作,换一个说法,就是建立在合作精神上的家文化。这种上千年的文化,不可能说变就变,即使出于惯性,那它也会往前走上很长一段时间。罗素兰却不管那么多,她把米罗像大棚一样养了,给它充足的阳光,充足的养分和水,像多少同样的孩子,一个个看上去高高大大、饱满苗壮,却经不起一点风雨。当然,我不能在米罗面前讲她妈妈的坏话,可我看米罗的手真是太白晰、太干净、太缺少挫折了。而我的手呢,右手小指上有车床的刀痕,左手食指上有镰刀的旧疤,这本没有什么可自豪的,但我觉得至少应该是一个男孩成长中应该要有的经历。我看着米罗——我的儿子,我不知道这是时代赋予他们的幸运,还是不幸。

这些关于教育的内容,米罗不感兴趣。他想听米海东和"小兵"的故事。我告诉米罗,米海东就是在那个暑假出事的,当他知道我没有考上初中后,灵秀姐说,我哥非常发愁,灵秀姐还笑他,说:"人家海西没考上,你发什么愁? 你充其量只是个哥哥。"米海东就说:"正因为我是哥哥,我才发愁。"

"这很可能也是一个预示。"我说。

"预示什么?"

"我说不清。但绝对与我没考上有关系。"

"哦……"米罗看了一眼咖啡厅墙上的表,有点坐立不安,"后面的故事很长吗?"

"那要看你的时间。"我说。

"我妈……她……"米罗半路突然插了这么一句。

"她没事。"米罗终于想到他妈了,我心里暗喜。我说,"我给她发过信息了,告诉她咱俩在一起。"

"哦。我妈,她会不会……"

"你放心,她不会的,什么都不会发生。她就是生气,也不会是因为你,也不会恨你。世上没有哪个母亲会恨自己的儿子,她就是恨,也只会去恨自己。"

"你呢?"米罗突然问我。

"我什么?"我猜米罗的意思是想问问我,对他拿刀比着他妈妈这件事的态度。

"别说了。"米罗突然打住。他说,"还是讲我大爷吧。"

哦! 我没能考上初中,我可以补习啊,可我万一再考不上呢,这很可能是米海东最担心的事,重要的是他去接班的年龄已经到了,如果到村干部那里说上一声,马上就能办。我记得我哥专门回家来问我,第二年能不能考上,如果考不上,准备咋办。我妈就骂他臭嘴。他说,这又不是没可能的事。我说,那还能怎么办呢,反正我是不再补了,哪有人上小学还补习第二次的,我就安心在家伺候爸,也好让妈轻闲轻闲,要不我就去邻村的砖厂打工,大平车推不动,总可以和泥吧,和泥和不好,总可以垒砖吧。我哥就不和我说话了。他转头去问我爸能不能和单位说说,再等上几年,看我能不能考上学,再说他接班的事。我妈就说我哥猪脑子,单位不是我们家开的,国家的政策说变就变,听说大学生毕业都快不包分配了,再等上几年最后弄个鸡飞蛋打,那可就吃大亏了。我爸当然头脑清醒,他跟海东说:"海东,你那点小心思,我懂。接班这事啊,定了是你就是你。海西他要不想留在村里,那就好好去学。"后来,就发生了米海东和"小兵"的那件事。

"我知道,整个事件,那个灵秀姑姑是核心人物。"

是啊,米海东想把接班的事往后推,还有一个原因是灵秀姐。他在想他走了灵秀姐该怎么办。他有了城市户口,有了正式工作,他可以不变心,可是家里人会同意吗? 灵秀姐还会答应嫁他吗? 他半开玩笑问过灵秀姐,灵秀姐却不正经回答他,灵秀姐打一个呵欠,嘻嘻哈哈着说:"我能怎么办,你走你的好了,谁也没拿缰绳拴着你,再说,咱们俩好归好,可我也没说,就非你不嫁呀!"

"可我不管。"

"你不管什么?"

"反正我就是不管。"

灵秀姐就笑,仿佛他俩的事是我哥剃头挑子一头热。但实际上,如果她要不喜欢我哥,那别的男人往她旁边站一会儿,她也没必要给人家白眼,转身还骂人家"狗熊",要是哪个姑娘给我哥一件小礼物,哪怕一双鞋垫,她也没有必要几天不理我哥,自己怄气啊。那段时间,米海东心烦,灵秀姐也心烦,两个情绪不好的人,说的自然也尽是带情绪的话。出事的那天晚上,我哥在外面喝了酒,他回到乡政府后到广播室看灵秀姐,当时灵秀姐坐着马扎洗衣服,我哥倚在门口,他看着房顶上的吊扇和灵秀姐说:"我喝酒了。"

"喝就喝呗,给谁汇报呢,谁管你!"灵秀姐撩起水哗啦哗啦地洗衣服。

"可是喝了不少。"

"你爱喝多少喝多少! 喝死了才好,那倒省得海西再去补习了。"

"海西不用补习。"

"为啥呀?"灵秀姐哼哼冷笑着说,"你说了又不算。"

"我说了算。"我哥说,"我想好了,这里的工作我不干了,灵秀,你也别干了,咱们回村里去。咱们完婚!"

"喂,米海东,你别喝了点酒就说醉话啊。你是疯了!"

"我没有疯。反正我想好了，就这么定了。我明天就回去和家里说。"说完，我哥进广播室，坐在灵秀姐的床上。过了一会儿，他突然起身，去拉灵秀姐。灵秀姐不知道他要干什么，就推他，一边骂他："你狗熊！神经病！"

我哥呵呵笑，说："那你就和这个狗熊跳支舞吧。"说完，他出门，把全舞台全礼堂的灯都打开。这下灵秀姐可就火了，觉得我哥真喝醉了，发神经，礼堂里亮得很，不招来乡里的领导才怪。可我哥不管，他重新返回广播室去拉灵秀姐，灵秀姐当然不听他的，一对男女大晚上的推推搡搡算什么！灵秀姐一个侧身闪过我哥，进了广播室，拉上窗帘，锁上了门。

据灵秀姐说，她没听到我哥离开的声音，我哥开心的时候会哼着歌走，礼堂里回音大，就是不开灯，听声音也知道他走到哪儿了。可那天，整个礼堂悄没声的，连那扇平时吱呀响的门都没响一声。灵秀姐说，我哥从她那里出来后，就又去喝酒了。我哥走后不久，灵秀姐觉得不放心，就去宿舍找他，可是没找到。后来，她打听到，他又去喝酒了，她自然也火，她拿了手电去找我哥，可走到一半，她就返回了，毕竟自己名不正言不顺啊，凭啥要管人家的事，尤其是在那个时候，搞不好还会让我哥以为她是用实际行动向他证明着什么呢。那段时间，我哥可烦了，"小兵"却笑我哥没出息，他跟我哥说，不就是个女人嘛，天涯何处无芳草！

"你猜'小兵'给你大爷出了什么主意？"我和米罗说。

"猜不出来。"米罗说。

"他让你大爷该接班就接班，只要接班前把你灵秀姑姑……给……办了。"我说得有点结巴。

"没事，你说吧，我不是小孩子，我懂。"米罗说。

"这就是你大爷和'小兵'的区别。"我说，"也许那件事放到现在不算什么，只要两情相悦，我不知道……该……怎么说，我不是说现在的人就随便……我是说，那不是一件简单的事，起码不能像有人认为得那么容易。好，咱不说这个，总之，你懂了就行了。听说，我哥抽了'小兵'一巴掌。"

正好那时我也烦。因为马上要开学了，我得准备去和低年级的人混在一起，我觉得自己会被一群叽叽吱吱的猴崽儿笑。他们有理由笑我，因为我爸说我是作家，我们班主任称我是化学脑袋带缗簧，我却连个乡初中都考不上。不想事情突然有了转机，一天晚上很晚了，医生突然跑到我家里来，上气不接下气地说有电话叫我妈去接。半小时后我妈回来，进门就说，有福之人不用愁，吉人自有天相。我和我爸以为是我哥有喜事。后来她才说，是我的事。乡中学来电话了，一个新生去不了，学校按分数补录，好事落到了我头上。

"真的?"我爸兴奋得差点蹦起来。

"你看。"我妈从口袋里掏出一张纸,上面是她写的字,她念道:"粗面28斤,小米8斤,豆子5斤,菜蔬33斤……铺盖、餐盒、脸盆自备,但是枕头不得超过一尺五。咱家的枕头,都超标,我还得连夜改。"

"枕头一尺五?谁家的也得超!"我爸说。

"孩子们睡通铺,枕头长的占地大,学校做个限制,也对。不过我听说海西他们睡的通铺可不是床,一摞红砖垒起来,里面填上土,再用水泥抹个面就是炕,冰人啊!我得给孩子准备一块漆布。"

"我怎么没听你嘟囔白面多少啊?"我爸问我妈,"学校不给孩子吃馒头?"

"就他们这些孩子,还想吃馒头?让他们做梦去吧。"

我妈语气轻松,却又怪异,说话时,又不看我,明显是在教训我。其实我妈不担心我,知道我在吃上不挑三拣四。那天晚上,我妈边收拾东西,边和我爸聊了很多,我夹在中间,偶尔"唉"上一声,实际上我在发蒙。学校已经开学了,我将以一个补录生的身份,在众目睽睽之中走进教室,这意味着我是一个不合格的学生,是捡了漏,同学们会怎么看我,包括那些爱拿成绩说事的老师,人家能正眼看我吗?我妈看我半天不说话,以为是吃不上白面的原因,就说,她在电话里问了,学校老师说往年白面是学生自带,可学生们家庭条件不一样,我们那地方不产小麦,谁家吃白面也是买,结果有的家长给孩子带到学校的,是那种用生芽麦磨得面,颜色发黑不说,还黏牙,不好吃,学校就不让学生带了,改成每月交8斤粮票,由学校去粮站统一买。我妈说:"你放心,海西,就是在学校吃不上白面,哪怕我和你爸不吃,妈也会每个礼拜给你蒸上一锅馒头让你带走。"

"电话里说,哪天报到?"我爸问。

"人家说最好是明天。我就答应人家明天。"

"明天?这天气。你还是去打电话叫海东回来吧,又是铺盖又是粮食,你又不会赶牲口。"

"你这人,也是,也不看看几点了。牲口我不会赶,但我总能牵吧。"

我妈后来后悔死没听我爸的话给海东打那个电话,如果打了那个电话,叫他连夜回来,那场事就躲过去了。那天晚上她只说自己眼跳,担心我的事有变,压根儿就没想到另一个孩子会有事。第二天,一睁眼,天就下雨了,我妈早早起来安顿我爸,给他刷牙、洗脸、喂饭、帮他排大小便。可能前一晚忙我的事,我妈没给我爸揉肚子的原因,我爸大便排不出来。他自责自己是拖累,连肠子都这么不争气。我妈还开玩笑说:"谁敢说你的肠子不争气,你一天能吃能喝的,还要人家怎么争气?"为了让我爸排便,我妈只好用手指戴上避孕套给我爸抠。我爸很难为情。我妈却说:"没啥,正好也让海西看看这人活着有多不易。"我是看到了,可我能说什么呢,我只能装作什么也没有听到。

我和我妈上路,走山路。我妈没有赶过牲口,除了"嘚、驾"外,就知道"喔、吁",但她又不会用口令,开始我妈和我有说有笑,一出村,就全由那头驴笑我们了。本来人家是一头温顺听话的驴,可到了我们手上,就因为我们乱吆喝,驴也发了脾气。到后来,干脆不走了,不论我们是打,是踢,前拉后赶,就是不走,真正让我们领教了一下什么叫"驴脾气"。

"懂得……在人和人之间,哪怕是人与动物之间很重要。"我看一眼米罗,在他身上仿佛看到了我自己,我说,"孩子,我没有诋毁你妈的意思,但你觉得你妈懂我吗?她可能尊重我,但尊重和懂是两码事。我不是在乎她拿'农民'来调侃我,我是说那种人与人之间内心的真正交流,我们没有。"

米罗没有接我的话。

我去报到的那天我们没走大路,就是一种冥冥中的安排,因为我们要走了大路,我们就和我哥碰上了。有人看见他走的是大路,他就那么大明大亮,浑身淋了个透,连把伞都没打地走着。我们本应该察觉到那天的不正常的,尤其是我妈,早上的广播从一开始就破天荒地没有灵秀姐的声音,整个时间段除了转播新闻就是放歌曲。我妈还说:"灵秀这孩子怎么了,昨天还好好的,嗓子怎么突然就出问题了。"然后,她把注意力都放到了我身上。

我和我妈两个人,一头驴,爬山过岭,来到黑油油的柏油公路旁。我第一次见到那么多车,那头驴大概也是,因为我觉得它比我更紧张。公路上,来回穿梭的汽车一辆比一辆快,驴站在马路边的岔道上,无论我妈怎么央告,我怎么用棍打它,它就是站着不动。眼看过不去,我妈就冲马路对面粮店门口的小店喊,可没人答应。最后我妈只能是豁出去了,她把雨伞往旁边一扔,跑到了马路中间,她挥舞胳膊,她用身体挡那些车,司机们一个接一个用力猛踩刹车,骂我妈是找死。可是,没办法啊,我们就这样才牵着驴过了那条马路,等到了学校,已经是下午了。

学校里,学生们在教室里书声琅琅,我站在操场边的树下看着驴,我妈跑前跑后去给我办手续。那时我在想,要是我哥在就好了。我哥说过,乡政府在学校西边,站在操场上瞭见那个"人"字形的红顶礼堂就是。哪怕灵秀姐在也行,灵秀姐也说过,等我考上乡初中,不管是饿了还是没钱,都可以去找她。她说礼堂外墙北面有棵柿子树,我可以爬树翻墙进去。她说"小兵"常那么干。那样可以不惊动门房,不受时间限制。灵秀姐说,她的那间广播室,写字台上摆着花,床头柜里放着橘子粉和麦乳精,她把那里收拾得干干净净的。我妈的手续办得倒是快，可她从那排写着"又红又专"几个大字的窑洞里出来，穿过操场时狠狠摔了一跤，我看着她趴在那里半天不动弹，我要去扶她，她却向我摆手不让我过去，我看着她慢慢地爬起来，一身的泥，可她的脸是笑着的。

我们抓紧时间交粮，安顿宿舍，然后才到供销社买了包饼干吃。兴许是因为天气的原因，那天我整个人都处在一种不真实的状态中。就是后来，一切安排妥当，当我妈说"时候不早了，你爸还饿着肚子呢！"她得赶着驴赶紧回了时，我都只是木木地"嗯"了一声。我妈走了，她不放心我爸。我站在宿舍门口，一直望她，她和那头驴慢慢爬在湿漉漉的山路上，驴在前面跑，她在后面追，那驴跑得快，她的腿拐了，很可能摔那一跤的痛等她一个人时才显现出来。她就那么一瘸一拐地走着，不知道她不争气的儿子在背后一直望着她。她的身影看上去是那样的疲倦和无力，在蒙蒙的雨中，在黛青色的大山上，她变得是那么的小，简直就像要变成一只蚂蚁一样。望着我妈的背影，在沙沙的雨声中，我哭了，我记忆中的第一次哭，我却说不出我是不是在忧伤，是不是在对妈妈不舍。我就是奇怪，我妈怎么突然间就变得那么小了呢？她怎么能变得那么小呢，还那么一瘸一拐的，我没感觉她是走在回家的路上，不知道她这是要去往哪里。我真的不想哭的，我也不该哭，可我就是管不住自己的眼泪。因为，我仿佛看到了我妈在整个回家的路上，雨水洗面的脸上是一脸的笑容和幸福，我想象着她回到家，会脸不洗衣不换地先给我爸做饭，她会自豪地站到自家男人面前，刮着自己男人的鼻子说："大米同志，你交代的革命任务，我顺利完成了，剩下的，你就等一个大学生儿子回来吧！"

"孩子，你能体会父母的那种心情吗？我不是说那包饼干、学费，你奶奶冒着雨送我上学的事，我是说他们的内心。做子女的，仿佛永远希望从父母那里得到阳光、海滩、蜜糖、芬芳和温情，可是我们的父母呢……当然，父母不应该在孩子面前叫屈，我是说他们真的有他们的苦衷。这个世界上谁都活得不容易，孩子，你应该知道，作为父母，他们但凡有八分力，绝不会只给你使七分。"

可我妈哪里知道，等她回到村里，拖着一身疲倦进了院门，等待她的是两个坐在炕沿上的公安。她拉开门，一种严肃气氛就扑面而来。公安并没有开口，可我爸早已经是满脸泪痕了。我妈完全被眼前的情景怔住了，不知道发生了什么。但她必须往里走，她进屋，给公安倒水，公安这才说，他们是来找我哥米海东的，灵秀出事了。"那你们为啥到我家来，做调查？"我妈还天真地和人家说，"海东他人在乡里啊！"这时，公安才慢慢讲出实情。

关于那件事，说法很多。最该讲清楚的人是灵秀，可她却说不清，她只是哭，逼急了，就说自己也喝多了，什么也记不得。结果被认定，灵秀被强奸了，就在她的小广播室里。一种说法是,是我哥米海东强奸了灵秀姐。另外一种说法是"小兵"。还有不靠谱的,说是我哥和"小兵"一起干的。事件的核心其实不在对灵秀姐的强奸上,人们真正想刨根问底的是"小兵"的死因。

"小兵"死在靠近乡政府山坳后的一个池塘里。那个池塘农业学大寨的时候用于蓄水,后来有了堤水工程,就废弃了。当地人老在里面沤麻,一捆一捆的麻秆用木棍绑着,上面压着石头。人们说"小兵"去乡政府找我哥玩,实际上是喜欢上了灵秀姐。那天晚上,据灵秀姐回忆,我哥米海东第二次去喝酒后,她在回乡政府的路上也买了酒。她和米海东赌气,自己也喝了不少酒。然后她就彻底断片了,直到她隐隐约约发现米海东和"小兵"在她床前扭打。后来,"小兵"跑了,米海东追了出去。她这才发现自己的被子在地上,自己的下半身却赤裸着。那应该是凌晨时候的事了,因为窗帘上透着微光。灵秀姐马上就崩溃了。多少年后她为自己的这次崩溃痛心疾首——事已如此,自己为什么就不能冷静一点呢,起码该想想清楚再回答公安的那些问题啊。如果换成现在……

"你看,人们总喜欢用'如果',这样听起来像是自己在懊悔。但站在当时的角度上看,并没有'如果'。那个'如果'只不过是时过境迁后给自己的安慰。所以说,我们应该看到冷静在一个人成长中多么重要。冷静是一种能力,孩子,至少冷静会让我们少犯一些错。"我说。

"那么,我大爷和那个'小兵'大爷,到底是谁……"

"我也不知道。没有人知道。"我说,"要放在现在,事情就简单了。但当时不行,技术达不到,还有……最重要的一点是,当时是在严打期间,上面有指标,而你大爷又全认了。"

"全认了? 什么意思?"米罗瞪大眼睛问我,"他觉得是他害了灵秀姑姑,又杀死了'小兵'大爷?"

"什么是觉得? 他就是一口咬定,是'小兵'祸害了你灵秀姑姑,然后他弄死了'小兵'。"

最后,公安给出的结论是,"小兵"祸害了灵秀,被米海东撞见,然后他们扭打在一起,"小兵"挣脱,逃了,米海东在后面追,一直追到那个沤麻池边,然后将"小兵"打死,又推进池塘里。

"真是这样?"米罗问,"说不定'小兵'大爷是自己失足掉下去,溺水而亡啊!"

"谁知道呢,人们发现'小兵'时他就躺在绿油油的水里,头上有包,应该是受过重物打击,也有可能是被推下去后撞在了石头上。可米海东说,是他用石头砸'小兵'的头。'小兵'掉进池塘时,还没有死。可他就是不救。"我说,"你大爷是这么说的。"

"他为什么不救？"

"他当然不救。他就是想让'小兵'死。他甚至还说要和'小兵'同归于尽。"

"到底为了什么呢？"米罗问我，"就因为那个了灵秀姑姑？"

"不那么简单。"我说，"我一直不相信你大爷和'小兵'是真心交好。他们之间有潜在仇恨（当然不是由他们产生的直接仇恨），只不过是通过你灵秀姑姑表现了出来。我一直预感你大爷和'小兵'迟早会出事。我觉得我们看到的'小兵'不是真的'小兵'，而你大爷是为家里做了牺牲。"

"起码公安应该把事情搞搞清楚。"

"那是在严打期间，孩子，再说，你大爷承认了一切。"

我听说，我哥回过家，他趁我妈不在的时候单独见过我爸。他一直躲在我钻过的那个地道里，十天后，他去自首了，是我爸劝他的。我爸说一个人犯下大错就该接受惩罚。我哥是硬汉，他不胆怯。

"那'将军'呢？没有和我爷爷、奶奶来要人？'小兵'可是他唯一的儿子。"米罗问我。

"没有。他很理智。他还去狱里看了你大爷。他想知道事情真相。可你大爷闭口不讲，说得最多的一句就是'对不起，叔，是我害了'小兵''。"

"那是他认定自己该死。'小兵'到底是怎么死的，还真不好说。"

"是啊。"我说，"时间过得真快。孩子，你现在想回家吗？去看看你妈……我没有强迫你的意思，咱们聊了这么多，我相信现在你就是走出这咖啡馆，也用不着我担心了，只是你妈那里……你知道的，很多事情落到女人身上，是和男人不一样的。"

"也许吧！只是……"米罗露出为难的情绪。

我本来还想给米罗讲一讲枪毙米海东时的情景和我在乡中学的生活，但看看窗外，时候不早了，我也说了不少，我就问米罗："再喝点什么吧，要不要来杯热牛奶？"

"不了。"

"感觉你有点心神不定，是不是有事？"我确实感觉他有心事。

"我想……"米罗拿起手机看时间。

"说吧。"

"我想去看看彭波。"

"那就去看！"我说，"你妈那儿，我去解释。"

米罗很正式很成人地站了起来，对我说了一声："谢谢，爸！"

他伸出手，想和我握手，但很快收回去了。我突然觉得米罗长大了，真成大小伙儿了。

第二部

罗素兰的告白

LUOSULANDEGAOBAI

第10章

"喂,这里……有人吗?要是没的话,我就坐下了。"就在那个下午,不,应该是傍晚了,我走到你对面,这么跟你说。窗外,天上是一片黑红色的火烧云,就像,正在凝固的血。

我站在你面前,你也只是瞥我一眼,你不想看我,但还是看了,那眼神……你该记得,简直就像在看一个令人讨厌的夜店女人。我知道你心里在想,这个女人一定是刚从床上爬起来,两眼惺忪,她连梳妆打扮都没做,就急急忙忙出门了,她这是在去往上班的路上,路过咖啡馆时,突然心血来潮,便决定进来吃口东西。可是,这个女人……怎么能这样呢,她随便吃口东西,旁边空座多得是,她却非要坐在你对面。于是你像做贼一样向周围扫视一遍,感觉自己既难堪,又难受。因为你对眼前的这种女人,早没兴趣了,或者说从来就没有感过兴趣,你是个人生经历丰富的人,同时自觉高雅,你对那些虚头巴脑、矫揉造作、低俗暧昧的东西很反感,哦,到你这个年龄,你大概喜欢干脆爽快的女人,正好,我也喜欢干脆爽快的男人,那咱就直来直去!我开口问你:"我怎么样?应该还能看过眼吧!"我的意思是,以我的长相和姿色来配你,你还不至于觉得自己吃亏吧。

"说什么呢?"你一脸不耐烦。

"我说什么,你很清楚。"我说。

"我不清楚。"

"不清楚,那我就坐下来,慢慢给你讲。"我说,"我,可以坐下了?"

"随你便。"

你的口气冷冰冰的，和周围融融的气氛一点儿都不相称。但我还是坐了下来，这时你低下了头，做好了逆来顺受的打算。应该说，你的态度并不蛮横，哦，你从来就是这样，蛮横不起来也不会蛮横，你只是冷，冷冰冰的，冷酷，冷漠，除了书和你的文学，你大概不会对什么东西产生热情。

"好了，说正经的，我的样子还行吧！"我又重复一遍，"总比那些黄毛丫头要好点吧，来，咱们先喝上一杯，吃点东西，然后我听你的……不过，钱的事，咱们最好事先说好，我可不想在人家屁股后边讨要。开个价吧，我也想看看你这个人是不是大气……不过，我先声明一点，我不是真缺钱，起码不在乎你那点钱，我想要的是一个男人，知道吗，一个男人，真正的男人。"

你却心不在焉，一直心不在焉，仿佛是要让我自己感觉我是在梦里一样。我转头看了一下四周，自然不会有人看我，我知道就是我走了，也不会有人发现。真正在乎我们的，其实就是我们自己。又过了一会儿，大概是实在说不过去了，你又慢慢抬起头来看我，好一双陌生的眼睛！你是不是突然怀疑起以前的日子来，你是不是觉得你和我亲密的时候都不是自己？这时，服务生过来，问我要点什么。"那就来杯葡萄酒吧！"我说。我想安神，我撑不住了，我的头简直要炸了。

"哦，人呢？"我看到桌上摆着两只空杯，"去上卫生间了？要不要我先回避一下？她漂亮吗？是你的粉丝吧！还是又一个傻姑娘，她多大了？"

"你说什么呢？"你不耐烦地说，"是米罗。他情况还不错，不像我们想象的那样。"

"是吗，那他人呢？"我抹了一下眼泪，感觉自己很丢人。

"我们一起吃了比萨，他掏出那把刀让我看。我知道你担心，还给你发了微信。"

"微信？什么微信？我没有收到啊，否则我也不会来找你。"我觉得写作真是把你废了，让你总是处在一种幻觉中，包括你待在这咖啡馆里自己发呆，你却想的是自己在思考，可是思考让你变得神志不清。我想让你说话，你却转头去看四周，你不愿意看我，觉得我是个无聊的女人。我知道你在想什么，你一定觉得面前这个人，她只是一个替你生了个儿子的子宫，一个品位并不高的花瓶。可我想告诉你的是，有什么关系，生孩子我自愿，我做花瓶比做尿盆好吧。接着，我问你，米罗呢，在哪？你说，孩子大了，别老管着他。你是混蛋，你知道吗，米罗是我的孩子。在公众场合，我不想和你计较，你还真把我当招之即来挥之即去的夜店女人啊！我是米罗的妈妈，一个母亲。我压低声音和你要我的米罗，你却用轻蔑的眼神看我，似乎该要孩子的人是你，我倒成了罪人。

既然你和米罗在一起,那你给孩子讲了什么呢? 我再次问你。你却不说话……你的苦难史? 你的委屈? 你为什么不讲讲我们,我们的婚姻? 我们每天像演员一样在米罗面前演双簧……这时,我哭了,我当然会哭,我为什么不哭,米海西,你觉得你委屈,那我呢,我就是一个没心没肺的人?

　　我知道,你会怪我,因为是我把彭波介绍给他。你会说,米罗一定早恋了,可现在的孩子有几个不早恋,一个男孩每天背着沉甸甸的书包上学,旁边坐着一个清丽娟秀的女生,他们一起相处、一起学习、一起打闹、一起野营,他们有一样的作息时间,共同的偶像,回家后又都面对同样粗暴和烦人的家长,他们要不产生一点点同病相怜的好感,那才不正常呢。是,站在大人们的角度,这代孩子生下来就生活在爱的海洋里,多甜蜜,多幸福啊! 可你没有带过孩子,你不知道现在的孩子根本不认为那是爱,他们体会不到爱,他们认为父母口口声声说的爱,是虚伪,是要挟,是和他们讨价还价的资本。所以他们早恋,他们彼此间寻找那种"志同道合"的感觉,他们要抱团取暖,他们很看重那点朦朦胧胧的小感觉,你说那是友谊、是依靠,可他们怎么能分得清呢? 就是你这个成年人,你能说得清吗? 你不也常常把男女间的友谊视作暧昧吗? 在这个时候,你怎么就不说你那"男女间根本不存在单纯的友谊"的理论了呢? ……你笑了一下,大概是觉得我可笑,可你为什么不能大大方方地笑,每次你都笑得那么冤屈、勉强、无辜、机械、阴沉沉的,是谁在虐待你,我吗?

　　告诉你,米海西,你也就这样了,即使你心有不甘,也没机会化蛹成蝶了,你成不了大作家,我是说,如果伟大的作家真那么容易出的话,那他也就不能称之为伟大了。别以为我不看书,别忘了我是干什么出身的,我只是不看你的书罢了。我看托尔斯泰、海明威、狄更斯、曹雪芹的时候,你还不知道在哪儿玩尿泥呢,不是我打击你,和那些大作家比起来,你就是森林里的一堆烂泥,大漠里的一粒沙。你总想有一天你会写出伟大的作品。万一呢? 对头,万一呢! 你以为写作是抓阄、中彩票? 现在写书的比看书的多,就凭你的学识、才智,我劝你还是省省吧。可你总是看不到这一点。你觉得自己会变成甲壳虫,会获得神灯,你不是马良,要是人人都能心想事成,我还想当安娜·卡列尼娜、王熙凤呢! 醒醒吧,米海西,你是泥腿子就是泥腿子,就是文曲星下凡,也不会砸到你头上。

　　瞧,你又用那种眼神看我。每到这个时候,我就恨不得挖掉你的眼睛。你的眼神从前不这样的啊! 那时是那么单纯、清澈……哦,不说了。可你现在还没有混成个人样,就狗眼看人低,我知道,你是想说我俗气吧,是想跟我讲思想、谈灵魂、聊内心吧,好啊,那你给我讲讲,看谁连肚子都填不饱的时候,还能写作,就说托尔斯泰吧,人家世代贵族,天天在庄园里喝咖啡、品茶,和各式各样的部长、艺术家聚会沙龙，你呢，18岁前还穿着补丁衣服，就是工作后，是谁和你在一起？你也只是一个普通工人，你既没像海明威那样上过战场，也没受过卡夫卡的结核病折磨，陀思妥耶夫斯基的苦难，你有吗？你连萨特嘴上的那个大烟斗都没有。你以为我就是个家庭主妇，你以为这些东西我就真的不知道啊？

你就是一个普通人，却始终不想承认。我知道，一个人要没有理想挺可怕的，但一个人总是不切实际地妄想更可怕。有一次，我居然在你书房里发现了半截雪茄，一定是从外面拿回来的吧，我能想象你在书架前假模假式叼着雪茄摆弄自己的样子，真可惜，你没有那个派。你喜欢咖啡馆也是这个原因，在巴黎的某个咖啡馆，大作家坐在固定的座位上喝咖啡，思考人生，思考整个人类的困境与出路，你也学人家，可惜啊，你旁边没有记者，没有摄像机，你就是坐上十年也不会有人知道你是谁。如果我这么说，你觉得我是在打击你的话，那我就想再狠狠地打击你一次，因为你太过分，太自私了，你一心只想着自己，你已经本末倒置了，你是男人，是丈夫，是父亲，你是在和老婆、孩子过日子，而不是和那些文字……我知道，你一定觉得我俗气，我知道你写文章最喜欢用"精致"，你力求写出精致的语言，表达精致的思想，可你为什么不力求过上精致的生活呢？你像一只穿山甲总是在那些文字里刨啊刨，你在那里面能得到什么，哦，除了想象、敏感，还有什么呢，依我看就是苦闷。米海西，我越来越发现，其实你只是一心热爱那些文字，你连身边站的人，不管她是个大活人还是死人都不关心了。尤其是最近，就连我说"我要出去了"，你都不闻不问了，难道以你作家的敏感，没有发现这个"出去"还有另外一层意思吗？以前你不这样的，你总是盘问，问我出去干什么，和谁一起，现在倒好，你全然不管了，是你真的大度了吗，还是准备撒手了，难道你真不担心我这一"出去"就真的"出去"了吗？

唉！我们怎么会变成现在这个样子，我们到底是为什么啊？说到这，我抹抹眼泪。我不想成为怨妇的，可我……你吃饱了，可我还饿着呢！"麻烦你给我叫一块牛排，我也现代现代，把那杯红酒退了，你看我还有喝红酒的心情吗……什么，你说有什锦砂锅，好，那我就来个砂锅面。红酒不用退了，再给我要几头大蒜！我就这么俗气，我俗气到底。"我说。

当时你穿着合身的中式服装。你是越来越喜欢穿中式服装了，这符合文化人的审美，看上去很文艺。我不知道这背后有没有付佳敏的影响，但你似乎时刻准备着被某个读者认出来，你得注意自己的形象。哦……看我，我和你扯这些有什么用，我是来找我儿子的。

服务生来了。他看到我在抹眼泪，他问你，一起的吗？你说，是。你帮我点了什锦砂锅，真还给我要了大蒜，你以为我要就着大蒜吃砂锅，这个神经病，我把头转到一边,砂锅还没上呢,我让服务生把大蒜切碎,给我放进红酒里。服务生怔怔地看我,大概觉得我有病。我就直眼看他,我说:"小伙子,你觉得你这位亲爱的阿姨哪里不正常? 告诉你,我没进过精神病院。"小伙子没再说什么,走了。

我有不正常吗? 不,我只是想发发神经,这都是你逼的。我知道你想用你虚伪的豁达掩饰你的冷漠,可你是在冷暴力,知道吗,你觉得我乖戾任性、吹毛求疵,可是,为什么其他人没有一个这么说我? 米海西,我们是如何走到今天这步田地的,我们俩到底是谁在自怨自艾,谁在自欺欺人,唉,难道我们俩到此为止了吗? 当然,米罗考上大学,马上要走了,你的新书撞上狗屎运,卖得出奇好,我们是该谈谈了,万事俱备,只欠摊牌了。可你一直不说话,你宁愿用那种怪异的眼神看我,也不说话。似乎我正在变成一个怪物,可你知道吗,是你已经变成了一个怪物。我真想竖起大拇指,给你点个大大的赞。

过了好一会儿,我才等到你一句话,你说:"罗素兰,这种场合,我不想和你吵架。"

"难道我想吗? 我像吵架的架势吗? 米海西,我只是想让你头脑清醒。"

"那你,"你说,"也犯不着往红酒里放蒜。"

我就笑。谢谢你抽张餐巾纸给我,但你无法掩饰你的同情。我恨透了你们这种人,前手用刀捅人,后手就在伤口上涂药。这好玩吗,谁有心思和你玩? 我想听的只是你的真心话,无论那些话多伤人,多令人绝望,我都想听。既然爱没了,或者说,我们不再相信爱了,那么我们也就没必要用宽容与忍让来假惺惺的生活了,我们都不是小孩,婚姻的套路都懂,现在你有儿子,写作上看到了希望,你正按着自己的既定目标前进,我却越来越成了黄脸婆,我正坠入被遗弃的深渊……哦,你当然会说,这个深渊是我挖的,我自作自受。可是我们的家呢,我们的过去呢,就这么说完就完了? 昨天,就在昨天,你朋友在电话里问你和爱人过得怎么样时,你是怎么答的,你为什么还恬不知耻地说:"我们过得很不错。"你用了"我们""很不错"。虚伪啊! 可我还是要谢谢你,起码我还没有恶心到令你作呕的地步,起码你还记得你的爱人,她叫罗素兰。

当然,这个罗素兰已经不再是你认识或想象中的罗素兰了,她的笑声不再动听,她变成了一个每天对你吹毛求疵,看你哪哪都不顺眼的人。你总不服气,总想让她对你刮目相看,可你越是这么想,她就越是看不起你,越是觉得你就是个农民。"土包子"成了你抹不去的烙印,成了你摆脱不掉的梦魇,可你有没有想过,那只不过是夫妻间的一个调侃,你有没有勇气大大方方去承认自己是"土",有什么呀,这不正是你的可爱之处吗? 再说,你也不能否认你是农民的事实吧! 你的做派、你的内心、你那毫无理由的猜忌和敏感、你的婆婆妈妈、你的鸡毛蒜皮、你动不动就老家长老家短的,有哪一点是我说错了?可是你做不到呀……你一方面留恋过去,一方面又极力想摆脱过去,你一方面想超然脱俗,一方面又甩不掉身上的俗气。这使你不得不天天眉头紧锁,身心憔悴。

我不否认,这里边有我的原因。我知道,我不够完美,可我努力想达到完美。你知道当我第一次听到你用"精致"时,我有多开心吗,我知道你是说你文章里的语言,但起码和我找到了一些共鸣,我不会写文章,但我一心要让我们的家、我们的生活,包括你、我和孩子,我们都精致起来。我们一起向精致进发。可谁想,你只是把精致停留在你的作品文字里。我这么说吧,如果你要是有心……你不会注意不到写字台上那本台历,上面那些"φ",你觉得那是什么?只是一些物理符号吗?你知道我是在什么时候开始把这个符号画到台历上,又摆到你写字台前的?如果你要是有心,你就会发现有的时候连续两个月台历上都没有出现一个"φ"。是我贪婪自私吗?你宁愿和你小说里的女人缠绵,都不来碰我。你总说自己累,脑袋一挨枕头就呼呼睡,是谁抽走了你的激情和精力,米海西?你根本就是在找借口,你在逃,在装,米海西,所以我骂你"混蛋",你就是一个混蛋,十足的大混蛋!你来告诉我,难道一个男人连妻子的身体都不碰了,你还能说他爱她吗?

我观察你很久了,米海西,你的一言一行,你的冷酷和虚伪,这是你们自负者的通病,包括你哥,尽管我没见过他,但看看那张和你的合影,我就知道他也是那样的人。你们身上都有一种使命,总想把自己当作照亮世界的阳光。那么你们自己呢?真实的自己呢?就靠从别人嘴里得到的那点赞扬的话而活着?难道你不怕会在某一天自己崩溃?我是说,你是人,米海西,你为什么总要躲在面具后面,把自己绑得紧紧的……我不想听你辩解,其实我知道你和我一样,我们一样的孤独,一样的苦闷。

这时,我发现你的目光轻轻眨了一下,但只是一下。我知道我戳到了你的痛处。人们都是因为孤独才走到一起的,而我们俩可好,却要因为孤独而吹灯拔蜡,一拍两散……

哦!我总算长出了一口气……是时候了,米海西,很多话你其实早已烂熟于心,那就说出来吧。你受够了,其实,我也受够了。

第11章

细想想，真是可悲啊！米海西，你还记得吗，咱们是怎么认识的，我是在图书馆借书登记簿上注意到你的。那时大家都在读琼瑶、金庸、梁羽生、古龙，还有一些心存污垢的人在看雪米莉。我当时是琼瑶迷，但我只是迷她小说里男女主人公纯纯的感情，如果要说文学语言和思想深度，我还是喜欢托尔斯泰、狄更斯、陀思妥耶夫斯基的，但那时我们还年轻，我们都喜欢纯美的东西。我却发现你只借两种书——英语和世界名著。呵呵！够高雅啊，够特别呀，你知道的，那些名著都是精装本，基本上被束之高阁，很多印刷合格证还夹在里面。而那些英语书，更不用说，都是放在书架最底层靠角的地方，有一次整理书架时，我还在想，厂里居然还买这种书？纯属浪费。那时候，全社会都在喊"四有"进步青年，但实际上……我看到的却是师傅不像师傅，徒弟不像徒弟，男不男，女不女，满眼看到的就像大坝开闸后的水浪滚滚，人们的思想一时间打开了，一提到"金钱"和"进口的"就两眼放光。

你却不是，你很安静，每次来图书馆，都很安静，你在书架前一站就是几个小时，我在旁边看你，那时的你，简单、透明，就像春天田野里的一棵新苗，你的眼神干净得没有受到一点点污染。那时的你，看什么都感觉好奇，看什么都那么神情专注，旁边的人向你借道，你将书轻轻合上，在短暂的几秒钟的避让中，你显得那么腼腆、羞涩。我看到了你的拘谨，你的干净。我跟你说吧，我从心眼里一直喜欢干净的男人，包括现在也是。兴许那种干净，就是你的清纯，怎么说呢，反正我喜欢的男人，他的指甲里就不能有黑泥，他的下巴不能胡子拉碴，他的头发不能脏得像毡片，他张开嘴时里面不能有菜叶粘牙。而你恰恰都符合，所以我有一次还想，你是不是每次来图书馆之前都会去洗个澡，因为你看上去，太水灵了，太白净了，那种光洁和纯真就像外国小说里写的那个圣婴。

你当时给我的感觉真的很特别。你身上没有一点学生的呆气，也没有许多厂矿子弟的油滑。你在我眼里是只稀有动物，你回想回想，在食堂打饭时你插过队吗？厂里机组大修，很多铜芯电缆、铜板母线被人偷去卖钱，你偷拿过一根吗？一方面是你人品不错，你受过的教育不允许你那么干，另一方面是你不敢，你不敢拿你自己的前途和声誉做赌注，在大家都思想开放、力求解放的时候，你却总是踏实安静，总是怯生生的，叫人想去怜惜。到后来，我才知道原来你来自农村，你是接你父亲的班来的。

有一天，你记得吗，你拿着一本英语语法书来还，你站到我面前，两只脚左右不停地挪动，满脸是隐隐的羞愧，很多人插到你前面你也不嚷不恼，等所有人走开后，你上前一步说话。你用软绵绵声音叫我一声"师傅"。我差点儿笑喷出来。你应该称我"同志""罗管理员""罗小姐""罗素兰""小罗"啊，但你的称呼在厂里是最安全的，就像在学校里都喜欢称老师一样。当时我身后坐着我两位女友，她们打量你，你一出场就很特别，那种憨憨的特别。我记得图书馆里日光灯嗡嗡响，刚从澡堂出来的职工湿着头发，拎着拖鞋和啤酒洗发香波从窗边经过，路对面拐角处的理发店灯火通明，我在借书簿上找你的名字。你说："我来还书。"我觉得你说的真是废话，你当然是来还书的，我抬眼看你，发现你衣服上的扣子居然不是一个色的，形状也不一样，有两颗是后缀上去的，针脚很粗劣。你当时的那个样子啊……想和我说话，又发怵开口。你用手不停地摩挲那本书，嘴唇在微微发抖，也许是我身后的两位女生让你害羞了，你大概一开始想的只是面对我一个人，形势却突然发生了变化，三个女生让你难以应付。我那两个女友还可恶，她们不走，就是要把你看到底，她们低着头，咻咻笑，若干年后，每当她们问我为什么要选你时，她们就会挑出这个场景来说笑，问我是不是天生就喜欢"傻子"。是啊，因为和"傻子"相处简单，"傻子"好糊弄，因为我也是一个"傻子"。

"'傻子'！米海西，你觉得你自己傻吗？"我问你。

"我不知道。"

你当然不知道。如果你知道了，那你就是在装傻，你只要一装就骗不了我。我说，你当时确实有种憨憨的气质，你用憨憨的外表骗取我的同情心。

"我没有骗你。"你强调说。

"那么，那种憨憨的纯纯的东西现在去哪里了呢，为什么后来我越是找它，它就越没影了？"

唉！我记得，我本来是想赶那两个家伙走的，可我一见你那个样子，就又不想让她们走了，我想看看你能局促成什么样子。于是你红着脸，一脸的难为情，还有自责，你把书放到桌上，轻轻推给我，打开它，说："就是这里……"

"怎么了？你把书撕了，不会吧！"我是这么说的，可我并没有看出损坏的痕迹。你马上解释说，你已经修补过了。我把书拿来看。你粘得很好，连抹糨糊的地方都没起褶皱，而且整本书也保护得不错，没有折角，封面封底连个手指印都没有。"你是咋做的？"当时我本来想这么说，但后一句我没说，因为我的前一句已经把你吓住了。你在前一句话里听到的是我的责怪，当然还包括不可思议，似乎你犯了不可饶恕的错，你把一件神圣的东西给毁坏了。但我那是出于工作的、习惯的语气，其实我没有指责你的意思，书借出去被损坏的并不少，有些人在上面记电话号码，列数学公式，有些人偷偷把自己感兴趣的段落撕下来，有些人在上面画裸体女人，他们都把书还回来，还一声不吭，你却主动承认了错误。我是说，如果你不吭声，没有人会发现那本书被撕过。你的诚实（可能我周围不诚实的人太多）打动了我。我看着你从口袋里把钱掏出来要照规赔偿，你说你去过书店了，想买本一模一样的，可是没买到。你把钱放到桌上，你的脸更红了，因为我背后那两个姑娘一直在看你。我本来不想收你的钱，因为那本书，除了你根本不会有人看，但我必须收，我能看得出来，只有我收了你的钱，你才会心安释然。

米海西，咱俩是不是从开始认识就不合拍？是不是我们从一开始就给自己制造了错觉？但我一直觉得我是清醒的啊！我知道我是谁，我在干什么。如果要说在整个过程中，我有什么令你费解的话，那也只能说，你并不了解我，米海西，你自以为了解的我，很可能根本不是真正的我，而是你想象中捏造出的一个我。你可能始终认为我看不起你，从一开始就看不起，可你有没有想过，很可能是你自己一直看不起你自己，因为咱们的差距太大了，你用别人的尺子来衡量你我的距离。如果要说我真看不起你的话，那也是在后来，随着时间的推移和事态的变化，是你逼着我去看不起你。

能怪谁呢？米海西，在你心中，你早有预设，你还把那个预设当理想一样守护着，可那是个陷阱啊，我拉都拉不住你。最终，你的预设实现了，你如愿以偿了，你满意了，反过来你却要埋怨别人……挺有意思的吧！因为你的内心充满阴霾，所以你总看不到阳光，因为你一心提防别人，结果你怀里的东西最容易丢失。你别紧张，米海西，我这么说吧，是想提醒你，你在意的东西，别人不一定在意，或者说，你既然不在意了，那人家拿走也就无所谓了。对吧？

瞧……你又来了，我真想拿个镜子让你看看自己。你为什么总是一脸的不甘和焦虑,你的眼睛为什么总是充斥着警惕和怀疑。你别逼自己了。我知道,你现在讨厌我,不想看我,那你就⋯⋯好,服务员正好把砂锅端上来了,你就看看砂锅吧!我用筷子挑起来给你看,这是土豆片,这是海带丝,这是蘑菇块,这是葱花,这是白菜,这是西红柿⋯⋯后来我问你,你想不想尝尝,我指的是那杯放了蒜末的葡萄酒。你的样子那个委屈啊。呵呵⋯⋯你总是一本正经地活在我和儿子中间,你把自己像钉子一样钉在书房椅子上当自己的作家,我是说,难道你成了作家,你就有足够的自信面对我,面对儿子,面对这个世界了吗?又是一个天真的孩子,但一点都不可爱。

我放下筷子,举起那酒杯,那服务生可真听话,他真把蒜末放进了酒里。我在你面前晃酒杯。我想,一杯加了蒜末的红酒又成了你的证据。"罗素兰啊罗素兰,你可真行,真是没有什么你干不出来的!"你在心里一定这么想。这就是你能成为作家的资本,你的发散式思维,你对一个日常用词的丰富想象,你从这杯红酒里又看到了,又想到了,你会想,这是某个男人的变态爱好,我这么干,就是因为我想起了和那个男人度过的美好时光。我真服你,你就是有这种本事。你从手机里看到我发给彭金辉的一条"你干过我了"的短信,就认定我和他上了床。你怎么就没有一点点幽默细胞,难道"你干过我了"就只能指一件事吗?我懒得理你。你总是用你的想象,把我钉在十字架上。我曾经一遍遍给你解释,你却不看时候不分心情地对我不依不饶。人总是会有累了的一天,怕了的一天,对吧,既然我累了,我怕了,那我也就懒得解释了。索性让你随便去想吧,爱怎么想就怎么想,反正我就是这样一个女人。奇怪的是,每当这个时候,你就服软,给我来另一套,你说我太天真,太单纯,说我在鳄鱼嘴上跳舞,那些男人就是一条条丑陋的大鳄。那么你呢?你就是一只温顺可靠的奶牛?你是如何对待女人的?你大概觉得女人就应该贤惠善良、小心翼翼、甘愿牺牲。可是你错了,米海西,如果我是一个逆来顺受的女人,你大概也不会喜欢我。我讨厌女人,你就觉得我一心只喜欢男人,似乎我每次出去,除了满足我的虚荣,就是给你摘一顶帽子回来。说白了,你才是真正看不起我的人,我是坏女人,贱,离了男人活不了。那你当初⋯⋯哦,我可真傻,兴许你看中的正是这一点,这让你产生了自信,或是给了你投机的可能。我猜得对吗,我求你了,你说句实话好不好?你告诉我,哪个女人能又漂亮又有一个好名声!

"你是漂亮。"你突然冒出一句。

我漂亮?亏你还能看到我的漂亮。那么别的男人就更没得说了,男人看到女人漂亮,心里自然喜欢,正常吧!我是说,我总不能因此就大门不出二门不迈,出门穿上粗布吧!别担心,米海西,我来,不是和你吵架的。你说,儿子刚才还在这,他又去看彭波了。那你为什么不阻止他，到这个时候了，你还做好人。我知道儿子在怪我，他很可能觉得是我害死了彭波。你们都这么认为。你们习惯了推理，彭波喜欢米罗，米罗喜欢她，她一直叫我阿姨，这位阿姨是她爸的同学，外加"好友"，可是有一天她发现，事情远没有那么简单，原来她爸和这位阿姨关系非同一般，他们正在合谋逼走她的妈妈，于是她不干了，出事前的几天她来找过我一次，然后就跳楼了。可是你们知道她和我谈了什么吗？她什么都没谈，她只是提醒我米罗太单纯，要我让米罗多接触社会，否则将来会吃亏。哦……我说这些干什么！反正说了，也没人信。你，包括米罗，你们都觉得我是个恶毒的女人。其实，恶毒的人是彭波，那姑娘……

"问题是……"你说。

问题是没有人理解我，包括米罗。再说了，你们谁想过理解我，这么多年来，米海西，你大概需要的只是我的身体，一具女人的身体，尤其是彭金辉的出现，你就更加觉得我的灵魂与身体分开了，我把灵魂放到了别处，给了另一个男人。你这个傻瓜！我算看透了，你口口声声对我说过的那些情，其实就是蒙汗药，都是制幻剂，因为你心里只有你，你只爱你自己……哦，谢谢，米海西，你终于学会了在女人流泪的时候，递出第二张纸巾了。

告诉我，米海西，你从什么时候开始讨厌我的？我很在乎这问题，你得让我知道我有多傻，我被你算计了多久。你却又那样看我，你表现得又是那么无辜。哦，我可真佩服你！

第12章

那我就自己说说我有多傻吧，说说我是怎么傻乎乎地把自己送给你的。

说实在的，我在那个时候的名声不太好，所有厂二代的名声都不好，或者说整个年轻人的名声也不好。反正那些老女人老先生看"年轻人"这三个字就不顺眼。你知不知道，我有个"小太妹"的外号？你大概不会知道，没有人会告诉你，我们是厂二代，有自己的圈子，很多东西只在我们圈里传。但你也不知道，我们怎么看你，我们看你，就像看一只深山老林里跑出来的猴子。所以，整个厂二代是把你这种人排斥在外的，当然还包括那些学校分来的学生，他们也不被接纳，我们认为你们是外来户，只有我们才是坐地户。

我属于厂二代，但我与他们又不同。因为我给你开了绿灯。知道吗，那是一种奇妙的感觉，就像我一下子成了地下工作者一样，我得每天和他们混在一起，我却完全不和他们一心。那时，我还是一个蛮骄傲的姑娘，你知道的，我是厂里图书馆的管理员，还是厂里业余文工团的报幕员，偶尔还会充当一下独唱演员。我爸我妈呢，都是知识分子，一个是工程师，另一个在劳资科工作，就这两条，米海西，如果不是我着了魔，你就是在我面前每天转上380圈，我大概也不会看上你吧！可我却偏偏看上了你。

而在你的心里呢，你总是把我归为厂二代，觉得我和那些厂二代有着难以割舍的本质的相同之处。可你为什么不想一想，我是家里的独生女，我没有兄弟姐妹，我从小就和他们一起长大，我不和他们玩，我和谁去玩啊！久而久之，也就培养了我开朗外向的性格，我确实喜欢和男生一起玩，但我只是和他们混，你懂"混"的意思吗？我把他们当哥们儿，因为女孩子们都太小肚鸡肠，和男生相处要简单些，但这不等于说，我就喜欢他们，赞成他们干的那些事。我知道他们喜欢斜跨着自行车站在路口看姑娘，遇到一个稍稍漂亮的，就会吹口哨，想法追到手。厂里给了他们工作，他们却不喜欢学知识钻技术，一个个油腔滑调，喜欢动手动脚，每次他们碰我时，我就冲他们喊，要他们拿开他们的脏爪子。我知道他们不是有心，那只是他们的习惯。他们也一直把我当哥儿们看，他们进过我的宿舍，还乱翻东西，一个男生躺到我床上，也不管自己身上脏兮兮的工装和油腻腻的头发。还记得厂门口的那间发廊吧，还有那个小裁缝店，都是简易房做的，发廊里经常坐着几个染着红指甲的姑娘，她们不会用剪子，拿不起推子，不理发，只洗头发，其实洗头发也是幌子。还有那个裁缝店，操作台上摆着布料、尺子、画粉、剪刀，头顶上挂满了已经熨烫好和等待熨烫的衣服。那个裁缝是个小姑娘，脸蛋圆圆的，嘴角有个酒窝，看人时总有一种贪恋恋的欲望，她坐在缝纫机边工作，旁边是一个自制的火炉，只要她看上了你，在你走时，她就让你到门外的煤堆里帮她筛一簸箕碳。她那是在等待时机，等你迎合她的暗示，只要时机一成熟，她就关门上锁，把操作台上的东西往边上一推。我知道那些厂二代男青年经常去那个发廊，也经常和那个小裁缝鬼混，他们出来后还炫耀，甚至介绍给自己的朋友。

但我不是他们，米海西，你好好回想一下，你在哪里经常看到我。我帮你说吧，早晨我在厂区里的小树林，我在那儿打羽毛球。晚上我在图书馆。在你看不到的时候，我在看书或看电视剧……真可怜，我这是在说什么，就像一个污浊的罪犯在极力漂白自己。我没有洗清自己的想法，我说的是事实。我只是说，如果我要成为他们，是件很容易的事，可是我不想成为他们，我只想做我自己。尤其是认识你之后，看到你那双清澈的眼睛，我便更加认清了这一点。我罗素兰，就是罗素兰，我不能成为任何一个其他人。一个人不想成为别人，只想做自己，难道是错吗？米海西，你有没有想过，如果我不是这样，我怎么会那么勇敢，不，应该是大胆地把自己给了你呢？我想在那个时候，大概连你自己也不敢相信吧，现在想起来，唉，我大概从一开始就注定是一个失败者，因为从一开始，我就莫名地背上了要为你牺牲自己的"亡命牌"。

"我没有要求你牺牲你自己。"

"是啊，"我说，"要不说我犯贱呢，我也不知道我为什么要这样。"

你应该记得咱们的第一次吧，你一定记得的，就在我的宿舍里。白天你来找我，支支吾吾地说，有一个作家的访谈节目你想看。我知道那些公共场所的电视轮不到你，那时候公共场所的电视被一些球迷、歌迷们把着，你找不到可看的地方。

我说:"我宿舍里倒是放着一台。"

"可那是你的宿舍啊!"你说。

"但电视机是图书馆的,为了安全才放在我那儿。"我说。

"哦……"

"哦个什么劲儿,想看了,你就去看。"

"真的可以?"

"那有什么不可以。"

"哦,既然是图书馆的电视,那我就去看上一会儿吧。"

你说得那么正经八百,你的潜台词很有意思,你是厂里的职工、工会会员,按时缴纳着会费,似乎你去我那里看电视,看的只是你的权利。为了不让你尴尬,我还和你开玩笑说,你不看"一会儿",还想看"几会儿"啊!我这么一调侃,你也就觉得没什么不好意思的了。

你是卡着点儿来的,一分钟不早一分钟不迟。我却没准备好,或者说我觉得没必要准备,要刻意准备了反倒把你吓着了。你进门的时候,我正在洗衣服,最后一件。我没有刻意招呼你,只是告诉你遥控器在写字台上。你去取时,顺势将椅子转了过来,你坐在上面。那是一种什么感觉,现在回想起来都觉得奇怪,我一点儿都不觉得你是第一次进我的宿舍,似乎之前你已经来过好多次一样,我同样也不觉得和你陌生,说实在,除了图书馆、小树林,我们更多的只是在水房打水时相遇,另外就是洗澡的时候,我每周一下午去洗,奇怪的是那个时候总能遇到你。尤其是在夏天,我披着长发,穿着拖鞋,刘海滴着水,你也一样,一张白净的脸,还有一对玲珑的耳郭。我就觉得,我们很久很久之前就认识了,在没有见到你之前我们就认识了,你就像一个从我的想象中走出来的人,似乎我一直在等你,而且终于等来了你。因此,我表现得很自然,知道吗,我并没有意识到我是在洗内衣啊,还是一条内裤。你笔直地坐在椅子上,偶尔挪脚或搓手,两眼盯着电视。我相信最初几分钟,你确实在专心看电视,可当你猛一转头,通过那些肥皂沫发现盆里是一条内裤时,你就没办法再专心致志了。你突然轻咳了一下,我注意到你的变化,事实上,从你进门起,我就在问自己,我们到底在哪里见过,但我十分清楚,从此之前,即使在梦里,我也没有见过你。

米海西,就是在今天,我也敢向你保证,当时我没有一点存心不良。那只是一个巧合,一个莫名其妙大胆的巧合。接着,我发现你也有些心神不定了,你大概没想到会遇上这种事,在你有限的几次转头里,你每次都故意将头转向靠近床的方向,可床上挂着床围布,布上别着我的相片,再上面是把吉他。当时你的样子很有意思,就那些东西,就让你拘谨了、羞涩了,变得像个一心想要糖吃却无法开口的小弟弟……我没有弟弟,我想象,兴许我要有一个,就该是那个样子的。

那天正好停了暖气,屋里不暖和。我说,要感觉冷,就坐到床上吧。你"哦"了一声,真还坐到了床上。我说,床上有毯子,你可以把鞋脱了。这些话,我都是很自然地说出来的,对你,我就像对我一个远方来的表弟。这下,你可不好意思了,你脸红了,说不用。你说你是汗脚。但我可以断定,是你的袜子破了洞,或是露着脚后跟。那本来是个浪漫的夜啊,窗外下着雪,图书馆不用开门,屋外偶尔有人经过,我把门反锁了,还拉上了窗帘,我给你的解释是说怕别人打扰,有一次,几个男生穿着军大衣夹着录像机来蹭着看电视,他们说是翻录港台明星的演唱会,他们把我赶出去,我回去时他们每个人的表情都不对劲儿,我就猜他们是在看那种片,可气的是他们还在我的宿舍里抽烟,乱扔烟头,从此我就再不让他们进我宿舍了。再说,我也真不想让别人看见,一个雪夜,一间小屋,两个年轻人,还一男一女,要是传出去,就是没啥,也变得有啥了。即便是这样,我也始终认为,我们那晚发生的一切都是自然而然的事,当然这只是我的感觉,你自己到底怎么看,我就不得而知了。我继续洗我的衣服,你看你的电视,但你哪儿还能看得进去啊,你趁我不注意的时候开始偷偷看我,尤其是看脸盆里那条内裤。那条内裤是水红色的,丁字形,聚酯纤维的,既柔软又光滑,尤其泡在水里,就像一团颜色艳丽的红樱桃。这样一条内裤,对你来说,意味着什么呢,后来你在小说里描述,你说,那天晚上你看到水中那条红色内裤,心里就像长出了无数张饥渴的嘴,你想去亲它、咬它,将它吃掉,你说,你从我浸在水里的胳膊和手,看到了我,看到了夏日溪水中那个一丝不挂的我,我觉得是可以理解的。我洗完后,用衣架把它撑起来晾到铁丝上,我出去倒水,你就抓住了那个机会好好地看它,你看到那些湿淋淋的水从面料里一点点渗出,然后汇集到三角地带形成亮亮的水珠,又一滴一滴落下。你在小说里写道,那一滴一滴清亮亮的水珠,哪里还是水啊,它分明就是一滴滴的诱惑,因为那些水珠听着噗噗落地,但没有一滴真的落到地上,而是打到了你的心上。你的心当然就慌了,乱了,紧张了,兴奋了,不知所措了。毕竟那是你第一次见到那种样子的内裤啊,你之前觉得那种内裤,只会穿在外国女人和挂历女人的身上。因为之前你连一条三角内裤都想象不出来,你甚至还为"三角带"的招牌进了一家商店,商店里摆满了各种型号电动机的皮带,你还纳闷,这就是"三角带"?现在,它却就摆在你面前。

后来……后来呢,我们就在一起了。我们一起干了一件危险的前途未卜的事。我不知道你怎么看,我真是把你当小弟弟,当小朋友看了,你的那些小局促、小乖巧、小羞涩,偶尔冒出的不着天不着地的小傻话,让我们自然而然地躺在了一起。

我这么说吧,那可不是我想要的结果,可它就那么来了,因为我原本想再等等的,再过一段时间再说,起码还需要寻找一个特殊的机会,可是那些预设的东西,当事情真的要发生时,却莫名其妙地都消失了。我当时有点懵,有点中邪。说实在的,我们在一起,身体上的那点感觉其实并不好,因为你既没有初学者的野蛮和莽撞,也没有情场高手的老练和娴熟,你就是只笨鸟。你也不像是在享受,倒像是在受刑。我能感觉出你内心的挣扎和抵抗,我真应该叫停,让你滚蛋的,可是……我不能啊,我最知道的就是我不能那样做,我不能伤害你啊,毕竟男女之事不是件技术活,我们需要有更深的交流。后来,你就好了,你憨憨地露出了成功的喜悦,你对我说,你一点儿心理准备都没有。老天爷啊,我真想砸碎你的头,你说什么呢,好像我就有一样。

米海西,你给我说说,你当时怎么想的。是不是这 20 多年来,你一直在回想那个夜晚,你在分析我们的每一帧画面。你是不是坐在我床上的时候,就闻到了某种味道,一种勾引的味道,你是不是觉得,那一夜就是我欲望难耐下的一次刻意。你认为过那是我爱你的一次具体表现吗?你是不是一直对那个夜晚怀恨在心。"呵呵!"我苦笑了几声。

我们做了 20 年夫妻,维持我们婚姻的到底是什么?是爱吗?你是不是一直在怀疑,你的不真实感到底从何而来。不过,我说这些不是说我后悔了。我没后悔过。我做事情从不后悔。你很可能觉得我是在伪装。可是你错了,直到今天,我也没喜欢过别人。你认为我离不开什么人,那只是你的认为。你想想,如果我要是那样的话,那我,一天天,一年年,凭什么要跟你熬过这 20 年。

第13章

米海西，你对婚姻，包括家庭，是越来越持怀疑态度了，你对任何东西都怀疑，你觉得这个世界上，还有真的东西吗？那我问你，你相信自己吗？你为什么不去怀疑你的怀疑呢？

这些年来，你常常问我累不累。我知道你问的，其实不是身体。身体累算什么，腰酸腿痛，冲个热水澡，上床呼呼睡一觉就没事了。但我只能用身体累来回答你，因为这是我作为一个母亲与妻子的责任，我就是累死也是应该的。你却说我是在避重就轻。其实婚姻中的一对男女，一方累的时候，另一方也不会轻松。所以你想问的问题根本不用我回答，答案就在你那里。如果我没感觉错的话，其实是你一直感觉累，心累，你觉得自己像活在一张网里，但那张网是你自己织的，你不用它来捉虫捕蛾，却用它像蚕丝一样给自己作茧。一直以来，你就那么默默地忍受，想靠写作为自己赢取一点点空间。20年了，米海西，你其实完全可以再造一个自己，你为什么要来城市，你为什么要一个正式工作，你为什么要写作，你不就是想要再造一个自己吗？否则你也不用娶我啊。

我爱你，米海西，只是你从来不把我的爱当作爱。和你生活这么多年，我最大的收获就是我把自己搞糊涂了，我搞不清自己。我觉得，维持两人婚姻的东西是爱。可你说，让婚姻维持下去的不一定是爱。那是什么？是志同道合？相依为命？携手同行？相互利用？但无论是什么吧，婚姻中的两个人都不应该把矛头对准对方，否则，男的孑然一身，女的孑然一身，两人共同的东西越来越少，直至消失，最后变得就连一点吸引力都没有了，那还叫什么夫妻？

　　眼前,我们的现况就是这样,米海西,我们踏上了不归路。我想拿爱来拯救,可在你心里,早就不把爱当爱了。有一次,你说,我们这个年龄再谈爱,呵呵,那是多么奢侈的一件事啊! 其实,你是在说我不配谈爱,因为你觉得我已经……出轨。是吧,可是你却从来就没有意识到,我们是否还在同一条轨道上。你却猪八戒倒打一耙,说彭金辉出现后,我就如困兽出笼,鱼儿归水,那你为什么不想想,彭金辉是刚刚出现的吗,我认识彭金辉比你还早呢。哦,你又要说了,当初是当初,现在是现在,或者说,我一直喜欢彭金辉,我一时阴差阳错嫁了你,20 年来,我似乎一直在装,装着爱你? 因为你找不到我爱你嫁给你的原因。是这样吗,米海西? 那么,你也装装看,你来装着爱我 20 年如何。其实一直装的人是你。

　　"我装?"你一副不服气的样子。

　　难道不是吗? 你太过敏感了,太过神经质了。你觉得我从小衣食无忧,长大后就得风花雪月,这很符合常人的思维,但那只是常人的,或者说是你的逻辑。你出身农村,无论物质和文化,你都觉得自己拿不出手。所以,你没有自信,却又不想放弃,所以你开始写作,立志成为大作家,你要挣很多钱,要得到别人仰慕你的目光,似乎只有那样,你觉得和罗素兰出去走在街上自己的腰杆才硬,只有那样,你觉得这个叫罗素兰的女人,才会死心塌地地忠贞于你,只有那样,你觉得站到儿子学校门前才像米罗的爸爸。可是,这些年来,你这么折腾,你得到了什么? 无论你的写作是否成功,能不能提高你的心性,兴许你只是觉得自己没有浪费生命。你得到快乐了吗? 如果你是快乐的,那也算。结果却不是那样。我看你,你唯一得到就是苦闷,越来越多的苦闷,无边无际的苦闷,苦闷让你变得离群索居,让你退守自己,让你觉得所有美好的东西都不再美好了,所有快乐的事情也都不再快乐了。而我呢,我从来没有逼你,我没有拿你去和任何人比较,我只求安安稳稳地过好我们的日子。难道是我缺少理想吗? 还是我的理想太庸俗? 不,米海西,我不承认。生活对我来说是最最重要的,米海西,你是个作家,可你真正理解生活吗? 生活不该只是一日三餐、油盐酱醋,我是说,我要的不是那种只要吃饱穿暖能睁眼会呼吸的生活,那不是生活,我要的生活得有滋有味,有情有调。那么……两口子过日子,一个人成天把自己关在书房里,恨不得不睡觉,不上厕所,连吃饭都觉得耽误时间,另一个,无论她再怎么努力,生活能有滋有味、有情有调吗?

　　有时候,我觉得你是不是看错了人,米海西,你大概没有想到,一个人竟然会有这种理想。但我始终觉得,这才是人们最应该树立的理想,过一种有品位的生活,这种生活一定与钱有关,但不是绝对有关,一定和文化有关,但不是要做文化的奴隶,一定和品性有关,但不是空谈品性。我说这些,米海西,我不是不让你写作,恰恰相反,我希望你继续写作,毕竟写作是一个不错的爱好,我只是不希望你不顾一切地去写作,不希望你变成一台打字机。我不管你是怎么认为,但我觉得,即便你是一位专业作家,那你的写作也是为了生活,而不是生活是为了你的写作。我这样说,你怎么就不懂呢！难道我说这些,你也怀疑我是在骗你吗?

"我已经变成一个家庭主妇了。"我说。

"没人让你变成家庭主妇。"你争辩说。

"没有吗?"我说,"我说家庭主妇还是给我自己留了面子。在你心里,我实际上早已经是保姆和仆人,外加那个……了,我得任你羞辱,还不能有怨言,你失落时自卑,我得安慰你,给你打气,你取得成绩时自负,我就又得给你泼冷水。你脆弱得像一个肥皂泡,我连碰都不敢碰你一下。我叫你'农民',你说我在骂你、贬损你、打压你。我称你大作家,你又说我在讽刺你、嘲笑你、鄙视你。你一方面在孩子面前讲述那些农村的事,一方面你又想和农村画清界线,你一方面夸赞西方人的自由,可我见个男同学,你就心烦意乱。你到底是一个什么样的人啊,我怎么做你才算满意?"

"对不起！"你说。

这个时候你道什么歉！哦……你接着又说一句"对不起"。20年来,米海西,你说过的"对不起"垒起来比长城都长了,难道你就不能多一点骨气,少说上一句?你是不是在第一次见我时就准备了一辈子要用的"对不起",你到底想怎样,既然你没那个能力,没那个自信,你为什么要招惹我！

我端起杯,又抿了一口酒,味道太刺激了,你却不知道我的滋味,我说,米海西,我们之间早就出现问题了,或者说从一开始就有个楔子扎在我们中间了。我至今不知道问题出在哪里,米海西,难道是我对你太好了吗? 我总在心里问我自己,我还要对你怎么好才算好,难道一个人爱一个人,不就是要对他好吗,还是对他好是一种错? 可是我们的问题是,你觉得这样的好,不是真的好,不是你需要的好。因为你不相信一个人会对另一个人心甘情愿一如既往地好。是啊,我也说不清,这是为什么,我为什么要这样无怨无悔。我只能说,很可能男女有别吧,女人总是死心眼,无论人家怎么横挑鼻子竖挑眼,看你不顺眼,你还是会对人家好。

说到这里,哦,我又哭了。真丢人！女人的泪就是这么不值钱。

"你在想什么?"我问你,"是不是在想,孩子考上大学了,唯一挡在我和彭金辉之间的彭波也死了,我们的婚姻也就告终了。你希望我像一个要圆梦的姑娘一样,穿起婚纱,走过草坪,在朋友与家人的祝福声中,走向彭金辉,开启我人生的另一个篇章啊。"

"是啊！"你回答说,"因为你错过一次了,再不能错过第二次。"

"又是你的逻辑,"我说,"难道男女之间的事可以用逻辑来推理? 你不觉得你对我是有偏见的吗? 你以为我傲慢,实际上,你是把你对我的偏见当作了我对你的偏见。我是说过，我这辈子最大的失败可能就是嫁给了你。但我并没有说，我因此而后悔。我反倒觉得，是你后悔了。现在，你想要的儿子有了，荣誉和尊严马上要来了，我却成了累赘。"

我说，你这个自私的人，是你该撕下假面皮的时候了。你儿子要用刀捅我，你站在一旁一声不吭，你连推他一下，抽他一嘴巴的动作都没有。实际上你也想让我死。对于我们俩，你不是有个加速度理论吗，你说我们就像在人生路上跑步的人，开始我们在一起，可是后来你越跑越快，越跑越远，直到回头也看不到我，这样的婚姻还能维持下去吗？是啊，多悲惨的结果，我给你准备好了干粮，准备好了水，你有了力气，你往前跑，你成大人物了，开始跟我讲知音、知己了！你在不断走向成功，而我却在不断落后，这就是你想说的，一直想说的，对吧，阴谋家！

"阴谋家？谁是阴谋家。"你不高兴了。

我轻轻一笑，把杯口压到自己脸上，让几滴泪流进杯里。"对不起，我说错了，我是阴谋家。是我策划了一场阴谋。是我想通过改造一个穷小子显摆自己，想通过你来满足我的虚荣！"我说，"你也太高估我了，米海西，我就是一个女人，一个普普通通、简简单单的女人。"我只是想个性一点，只是想按自己的想法做事，我不喜欢别人把意志强加于我，父母也不行。

可是你却不相信，你把我想象成了一个前卫的女人。你一直就是这么认为的，因为你想不通我为什么要嫁给你。我是有一根软肋的，米海西，如果我不说，你大概到死也不知道，知道吗，当我一看到，甚至是想到你那怯生生的，又那么清澈的眼神儿，我就会完全失控，我会莫名地口渴，我会想靠近它，似乎瘾君子犯病一样，我就觉得无论我付出多大代价，做出多大牺牲，我都值得。真是狼狈啊，可又没有办法。有一次我去小区门口的便利店买盐，我莫名地想到了你的眼睛，哦，就那么一闪念，我想到你眼睛里那种幽幽的，清澈而水灵灵的光，我就……我该怎么说呢，女人本该被男人开阔的胸膛、结实的肌肉、厚厚的嘴唇、忧郁的眼神、暧昧的微笑打动吸引的，我却为你怯生生的表情和那双眼睛着迷，我放下东西就往家跑，我回家只是为了好好看一看你那双眼睛，我病了，米海西，我有点变态……你可能无法体会，当时我站在你面前傻傻地看你，你却骂我神经病。

"对不起！"

你这个混蛋又这么说。你能不能别说"对不起"，就是想提醒我这是在公共场合，也没必要。你可以让我"闭嘴"，也可以让我"打住"，我就是讨厌你说"对不起。"公共场合怎么了？我都不觉得丢人，你害怕什么。我告诉你，你的那些"对不起"毫无意义，你每次说出来就像口头禅，或许你是想为你给我造成的伤害道歉，但没必要！因为一个人要是不去伤害自己，那么世界上就不会有谁能伤害得了她。

我爱你，海西！现在你听起来可能有点别扭，但至少我爱过。可是你一直在怀疑，怀疑我对你所做的一切，但我负责任地告诉你，我没有需要你怀疑的地方，我是一个透明人，你在我身上看到的所有颜色，都是因为你戴了有色眼镜。如果你有心，你可以花上几天时间，好好想想我们的过去，从认识到现在，我们俩到底是谁在变……哦，对不起！这次轮到我说"对不起"了，因为最初希望你变的人是我，我想改掉你身上那些农村气。这么多年来，你似乎是改了，但你改的只是皮毛，其实你什么都没改，你还是那么固执，还是要用你的观念来看待周围的一切。

"我的酒喝完了。你请我再喝一杯如何？什么酒都行。我头痛，很厉害。"我说，"我觉得我的人生似乎就要结束了，如果可以，我真愿意替彭波去死。"

老天啊，你能不能换种眼神看我！你知道你眼神中的那种无辜有多吓人！你每看我一眼，我都觉得我理亏，似乎是我负了你。"来吧，再给我一杯酒。你不能总这么无情。"于是我对着旁边喊，"服务生……给我来杯酒，最好度数高点的。"服务生过来，却用征求的眼神看你。你不表态。我只好把服务生拉到身边，告诉他，"去吧，孩子！我就是喝死，和你，和这位先生也不相干，我保证。"

服务生走了。我接着问你，你和米罗说起我们的现状了吗？我们的貌合神离，我这个强势、傲慢、不安分、总想别的男人的女人，还有你这位知书达理、一身文雅、说不定15年后就会获诺贝尔文学奖的大作家。我问你，你是不是已经问过孩子如何选择了，他愿意跟谁一起生活。你说没有。那我要对你说声"谢谢"。因为我真的不能没有米罗，任何一位母亲都无法放弃自己的孩子。

"你有点神经质了，罗素兰，我们还没到那一步。"你轻描淡写地说。

"是吗？你真这么认为？那我们到哪一步了？"我问你。

但我感觉的是，我们完了，就差吹灯拔蜡了。我说，我不是小孩子，只有小孩子才会非爱不行。我知道婚姻不只是爱和不爱那么简单，相爱的人未必在一起，被捆在婚姻里的男女也未必都相爱。那我们图什么呢？为社会增添一对像模像样稳固牢靠的假模范？

"你有什么打算，还想暂时给孩子一个有名无实的家？"我是问你，"你还能忍多久？其实，你心里早就有结论了，米海西。我承认，我怀疑过和你一起生活的日子，我也想象过和别人一起生活的情形。但我对自己这些年来的所作所为问心无愧。我这么说吧，米海西，你不用顾及我的感受，你尽可以把那句想好的话说出来。但我希望你能回答我一个问题，你总觉得我不是真爱你，好，那么我是爱谁呢？难道这20年里，我是一个人在生活吗？还是我为你做了那么多的事，你一件都看不到？"

第14章

　　我到底错在哪里？我凭什么总是自觉低你一等？难道就因为彭金辉？我知道你心里是这么想的。我知道，你像看不起我一样，看不起彭金辉。我承认，我和彭金辉走得近了一些，可谁还没几个走得近的朋友，再说，我们走得近，有走得近的理由，毕竟我们是同学，我们曾是金童玉女，他教过我吉他，我们彼此又不那么反感。

　　你呀你，是不是一提到吉他，你就过敏，就会浮想联翩。可你能不能客观一点，我们年轻的时候，哪个人不想弹一手好吉他，我又是文工团的成员，学一门乐器也正常吧，再说，彭金辉的吉他弹得就是好。哦哦哦，我明白了，最关键的是你觉得他是我们厂厂长的儿子，对吧？你就觉得我们一起学吉他就不单纯了，是这样吗？那么，你去我宿舍的那天晚上，你是不是在我的墙上看到那把吉他……老天啊，我怎么这么傻，那晚，一定是那把吉他让你放下了心理负担吧，你看到那把吉他，才和我有了那场床笫之欢，因为你在吉他上看到了彭金辉，你觉得迟早娶我的人是彭金辉，眼前的白食不吃白不吃，是这样吗？因为你已经分析过，就是我事后反悔，我也不会把你送到派出所，更不会讹你一大笔钱，因为我不可能拿彭金辉在你这里下赌注。

　　你呀你！那么事后呢？呵呵，你还是产生了一些慌张，毕竟那不是一件小事，所以你没有再主动找我，我也没有主动找你。我们那场床笫之欢的结果是——尴尬。我不可能表现得像个没事人一样，你也不可能做到遇到我时，只是低头说一声"对不起"就过去了。我们是继续，还是打住，一切都取决于我，对吧，你在等。可你知道吗，我也在等，我不想自己决定，这毕竟是两个人的事，即便我们是一对小偷，合伙做了坏事,那我们也得共同承担。一个月后,好像是第43天,你重新出现在图书馆,我知道你是来探虚实的,你想看看我的反应。

"这回你的书,可借的时间不短。"我记得是我主动和你搭讪,"是没时间看,还是没心思看?"就连这种事,我都得包容你,即便你认为那件事我们错了,我也得把错揽到我身上。你的眼珠慢慢地滚动着,然后问我:"你在学吉他?"

"是啊,跟彭金辉学。"

"我知道……挺不错的。"

"岂止是'不错',彭金辉弹得是相当不错。"

"我是说,你跟他学习吉他这事。"你的语气怪怪的。

你当时的表情,好复杂……忌妒、释然、不甘,更多的是庆幸。你似乎一下解放了,你觉得之前是你把那件事看重了,你觉得在乎了别人不在乎的东西。于是你要知错就改,要悬崖勒马。你开始把我往彭金辉那里送,你阴阳怪气,说了半天彭金辉的好,似乎就差亲手架起相机给我和彭金辉拍一张二寸照了。那时我还是个美女,就是不算厂花,但起码想把我追到手的人也趋之若鹜。不过你觉得那些人只是一群嗡嗡乱叫的苍蝇,只有彭金辉和我才是天生的一对地配的一双。彭金辉却表现得很不积极。后来你才知道,原来是他爸给他下了命令,说彭家的儿媳啊,必须得是大学生。可我不是,我只是一个高中生。但你心里清楚,与你相比,我和彭金辉当然更加门当户对。你觉得彭金辉不积极是因为碍于他父亲给他的压力,他在等,在想办法对付他爸,然后向我求婚。于是你和其他人一样,开始注意那些厂里新分来的女大学生,可惜那些女大学生不是不漂亮,就是来的时候自带了指标。彭金辉的条件多好啊,就是厂长儿子这一条,就够人资部门的人大为劳心的,一连三年,人资部门的人去各大院校招人,他们在哐当作响的火车上,揣摩彭金辉的择偶对象,奥黛丽·赫本、玛丽莲·梦露、山口百惠、赵雅芝、钟楚红、朱琳、张瑜、刘晓庆、傅艺伟,每谈到一位,他们就把她放到彭金辉旁边看是否般配。他们给明星分类,野性泼辣的、温柔贤惠的、娇艳狐媚的、开朗直爽的,可惜,每次他们都落了空。人们就说:"不用说,这罗素兰啊,铁定就是彭金辉媳妇。"

这话不可能不传到你的耳朵里。可你知道吗,我清楚我和彭金辉没戏,如果有戏,我和他三年高中同学,还坐过同桌,我们的戏早就开始了。他不是我喜欢的类型,但不喜欢,不等于就反感吧?我跟你说,我其实喜欢的是自己在别人那里显得很重要的那种感觉,而彭金辉不会给我这种感觉。我不知道这是为什么,现在看起来,我的那种感觉,很可能是由于孤独而形成的,我依赖别人对我的需要来消除自己的孤独,只不过在那个年龄,我不知道孤独是什么罢了。

20 年了，米海西，我自己不想孤独，我却深刻地体会孤独，我害怕冷漠，我却天天面对冷漠。你是作家，你应该能体会冷漠的可怕。冷漠让人们一次次心凉，冷漠让这个社会充满悲观，冷漠让人们不得不更加冷漠。在咱们年轻的那时候，我还没体会到冷漠，也可能是被卷在轰轰烈烈的大潮中没有顾上体会，那时金钱已经很重要了，但还没有像现在仿佛站到了社会的中心，我们还有暖暖的人情，还珍惜友谊，还在乎廉耻，不计报酬的奉献和大无畏的勇敢还受人尊重。否则，按现在的标准，我大概不会选择你。这不是我务实，米海西，在务实的社会里，人们只能务实，在缺乏理想的社会里，人们只得纸醉金迷。

"那你现在也可以重新选择。"你终于抓到了机会似的说。

你这个混蛋，那么你呢？你是在发扬风格？还是在推卸责任？我真想捣烂你的脑袋，你的脑袋里究竟装了些什么啊，就是满壳子糨糊也不过如此吧！你把话说得这么轻巧，你以为"重新选择"就像你挪一挪屁股，动一动脚那么简单？就冲你这话，就够叫人伤心的。实话跟你说，我不可能和彭金辉在一起。那倒不是因为我没有大学文凭，给儿子娶媳妇父母虽然有要求，但最终决定的还得是儿子，否则年轻的奥地利皇帝也娶不着茜茜公主，我相信凭我的长相再用点心，我能搞定彭金辉的，可我为什么要去呢，彭金辉除了是厂长的儿子，没有什么特别的。但你很特别，米海西，我说了，你是珍稀动物，我稀罕你，你就是混在人群中穿上和别人一样的衣服，仅凭眼神，我也能把你认出来。你能理解吗？我说的是一种感觉，而不是你的长相，我至今也说不清它为什么那么吸引我。所以，我最终还是会和你结婚，因为我只有嫁给你，我才能独自占有你，才能天天看着你。那种心情你猜不出的，别以为你是作家，你就能明白。你认为促使两人结合的是什么呢，米海西？是长相、是金钱、是理想吗？不是，米海西，是感觉。也许你认为，两个人结合只是一种利益共同体，因为一个人面对那些柴米油盐、孩子、老人，太势单力薄了。那么其他的呢，我是说，除了那些柴米油盐、孩子、老人，属于我们两个人的那部分呢？你想过吗，难道仅仅是同床共枕？我们不需要对我们共同的东西协商、切磋、比试、探讨、挖掘、猎奇、交流、互助、打闹、逗趣、欣赏、鼓励、安慰吗？这得需要多少时间，花多少精力啊！可悲的是，你看到的只是柴米油盐、做爱、生子三件事。

你对婚姻理解的太浅，米海西，你想想你为什么越活越紧巴了，而别人却能越活越舒展，因为你放弃了生活，远离了生活，你把生活当成了敌人。你连生活都放弃了，哪还在乎一个女人。如果你觉得我们完了，结束了，其实说一句不客气的话，我倒觉得我们很可能压根就没开始，或者说我们刚刚才开始，就让你那个破自尊心，那个破写作，给搅局了。

"就像现在,你为什么就不能松弛一点呢,用轻轻松松的眼神看看我,看看我们的婚姻,看看这个世界。"

你不吭声,还是想等我说出更狠的话。反正你已经做好准备了,给我规划了路线图,你却逼我说出来,这就是你的歹毒之处,你比那些呲牙咧嘴、满身胸毛、不带脏字不说话的男人还要歹毒。彭金辉,彭金辉,彭金辉,你满脑子都是彭金辉,你的脑袋里还能放下我吗,你不是信誓旦旦要和人家彭金辉谈判吗?你为什么不去?要是换成我,我就那么干,我还要把你叫到现场,大家当面锣对面鼓地把话说透了,把事挑明了。可我知道,就是跳进粪坑里把自己淹死,你也不会那么干,你丢不起那个人,可你又过不了那个坎,一有时间,你就受心里的那个小鬼挑唆,琢磨我,琢磨彭金辉,你痛苦难耐,你卑鄙、龌龊、无耻,你鬼鬼祟祟监视我,你还把安全套悄悄编了号,你害怕哪一天突然少了一只,但又非常希望哪一天能真正少上一只,是这样吧……你在逼我!

"我……"

"你什么你!"我说,"我受够了,我受够被人盯梢的感觉,受够了那个盯梢的人是你。"

我说,我没做过对不起你的事,但我也不是圣人,我承认我有缺点,请你不要把"完美"的帽子扣到我头上。你知道的,在你认识我的时候我就有缺点,我有那一根软肋,米海西,我知道我不够完美,但我想完美,我尽可能以完美的形象陪伴在你身边。所以,在我和你共同生活的这 20 年里,我想努力做个"精致"的女人。

天啊,我竟然用"精致"形容自己,有点恬不知耻,可是我在努力,一直在努力,只是我总也做不对,似乎你并不需要我那些努力,因为我会在一块台布上下功夫,会在菜品下功夫,会在玻璃贴花上下功夫。我关注的是你的健康,留心的是你的眼睛有没有充血,嘴唇有没有翻皮,舌苔的颜色是否正常,你在电脑前坐久了,我会拉你起来休息,知道你出去应酬要喝酒我会让你事先吃几片面包,我不让你躺着看书,不准你喝冷饮,不让你边嚼食物边和别人说话,不让你站着时双腿乱动。我会收拾你的书架,就是小饰品也要有序摆放,我会定期修整家里的花草,就是一盆吊金钟,我也会让它有个型。总之,你觉得这些都是小节,做不做都无所谓,我在做无用功。

你也喜欢精致啊,可是我不知道你如何去理解精致,如何去实现精致,难道你在写小说的时候,你不用心你不花时间来打磨,你的语言就能达到精致吗?可是一到生活中,你就觉得不必如此。当我还要坚持的时候,你就说我选错了对象,说我不应该和你这种粗人在一起生活。我就奇怪了,那我应该和哪种人一起生活?你总让我别老盯着你,你是大人了,你可以照顾自己。那我就又奇怪了,我不盯着你,我去盯着谁啊,如果你和我没有关系,我吃饱了撑的要让自己那么劳心费力? 再说了,你不是作家嘛,难道一个作家没有现实中的精致,他能在作品里达到精致吗? 为此,我埋怨过你。你却死不承认,你说你需要时间,你说,再给你写一部长篇小说的时间,你会拿着这部小说……

"怎么样? 你会怎么样?"我问你。

你就满脸愧疚了,你说:"你别急嘛,老婆,咱们会好的,一定会好的,到那个时候啊……"你就又没有下文了,因为你也不知道接下来该如何和我生活。但是,你有没有想过,再伟大的作品,那它也只是对你米海西来说有用有意义,对我罗素兰来说,我顶多是看到你完成了一个心愿,你很可能会开心,剩下的,你还是我的丈夫,一本书写得好与不好,都不影响我需要一个真正贴心的丈夫。如果你要真是有用,真懂得贴心的话,你应该知道我想要的是什么。

米海西,我说这些,不是说我怕离婚。我没什么好怕的! 我不欠你什么,我也问心无愧。我知道,这 20 年来你一直在忍受,觉得我让你喘不过气来。那么我呢,我又何尝不是,我们都在忍受,我们都在妥协。除此之外,我们还有什么? 那就是沉默了吧,要不就是灰心。

第15章

▼▼

　　说到底，还是我这个人傻啊。你还记得我们的婚礼吧，就在我的宿舍，两张单人床一并，房顶四角挂起彩色拉花，换了换床边的墙围布，窗户上贴个"囍"字，就是我们的婚房了。一切都那么简单。我本可以嫁得风风光光热热闹闹的，却因为你，我就那么打发了自己。

　　因为我不想给你压力。一点点也不想。尽管事后，你说正是我不给你压力，才给你那么大的压力，但我觉得我没做错。我们不可能回你们村举行那种传统的骑马坐轿的婚礼。关于婚礼，我们事先讨论过，我没有农村生活经验，我父母也没有，他们对农村的了解仅限于被下放时的几年体验，体验与经验是两码事，没有祖孙三代以上密实的生活，哪能谈上经验。农村，生活烦琐、关系复杂，是个一言一行都会影响众多人的网状社会，家的意义重大，我能体会你说起家时，表现出来的强大和自信，似乎只有说到家，你的局促不安才会消失，似乎老家的每条街、每个门、每棵树、每块石头、每个故事都能给你力量，那些东西合在一起形成了一个可以给你提供强大动力的场。所以你才说婚礼不仅是你自己的，你娶女人更像是为整个家族娶女人，你生的儿子是家族的儿子，儿子身上流的血不仅是你的，你父亲的、你爷爷的，还是你曾爷爷的。你说这种传统就像大树，砍了它的头，锯倒它的身，可它的根还活着，它扎根大地，养精蓄锐，等待春天来临，就将迎来新的生命。

　　我说得没错吧，我们要回去举办婚礼，就得入乡随俗。人们会把你拉到你们村的那棵老槐树下，告诉你只有听他们的，按他们的规矩办，你才不算忘本。可我不吃那套。你说了，在你们那里结婚叫完婚，即使夏天，我也得穿棉袄，我得里里外外都穿红,腋窝里得夹着铜镜或皇历,三声礼炮后,我得跳火盆、过马鞍,然后和你拜天拜地拜高堂。我得到祠堂里给那些木牌位三叩九拜,得祭奠那些我根本不认识又与我毫无关系的死人,我得这样,我得那样,无穷的规矩。可我是一个最不守规矩的人!即使变通了,放宽了,做做样子,我也做不到。我本心不想做,我为什么要去做,我没有鄙视那些乡俗的意思,我只是觉得太繁文缛节了。你也别拿你的想法来要求我,我不想在不关我的事情上浪费时间,结婚是我们俩的事,我为什么要折腾别人,还折腾自己,我嫁的人是你米海西,又不是他们,我的幸福与否,与他们何干!

那时候时髦旅行结婚。我父母也赞同咱们旅行结婚。我父母从积蓄中取出一部分钱来给我,让我们去上海、深圳和刚开发不久的海南。这正好给了你妈向乡亲们解释的理由。我知道你妈为这事心里不痛快,毕竟儿子娶了漂亮的城里姑娘,可她却只能拿着几张相片在村里人面前叫人家看。儿子完婚,她本该打扮一番,端端庄庄坐在高桌前,她的面前摆着绣着龙凤呈祥的棉垫,她得受新人跪拜,得在众人面前听到一对新人响亮地叫她"妈"!她在衣兜里准备了红包,说不定还会情不自禁地抹泪,她高兴啊,自己的丈夫没有福气等到这个场面,可惜的是,她也没这个福气。儿子儿媳要旅行结婚,不回村里来了。为了儿子,她只能屈服自己,她对族人和乡亲说了谎,说儿子单位举行集体婚礼,正正好,12 对。实际上,她背着用床单包裹的棉花被褥,挤了一天一夜火车,到厂里来,她只是看了看儿子的新房,和亲家吃了一顿饭,就算完事了。我记得你很不好意思地站在咱们的新房里,跟你妈说:"我们这是集体宿舍,也就简单收拾了一下。"

"在厂里,不比家,简单点好!要不然,万一搬宿舍,也是浪费。"

你妈摸着床上既轻软又蓬松的鸭绒被,就没好意思把自己的棉花被褥往床上放。她只说被子用了 6 斤新棉花,要是冬天冷,就当褥子铺吧。但她说的时候,心里很不是滋味。

"冬天有暖气,我们不冷的。"你说。

你这傻子,你完全没发现你妈妈的尴尬,儿子完婚自己却毫无用处,她心里多难受!我赶紧帮你打圆场,我说:"谢谢妈,别听海西的,这里冬天老停暖气,有了它,我们就不用怕冷了。"

你妈的脸上,这才露出笑容。你妈在你我的陪同下,和我父母到厂门口的饭店吃过饭,第二天就回去了。可她内心里不舒坦。儿子是完婚了,但不是她想象的样子。大概在你十岁的时候,你妈就开始想象你的婚礼了,一顶流苏舞动的大花轿,在唢呐声中穿过铺满青石的街巷,两旁的房顶、树上站满老人和孩子,你家院门外那个炉渣坡,开着各种颜色的蜀葵花,院子里,鼓风机呼呼地吹着大火,一碗一碗的拉面热气腾腾地从锅里捞出来,端茶的、上菜的、招呼亲戚的,吆喝声此起彼伏。她在屋里忙前忙后,从柜子里找出给儿子准备的红内裤、红裤带、喜鹊登梅图案的手工鞋垫。她心里在想啊,说什么自己也没想到儿子的婚礼落到她头上,就变得只剩下一顿饭了。在火车上,她看着窗外飞逝而过的楼房、山川与田野怅然若失,她摸着布包里的那件玫红色的线衫,她本来准备是要穿的,可是一到厂里她就发现自己要穿上它,反倒显得更土气,她准备好要替你爸说上几句祝福儿子的话的,但她始终没有找到机会。这叫什么婚礼?她一定觉得,就是把儿子卖了,那也卖得太随便了。最后,她只能长叹一声,转念用世俗的标准来衡量这桩婚事,毕竟儿子娶了个漂亮的城市姑娘,仅此一条,儿子的婚姻就是成功的,还是幸福的,因为她的儿子时刻牢记着她的教诲,不仅没有让她的家落下去,还搭上了飞机,坐上了火箭。她的儿媳是知识分子的女儿,她的孙子将来很可能就是大科学家、省长、部长。这就够了!我能体会她的心情,也知道送她到车站时,她说那句"把海西交给你,我一百个放心!"的意思。她哪里是放心,她那是将我军,否则她也不会在临上车时那么紧地抱着你。

米海西,你身上有很多你妈的东西,你只是自己不觉得罢了。你想想,你妈在人前怎么评价我,一定是"天底下最好的媳妇!真是百里挑一,千里挑一,打着灯笼都找不到。"可实际上呢,说不定你妈认为我选择你,是看重了你的一无所有,你的老实,是把你当上门女婿。这话你妈没说,但一定想过,从一开始她就看出我的强势,看到你的委屈,在私下里她有没有问过你入赘的事?她有没有交代过你,要上门入赘,只要将来的孩子随你姓米,就行?我算看透了,你们这种人,就是这样——嘴上说一套,心里想一套,你妈是,你更是。

"你可真说对了,我们还真是这种人。我们这种人爱家,喜欢三亲六故。你以为一个人从电梯里出来打开自己房门,偌大的房子里就一对夫妻养着一个孩子,那就是家?你对家的理解太狭隘,罗素兰,你把家给肢解了,一只鸡被大卸八块,翅膀卖翅膀、爪子卖爪子,你是现代了,可那还是完整的鸡吗?"你明摆着是吵架,却笑着跟我说。

因此,你就认定我们从一开始就是不合拍的。你认为我后悔了。不过,我还是强调,我没有,即使是当初我错了,那也是我的选择。我不后悔。那么问题又回来了。你又要开始纳闷了,我为什么选择你,而不是彭金辉。你还想问我当初的动机。那我告诉你,米海西,我没有动机。因为我没你想象的聪明,也没你想象的世故。

对你，我没有制定任何计划，我只是听从了我的心，米海西，你和我不同，你是接班才拥有城市户口的，很有可能这里面还包含着欠你哥的帐，但我没有任何负担，我只需要一个与我携手共进的人。多少次梦里，你大喊大叫，不是赶驴，就是放羊，醒来时你却不承认，你为什么心虚？放羊、赶驴的场景，即便出现在梦里也让你感觉羞耻。你仔细想想，还有我们拍的结婚照，我们挨得很紧，显得很恩爱，但你的脖子是僵硬的，你不自然，米海西，其实从一开始你的心就不单纯，是你隐藏了动机好不好，米海西，这么多年来，我到底是你什么人啊？你想过吗？你会说，是妻子，是爱人。可你明白妻子、爱人的真正含义和内涵吗？你给我的感觉是，我只不过是你的一架梯子、一把工具、一个配件，是你回到村里，借以抬高自己身价的一个招牌。到现在，我才认识到，"门当户对"对婚姻来说有多重要……哦，你不用那么俗气地看我，我不是指经济、地位、受教育程度、价值观，我是在说一种本质，那种家庭留在每个人血液里的东西。你承认了吧，米海西，我的错误很可能就是疏忽或看轻了这一点。关于这些，其实你的体会比我深，因为你已经在米罗身上看到了自己的影子，对吧？

"我对他什么都没做。"你强调说。

"但你无时无刻不在影响他。"

米海西，我们不是在讨论遗传学，但我相信遗传学理论同样适用于文化。无论是精华，还是糟粕，它总会遗传到下一代。我一直力图改变这一切，起码想改变一些，我觉得我和你结为夫妻，你就是我的了，我会改造你的，让你变成一个起码不被时代所丢弃的人。

"你是想说我身上的糟粕。"你说。

那是你的认为，米海西，我只是觉得你身上有很多不适应时代的东西。说到这里，你又不做回应。我多想听到你的反驳啊，可是你只是心里不服，似乎你越是接触文学之后，你就愈加地不服。你一直说，时代会骗人。但我相信时代，起码时代所代表的进步不会有错，相信我们人类最终会从一种传统的合作，走向现代的合作。这是个自然规律。我们的思想观念也只能相应地跟着时代变化，你却总在强调你脑子里的那个家，传统的家。我这么说吧，自从工业文明上场后，我们每个人就都成了流水线上的一个环节，之前，我们靠哥哥、弟弟、姐姐、妹妹合作的家真的被弱化了，甚至是消失了，将来要出现的人们在虚拟世界里的合作，一定会彻底摧毁传统意义上的家。我们未来的家，一定会超越国家、民族、文化，甚至会超越道德。你却总是说这是人类的悲哀，历史的倒退。米海西，历史不会倒退，时代也不会。无论历史和时代多么残酷，那它也只能往前走，你不接受也得接受。因为仅凭你一个人的力量,你抱不起这个地球,你也吹不散天空的那些雾霾,你也没有能力让全世界来个大团结。好好活自己吧,米海西,所以我不能让米罗像你那样去攀那种好高骛远的东西,我要让孩子学会脚踏实地,当然我不是指票子、房子、车子,至少我不能让我的孩子活得像你那样愁眉苦脸。

"所以,你宁愿给他介绍一个彭波那样的姑娘。"

"我就知道你会提这事。我承认这是我的错,我不该把彭波介绍给米罗,这是我欠考虑,主要是没有对彭波认真考察。"

可能吧,米海西,所以你说我格局小,目的性太强,说我聪明反被聪明误。其实我才不那样,我其实是一个笨头笨脑的女人。你是不是就是抓住了我这一点,才……哦,因为你有理想,能吃苦,想在写作上争取个明堂,你持之以恒,你坚持不懈……在自己的奋斗征程中,你发现需要一个帮你洗衣做饭,出门时帮你整理行李的女人,于是……你发现了我,我的笨头笨脑,我的死心眼。可是,你顾及过我的感受吗?难道我一心付出,就只想培养出一个大作家,而把自己埋没到无人之地吗?你是我的丈夫啊,又不是我儿子。其实,我别无所求,我只想要我的丈夫。这要求,算过分吗?可是,你却给不了我,或者说你就没想过要给我。你可真自私!唉!你却把你的这种自私描述成自尊。你说自己要写出伟大的作品,你整天把司汤达、纳博拉夫、福楼拜、茨威格、卡夫卡挂在嘴边,可你并不知道人家是怎么对待女人的,人家是怎么去生活的。

"呵呵,"我笑着说,"来吧,米海西,你也喝一杯,庆祝一下你和这样一个俗气的女人共同生活了 20 年。"

你却不。

第16章

我越说,越伤心。不过既然说开了,那我还是要说下去。

我说,很多人不是说婚姻是爱情的坟墓吗,像你这样渴望自由的人,就更觉得婚姻是坟墓,是牢笼了。哦……好在是现在好了,你熬出头了,你要变成那只从"坟墓"里飞出的蝴蝶了,而我将成为那个以墓为穴的白骨老妖。我浑身妖术,却拿你没办法,米海西。我又不能杀了你。我好像就是为你而生的一样,真可笑,但这又不是玩笑。你说,自从你开始写作后,你发生了多大的变化,结婚前,你不是这个样子的啊。你的写作是那么重要,就是现在,你回家去看看,如果哪一天我不收拾,家里会变成什么样子,床头、茶几、餐桌、窗台、坐便器,甚至是浴巾架、橱柜里,到处是你的书,到处是那些写有你生怕闪念过去就再也找不到的灵感的纸,你自己已经有书房了,你能不能不把整个家当成书房?那个家,除了你这位大作家,还生活着一个女人和她的儿子,你不该把我们的家当做你的私人会所,我是说,你即便认为你是作家,那你也有不是作家的时候吧,我是说,即便是作家,也不能分分秒秒都不忘自己是个作家吧!

哦……我曾是个图书管理员,我怎么把这茬事儿给忘了呢,这大概也是你决定和我结婚的一个原因吧!你觉得将来和这样的女人生活,她会不烦你看书,说不定还会和你一起看,你们会有共同的话题,相同的爱好,哦,我记得,有一次你说我身上味道好闻,我问你为什么好闻,你就说闻到了书香。那时,你偶尔还是有点幽默的,尽管那不是幽默,却是你的真心话,但让人听起来还是蛮舒心的。你说抱着我,就像抱着一本书,一本崭新的书。你说这本书里,每一行字每一段话,都需要你认真去阅读,认真去理解。你看,其实,你不笨,只要你用心,我是多么期待啊,是的,我这本书里写满文字,那些文字我也没有完全搞清楚,我当然期望你去读,当一部纯美的爱情小说去读。可我没想到的是,你把我扔到一边了,你不是顾不上,没心情看我,就是抓起来当一部侦探小说来读。随着时间的推移,你对世界的怀疑增加,你对人性多重性和复杂性的认知不断加深,你觉得这一本书越来越没意思了,你甚至用我这本书来提高自己的侦破和推理能力。是这样吗?也许我错了,但你的表现,让我不得不这样想。

"好了,先不说这些。"我把服务生叫来,想给你也点一杯酒。服务生不耐烦地站在旁边。你向服务生摆手。服务生还是听从了你。大概他是认定我处在一种不理智的状态,我不正常。

我呵呵笑,继续说,我说你大概一直认为我想阻止你成为作家,大概认为你有一天功成名就,我就会被……错,米海西,我没有,我恰恰在用实际行动支持着你,我尽我所能给你解决后顾之忧,尽我所能不让你家务缠身。我希望你按照自己的意愿做你自己喜欢的事,那样你才会心有所归,才能适得其所,才会感到自己的意义,才能冲劲儿十足。但这一切的前提是,你是快乐的,你不能因此着魔,因此患上绝症。事实上,你不快乐,米海西,你到底是想从写作上得到什么呢?钱财?地位?荣誉?自尊?信心?还是痛苦?歇斯底里?逃避的场所?还是自我毁灭?

唉!这时,我看到你眉头紧锁。我知道你有你的委屈,你的不易。那你为什么不向我倒倒苦水,是不敢吗,还是不想?你身上就是缺少那么几根硬骨头,我真想看看你冒傻气的样子,你一方面太感性,一方面又太理性。我真搞不懂,你总是要把自己把持得很好,从不犯错。为什么,我是你的妻子,你为什么连在妻子面前也要保证绝对的正确?所以我才说,你不像个男人,就是在今天,你站在300人的大礼堂里口若悬河地讲你的破文学,我也不认为你像男人。我经常在你低眉下眼、逆来顺受、期期艾艾的时候,质问我自己,我是谁啊,我到底是你的妻子、佣人、伴侣,还是你妈?你为什么这么怕我?我已经有米罗一个儿子了,我却仿佛无端端地又多了米海西这个儿子。说实在的,你比米罗还让我劳心,因为在你面前,我得谨小慎微,我除了照顾你的生活起居,还得照顾你的心情,我不仅要做好现实中的我,还得努力做到符合你的想象。你喜欢我咯咯笑时,我就得咯咯笑,喜欢我安静时,我就得像静如止水。可我和别人稍稍咯咯上几声,你就觉得我是在给人家传递暧昧,说我卖弄。我真不知道你在说喜欢我的时候,你真实的意思是想表达喜欢我这个人,还是我的笑。我很困惑,米海西,我摸不到你,看不到你的心。这让我很害怕。

一想到这些,我就浑身发抖。你想想,这样的我们,还能好嘛！我想说的是,没有人能在恐惧里长期待下去,会把她吓走。更糟的是,你却把一切归咎于我,说我浮躁,说我虚荣。这是你的结论。不过,我还是不接受。因为我心里憋屈。有时,我真为自己感觉不公,人生苦短,就那么几十年,我为什么要这么为难自己啊。又不是说,我已经堕落到今朝有酒今朝醉的地步,我只是没有那么大的理想,但不等于说,我就破罐子破摔啊。我是一个普通人,我只想做好一个普通人。这没有错吧！有一次我无意间看到你的讲稿里有这样一句话,你说:"人活着,不能只为活而活！"恕我浅薄,难道人活着不是为活而活,还要为死而活不成？我知道,你是在讲崇高。我不崇高,那我就是落俗套？这样的逻辑不对吧。我要让我的生活好起来,让老公健康、孩子快乐,难道这不是更有意义吗！可你说我是虚有其表。在你的内心里,我,这个和你同床共枕了 20 年的女人,很可能和你见到的那些真正低俗的女人没有两样,米海西,你不懂,你什么都不懂,你的脑子里只有男女间的那点苟且。这都什么年代了,你却不知道给你的女人尊重。这到底为什么呀,是因为你没有战胜别的男人的自信吗？还是你永远改不了你那用自负来掩盖自卑的臭毛病？

"这条,我可能有。"

"哪条?"

"用自负掩盖自卑。我是没有自信。"

"为什么?"我始终不明白,"你都和我一起生活 20 年了。"

"我不知道。"

"那就是你的事了。可你却把责任推到别人身上。"

我们并不是一开始就这么冷冰冰的,我们有过幸福时光。那时我们刚结婚,还住在我宿舍里,你没钱给我买礼物,也没有在结婚纪念日请我看电影。但我们生活在别样的浪漫中,你会哼着小曲扫地,会用自己吹起来的气球装饰屋子,会教我做你们的老家饭,会在大街上突然从背后抱起我来,你每天喜滋滋的乐呵呵的,似乎只要能和我在一起,就是平平淡淡一辈子也毫无怨言。这倒是好理解,一个人梦寐以求的东西经过千辛万苦终于到手,自己得到了,内心的喜悦自然不言而喻！你得到一个之前你做梦都不敢想的姑娘,你当然高兴。我嫁给你这个农村小伙,却成了厂里的爆炸性新闻。人们一直议论这事,如果不是厂长,也就是彭金辉他爸,出了那件丑事,他们还会议论下去。哦,那件事你知道的,和厂长好的一个女人,在和他亲近时,突发心梗死了,这新闻对厂区的人来说当然比世界大战还刺激。我知道,人们在背后传言你我的事时,更是无奇不有,有人说我罗素兰被你下蛊了,有人说我不会生育,有人说我可能怀了别的男人的孩子抓你来当"乌龟",还有更离谱的,你知道是什么吗?你摇了摇了头。

"给我抽张纸巾!"我得擦一下眼泪。

有一年夏天,那些厂二代的男青年约过你去水库吧。他们说,是去游泳。他们和你不熟,却装得和你很熟。他们拿我要挟你,说你一个在深山里长,只有在大雨过后靠积水流进池塘里才学了几下狗刨的人,凭什么要娶他们的罗素兰,他们要和你去水库比赛游泳。你不去。他们就把你拉到我面前将你军。我不能让你做缩头乌龟啊,我说:"你去,看他们能把你怎么样?"你要的也是我这句话,只要有我一句话,就是死,我相信你也会去。那个水库很大,原本是要建海军学校的,据说淹了十三四个村,漫无边沿的水一眼望不到头。你和他们一起去了,一是你知道他们不敢把你怎样,如果真有个好歹,出了意外,我饶不了他们;二是他们根本不知道你的底细,其实你的水性好得很,有这么一次机会让他们见识见识,也不是坏事。可你没想到,他们根本不是为了和你比水性。他们把你带进水边的树林,平时大家都在那里换衣服,他们突然把你摁倒在地,七手八脚脱了你的衣服,他们围成圈,对你大呼小叫。这时你才明白他们是在戏弄你。你眼睁睁地看着他们抱着你的衣服跑了。你赤身裸体蹲在灌木丛里,糟糕的是,那天偏偏没有其他人去游泳。后来,下起雨了,我感觉情况不对,就去找你,才发现你可怜兮兮地躲在树丛里。紧接着,消息传开了,说我嫁你,是因为你的特殊能力。我没去找那帮人算账,因为我觉得不值当,也没必要和他们一般见识。我就和你绑在了一起,我们狼狈为奸也好、臭味相投也好、一丘之貉也罢,总之我们成同类了,我们是一路货。你知道吗,其实我比你压力大,米海西,你娶我在别人眼里你是幸运儿,而我嫁你,我却是犯傻糟蹋自己。如果你心细,你应该注意到那段时间在你上下班的路上会有人老盯着你看,你以为那是因为你娶了我罗素兰吗,不,人家是在暗地里笑你。很多事情你并不知情,米海西,就连彭金辉那种在我看来有修养的人,居然有一次也跟我提这事。你什么都不知道,可我很开心,觉得你和我在患难与共,我们不管不顾,不离不弃,同仇敌忾,我们彼此相依,相互鼓励,我们是一个战斗集体。

所以说,没有人能理解我们的婚姻,实际上我们自己也很可能不理解。我记得,在我认识你好一阵子的时候,你还操一口老家口音。你说正是因为这,你才很少参加厂里的集体活动。你常常往图书馆跑,就是不愿意和人说话。你把自己关进宿舍,你追风筝一样捕捉书里那些文字,它们让你远离了现实,但你说你是在体会你父亲的体会,好像书读得越多,你就越能理解你父亲。通过那些书,通过你对文字的揣摩,你实现了和你父亲的二次合体,同时也练出了你狗一样的嗅觉、鹰一样的眼睛、蝙蝠一样的听力,你开始关注细节,留心那些藏在平常之中的东西,你的神经越来越敏感。

"抬起头来,米海西,看我!"

你就是不看。我知道,你在心里怎么看我,我知道,我在你眼里不是坏人,恰恰相反,很可能还很高尚,只不过是你无法用高尚的眼光看我罢了。如果用你的文学语言来形容我,那就是塌陷,无论是精神,还是身体,我都在变得更像女性,不,应该是母性了。多文学,你用如此美妙含蓄的词来形容一个不知廉耻的女人。可我,在和你所谓谈恋爱的几年时间里,怎么就没有发现。我是第一个走进你宿舍的女人吧,我不是说你的宿舍有多偏、多不起眼,而是你的宿舍根本没有人会去。我这样说吧,有一次你去图书馆,我的两位闺蜜又在,你一时嘴快说了"huō suò",你意识到自己土,我的两个闺蜜笑得前仰后合,其中一个问你:"米海西,你刚才说的是什么呀?"我看你一头冷汗,你觉得通过一段时间努力,自己和城里人差不多了,却不想一个"huō suò"让你露了馅儿。可气的是,我的两个闺蜜还要你把这两个字写出来。你当然写不出,因为那两个字只是在你们那里口头使用。后来你借好书,就走了。然后你十天没有出现。我去找你,担心你被打击,我想向你解释,我的闺蜜并无恶意,叫你不必为这事过敏。

你的宿舍在一栋单面楼里,紧靠水房和卫生间,门口人来人往,吵,味儿也不好闻。我去的时候,天还不算冷,门上的竹帘还挂着,你大概很喜欢透过竹条的缝隙观察外面(一个偷窥者),那些端着白色搪瓷盆、红蓝或绿色塑料盆的各式各样的腿,给了你不少灵感,也引发了你思考。我掀帘进去,把你吓了一跳。你像刚从梦中惊醒,慌乱地跳下床收拾床铺,全然忘记了自己身上只穿着内裤。我看着就笑,你这才跳回到床上,用被子将自己裹了起来。你一脸尴尬,本能地想问我:"你怎么来了?"但又怕这话把我撵走。你就是这么敏感,这么小心。你的宿舍给我留下了很深的印象,之前,我去过别的男生宿舍,那些宿舍简直就像"猪窝",窗台上积着厚厚的尘土,所有的床都不叠被子,没洗的袜子、内裤和枕巾团在一起,满地的臭鞋和烟头。你的宿舍却很干净,我当时就觉得只有这样的宿舍才住着有希望的人……很奇怪吧!我从干净中看到了你的潜力,认定你会是个自强奋进的人。你的宿舍给了我意外,让我更加印证了之前对你的判断。所以,我才在后来跟你说,一个男人可以不儒,但不可以不雅,雅是优秀男人的标志。一个人的儒可以装,但是再高级的演员也演不出雅,除非他本身就雅。现在的男人和女人都太招摇了,完全失去了雅的一切。雅与经济条件也没有内在关系,可太多的人总以为"油腻男"就是雅,其实那是"恶俗"。那时,我就喜欢男人的深居简出,因为只有能在家里待得住的男人,才会恋家,才会贴心,才会细腻,才会静心做事。这些细微的东西别人能看得到吗? 不可能,也没那个心情,那时大家只会去看男人帅不帅,将来有没有被提拔的可能,他们家有没有海外关系等等。我站在你床边,发现了你写字台上摆着一个喜鹊的根雕,一看就是从老家带来的,厂矿里不会有这种东西,至少我没见过。我就是这样,总是看到你和别人不一样的地方,总是把优点往你身上加。

在那时没人看好你,更不看好咱们的关系。他们和你一样,认定我和你只是玩玩,我最终得嫁给彭金辉。甚至有人猜测,说不定还包括你,认为我之所以和你好,是为了激怒彭金辉,逼他尽快做出选择。这种说法,不是没有道理,因为那段时间,各种各样的姑娘走马灯似的被领进彭金辉家,彭金辉却一个都没看上。人们就说彭金辉是在等我。就在这时,彭金辉出事了,那个死在他父亲身下的女人的儿子,在一天夜里半路截了彭金辉,用重器打了彭金辉的腿间,他要让彭家绝后。这,你就有信心了,对吧! 你用身体的优势暂时胜过了精神。

"哦,我这么婆婆妈妈,"我说,"我在干嘛,是向你诉苦吗?"我笑自己。

但我还是停不下来。

我说,我站在你的宿舍里,外面是热恋恋的阳光,食堂开饭的喇叭还没响。你不自在地坐在床上和我说话。我问你怎么了。你说,"冷,huō suò 得不行。"上帝啊,又是这个"huō suò"。这次你意识到自己又出笑话了。你马上纠正,说你错了,其实那两个字不念"huō suò",而是念"hú sù",你打开一本塑料皮日记本让我看,是你的生字本,最新的一页上就是"觳觫",上面清楚地标注着"hú sù",是因为恐惧而发抖的意思! 我问你"你怕我?"你说,不是。你说,在你们那里不管什么情形只要发抖都用觳觫。你说,很可能词典错了,起码不准确。你居然怀疑词典! 呵呵,了不起。我们没有在"觳觫"上纠缠。我关心的是你的身体。你说,没事,只要我去看你一眼,就全好了。说完,你笑了,还笑得真像个人样儿。

"米海西,直到现在,我也认为我们犯的只是些阴差阳错的错。正如你说,我们还没到无法挽回的地步。我知道你一直处在一种怀疑、恐惧和渴望中。你怀疑我,恐惧别人撒谎,又刻骨铭心想成功。说到底,你是一个复杂的怪物。"

我用一个"怪物"去刺激你。于是你脸上露出凶相。我终于看到你凶恶的一面了,你要向我讨个说法。其实没有什么说法,因为你像肿瘤一样长在我身上,是我的一个病,我厌弃你,又无法甩掉你,我还得时刻准备着被你折磨到死。这就是我的命。我给不了你答案,米海西,你那么精明,答案在你那里。

第17章

"我没有安全感,米海西!所以,我觉得自己很没志气……我变成了一个失败的女人,米海西!尽管我走到哪里,总会有青睐者,但那些人的目光只有贪婪,我不可能在那种目光里放松自己,米海西,这么多年来,我很清楚,我是谁,我在干什么……我知道我们之间出了问题,但我不觉得是我的错,起码不全是我一个人的错。你在听吗?"

我知道你在听。你不会放过我说过的每一句话。呵呵……这么多年来,你始终认为,我们的问题根源在于我的不安分,似乎始终有一股力量在背后蛊惑我,挑唆我。可你怎么就没有看到我的努力,我梦寐以求想过安适恬静的生活,但舒适与恬静可不代表死气沉沉。家是我们大家的事,不是我一个人就能完成的。一个女人,如果没有人在乎她,她能活得安适恬静吗?即使偶尔她看上去滋滋润润、恬淡悠闲,那也不太真实吧?你看过那么多书,米海西,那我问你,一个女人有了卡列宁,就得讨厌沃伦斯基吗?更重要的是为什么卡列宁和沃伦斯基就不能最终合二为一,为什么非得让两人互不相容呢?这当然不是托尔斯泰的错,而是安娜的错,因为她没有在卡列宁身上培养出沃伦斯基,或在沃伦斯基身上培育出卡列宁。我觉得这些年来,我就是在干着这件蠢事,我想在卡列宁身上培养出沃伦斯基,因为你太像卡列宁了。

回想这20年来,我们一直像难兄难弟。你在前面跑,我在后面推,你矛头锋利,我就做你的柄,你的后盾。我不想抛头露面,如果我要抛头露面,咱们的日子一定不是现在这个样子,即使不能和彭金辉比,那也不会比他差。可是不行,要是那样,你就更加不自信了,你会觉得自己在吃软饭,我不想高高在上,更不想盛气凌人。谈到家时,你也给过我灵感,我们是一个团队,我一直认为我们会取长补短。可后来我发现,我们却是在冒险,我们,你和我之间,就像你们圈子里那些伟大作家与平庸作家之间一样,两者间存在的不是高低、贵贱,不是精致与粗陋,不是坐标轴上的层次,而是平面上的鸿沟。那道鸿沟深不可测,即便你我靠做梦,靠欺骗,都无法跨越。可悲的是,你,兴许还包括我,却视而不见。你太专注了,你只想成功,但却没去想过成功的意义和成功需要的代价。

20年来,你一步步向前,永不满足,永不停歇,打卤面吃到了,你想吃比萨,早上喝上咖啡了,便开始惦记下午茶。我知道你的童年除了荒野、简陋、苦难再没有什么,你得了饥饿恐惧症,你是不是在想获得一个又一个文学大奖后,成群的粉丝向你扑来,然后你身着礼服在瑞典学院或布拉格的市政大厅里演讲? 为了你的这个理想,你把自己捆得好紧,你像个苦行僧一样,让和你一起生活的人都因为你而觉得生无可恋。

20年里,你一直控制自己,不到万不得已,你绝不开口说话。你觉得我们的问题就像两个个位数加减,似乎只要撩起衣服找到那个脓包,涂点鱼腥草药膏,拔脓去毒就可痊愈。可是事情,尤其是感情,哪会那么简单! 当然随着成功和荣誉的积累,你羽翼丰满了,我却还在原地,你便有理由有自信理直气壮盘问我了。记得吗,关于彭金辉,有一次你看似无意地冷不丁地问我:"你和他上床了?"

"谁?"我当时没反应过来。

"彭金辉。"

"哦……当然。"我是这么回答的。我必须这么回答。因为这是你想听的。无论你是想给自己一个理由,还是印证之前的判断,你都想要这个答案。我要如你所愿。你既然敢大大方方问,我就敢坦坦荡荡答。我不做辩解,因为我知道辩解没用。实际上,上不上床,我都没错。你既然认为你的妻子对你不忠,我为什么还要忠呢? 我要满足你这个混蛋的愿望。你们作家哪个不混蛋,你们总以为自己把爱情看得很重,但你们却用爱情来遮盖你们的自私。我是人,米海西,是一个大活人,我不能什么都没有。我不需要豪宅、不需要珠光宝气,但我要你用心。你不笨,米海西,生活不是迷宫,也不是高等数学,它费不了你多少脑筋。你只是不干,你只是盯着彭金辉不放。有事没事你就把我和彭金辉联想到一起,似乎我和彭金辉不整出点事来,你会大失所望。你竟然还问出那种恶毒、龌龊、卑鄙的话,你接着说:"那,他能行吗?"

"你什么意思,米海西?"我都被你气炸了。但我控制着自己,我要看看你还能无耻到何种地步。

你得寸进尺,说:"你知道的,他不是……有缺陷吗?"

你就那么顽固、可恶、不可救药,世界上最恶心的人就是你了。一直以来,我认为我可以堕落,但你不可以。可一次次的教训告诉我,其实堕落的人是你,因为你从未走出自己的困境,你的心魔就是想象,你不停地听从它,任它摆布。我可以告诉你,因为那次挨揍,彭金辉是有了缺损,但他比你更男人,给我的感觉比你更真实。米海西,你像所有的作家一样,天真得要死、理想到发傻,你们偏执极端,问题是,你不是萨特,我也不是波伏娃,你只是一个从乡村里出来凭着几分敏感写了几段小文字的人。我要的是一个贴心的丈夫,而不是一个伟大的作家,我不会因为人们需要作家,我就决定牺牲我的丈夫,我的丈夫应该在我伤心流泪的时候,穿着干净的家居服在厨房里给我煎鸡蛋,他会把鸡蛋煎得外焦里嫩,在上面滴上香油,放一小勺酱油和醋,那应该是早晨,他不会打开电视去听自己关心的新闻,而会为我放几曲舒缓的音乐,他去卧室里叫我起床,给我递来衣架上的衣服。你是这样做了,却不是为我,无论我在床上多伤心,你只会坐在餐桌前慢慢吸完一瓶酸奶,胡乱啃一个苹果,然后把一把核桃仁塞进嘴里,随后走进书房,关上门,去追求你那伟大的事业——写作。

我没怪你不会心疼人,那你至少应该懂得心疼自己。可你对自己也是敷衍了事,过后,你还理直气壮,说你不去靠近我,是怕惹我生气。我不知道你是真不懂女人,还是太懂女人。难道雄性动物,除了维护自己的领地,强调强调自己的交配权,就没有其他事情可干了吗?难道你不知道女人伤心的时候,给她一个拥抱有多重要吗?是我矫情,还是你就是木头?你还要为自己叫苦喊冤,觉得自己已经尽力了,做得很到家了,因为你没夜不归宿,没有别的女人,没泡吧,没打麻将,没有一个人独自去旅行,没笤帚不拿茶盘不收,没有,没有,全是没有……那么,你的"有"呢?我是说,你有什么,我不知道你是在和什么人比,如果要和那种混蛋男人比的话,你干吗不早说,我干吗要嫁你,你总说——"我怕了!"你到底怕什么,我有那么可怕吗?还是仅仅因为我生了点小气,就把你吓住了?

其实你是在怕你自己。你怕丢了你那张"尊贵"的脸。你太尊贵了!我还是那句话,米海西,你不用老那么捆着自己,太苦,你可以找个地方放松放松。你明白我的意思,也知道我在说什么,如果那样有助你找到灵感、恢复自信、激发热情,你完全可以当作是去体验生活,我没问题!那样你也许就心安理得了。我说这些,不是说我有把柄在你手里我自觉理亏,不管你信不信,我对你始终如一,如果你有心,你应该发现,我正是因为在乎你,才让你那么做。

你看着我,大概在猜测我说的是真是假,以为我在和你耍小聪明。你才不上当呢。

"刚才那酒,能好喝吗?"你问我,我知道你还在琢磨那杯放了蒜末的红酒。

"当然,要不说各有各的喜欢呢,"我说,"你也来一杯尝尝!"

你摇摇头,觉得难以理解。你太理智,你总在想彭金辉失去一只睾丸的样子,他不是全乎人了,怎么还有魅力。你看,连你都不相信我会喜欢彭金辉。你一定觉得我是在同情和爱怜彭金辉,只是我把同情和爱怜玩过火了,出了界。人家彭金辉有妻子的,"可那也不能说明问题。"很多夫妻不就是摆摆架势,做做样子的嘛!在你看来,似乎彭金辉的问题就只能由我来解决了。这想法,大概在你心里已经装了20年。可你的根据是什么。

你说:"20年前,我生病那次……在医院里,彭金辉那眼神……"

"你接着往下说啊,彭金辉的眼神怎么了,一个眼神让你记了20年,究竟是彭金辉厉害呢,还是你米海西厉害呢?我真是不好说你。"

我记得的,那次是厂里的大修,准备送电了,突然发现母线连接处的螺丝有两条没有拧紧。当时检修时搭的脚手架拆了,升降车出了故障,厂长正为完不成发电任务团团转。那几天连降大雪,最高温度不上零度,你们主任心急如焚,把你们班的人叫到主变压器旁想对策。你们班长居然想出叠罗汉的主意,可变压器高压侧母线瓷瓶离地七八米高,叠罗汉当然不行。这个时候,你站出来,说让你试试。你带着安全带爬上变压器主体。那时,你心里想的是集体荣誉吗?会想到早一小时并网会有多少家电灯亮起来吗?那是记者们的主观臆想。那是你我正在考虑是否结婚的关键时候,你想让别人对你刮目相看,想向别人证明你也有可取之处。现场的情况我是从广播里听到的。广播说,那天雪下得很大,你却要爬到斜伸出去的瓷瓶头顶端,你在变压器主体上站不住脚,你是爬在上面的,安全带没地方系,你就把它摘掉,按说这是违反规程的,但谁都没吭声。你靠近瓷瓶,脚踩上去,可因为有雪,瓷瓶比抹了油还滑,你有爬树经验,知道光脚能稳一些,你就把鞋脱了……广播里说,你穿着白色棉袜,哦,那是我买给你的第一双袜子……这样,滑的问题解决了,可你的脚踩在瓷瓶上,袜子马上就被粘住了。"这可怎么办?"广播里是这么说的,似乎写稿的人是你……真可笑,我和你生活20年都不知道你心里到底怎么想,可那些人就那么写出来了。这样太危险了,还不合规,要有闪失,摔下去,你就有可能变成第二个你爸。可你不能让领导失望啊,于是连袜子也脱掉,你光脚踩在冰凉的瓷面上,你用身体紧紧抱住高耸的瓷瓶,就像抱住一个敌人……广播里是这么说的,硬硬的伞状瓷边压着你的胸,你的脚在瓷面上,等用体温化掉脚下的那层冰,才能再抬另一只脚,下面的人没有发现这个细节,他们只是提醒你千万要小心,别让腰间的扳手碰破了瓶边。你的事迹在喇叭里一遍又一遍广播,任务完成了,你却病了。你请了假,只说了自己感冒,却没说高烧到了40度。

我去看你,路上还准备了调侃你的话,说你妈怎么生了你这么个傻儿子。到你宿舍,我才发现你在高烧,烧得像根腊肠似的,还不停地咳。我送你去医院,你不去,你说还有几页书没看。我看到你床头摆着的笔记本上有大段大段的摘抄和心得,写字台上是一盆文竹和成堆的英语学习卡片。我问你吃过饭没有?你说吃了。可你的饭盆里,只放着一个咬了几口的干饼。我笑。你也笑。但我们笑得不是一个内容。然后,你向我道歉,说那帮浑小子把你的袜子给弄丢了一只。那天我穿着水红色的羽绒服,真是冥冥中的安排啊,又是水红色,即使你高烧,脸上却欣喜万分。我能感觉到你心中的那种油然而生的幸福!我回家骑自行车来,把你推到医院。你在医院里发抖,上牙咬着下牙咔咔直响。我问你要你家电话。你说,"不用。"

"那就给你们车间打电话。"

你还是说:"不用。"

你就那么犟。你总想表现得很自立,什么都行,不需要任何人帮忙。你病得很重,必须住院。可我还不是你的什么人,我有顾忌,又不能放下你不管。住院后的第三天,你的病情稍稍好转,病房门被突然推开了,站在门口的是彭金辉。他的境遇更糟,他爸受处分调到外地,他在厂里忍受着父亲留给他的耻辱。彭金辉站在门口,瘦得皮包骨头。我知道他不是来看你的,也不是来看笑话的,他是冲着我来的,所以他叉着双腿倚着门,眼睛却根本不看你。我们没话说。因为不知道说什么。过了一会儿,他忍不住,才说:"罗素兰,你这是……"

"怎么了?"

"在干什么啊?"

我没有回答。我只是微微一笑。我当时正剥一个香蕉,你吃过一个,说还想再吃一个。我后来才知道那是你第一次吃香蕉。你说,你的很多第一次都是我给的,你第一次喝紫菜虾皮汤,第一次骑自行车,第一次喝罐装啤酒,第一次坐飞机,第一次站在天安门广场上看升国旗,第一次吃到海瓜子和烤黄鱼,第一次发现厨房还需要有带刻度的玻璃杯,第一次知道玳瑁是动物外壳而不是植物化石,等等,等等。看到那个曾经神采奕奕的人突然变成了一个令人同情的人,你开始放慢咀嚼速度,你的眼神先是惊愕,既而转为平和,怎么说呢,你的眼神里没有幸灾乐祸,但有那种被老天眷顾的窃喜。你一直看着彭金辉,想搞明白他的意图,彭金辉却一直在看我。我知道他是来干什么的,他是来警告我,或是责问我的,在他眼神里,我能看得出,我成了一个叛徒,我在自毁前程!

"哦,他病了,在厂里又没有亲人。"我又不能不说话,我就这么说,很像背电影台词。

可是,这算什么回答,彭金辉并不是想问这个。但我只能这么答非所问。好在彭金辉走后,你给了我安慰,你像孩子一样说:"你放心,总有一天,我会让你觉得不后悔。"

"我后悔什么?"

"你知道的。"

"我不知道。"

你就不再说话了。因为你明白我是知道的。

细想想,20多年了,我没有离开你,你没有离开我,真是奇迹。也许在别人看来,这个奇迹得归功于儿子,但至少,你我也都有过努力!我们现在却变成这个样子……你总是戴着有色眼镜看我,米海西,你一定会说,现在就这么个社会,"你让我怎么看你!"那你一言蔽之告诉我,我们的问题出在哪里?你为什么不能把我当作那些我以外的任何一个女人,在那些女人面前,你可是一个殷勤、体贴、幽默、温柔的好男人,对我你为什么就截然不同。你总说,我干吗要和她们比,你说你那是逢场作戏,你说,你恨那些女人,你是用喜欢来表达对她们的恨。真不愧是作家,就是会狡辩。我不傻,米海西,我早说了,你是自由的。只是每次我说出这话时,就会后悔,我担心你会误会。在你的文章里形容过一个女人,你说她很美很干净,却不纯洁,她的美能超凡,但不脱俗。算我多情,难道你不是在形容我吗?我已经不纯洁了,还俗不可耐。而你脑子里的那个美,也许只有那些不食五谷的仙女才能匹配。

"米海西,我不知道你究竟要一个什么样的女人。你是不是在想,坐在你面前说话的这个女人,心里在想着另一个男人?那么你呢,这么多年来,你只是在和这一个女人生活吗?你不是在和一群女人过吗?只不过那些女人,像花,这朵败了,那朵又开,而我却……只能一天天衰败。你烦我了,你却说我烦你了。于是,你把人家彭金辉拉进来,你想做好人,想给我一个安排。"

"有些话,咱还是别说透得好,说透了,反倒没意思。"你说。

这就是你,米海西,当年我吸引你的到底是什么,我是说,那些东西都到哪里去了?你说,没必要再去追究那些东西,所有的婚姻都是一个样,人是会变的,其实大部分人,并不清楚自己需要什么,而且在不同阶段,需要的也会不同。哦。看来你是在说自己,你的需要发生了变化。我却像个傻瓜,一点都没察觉。

第18章

⌄

　　这是普遍规律吗？所有的婚姻在婚礼之后，都过上一段大同小异的幸福日子，等妻子的肚子变得隆起来，大起来，皮肤臃肿，眼神开始忧郁，她的美也就不复存在了。于是，婚姻走上了下坡路。

　　"不是的，你怀米罗的时候，还是很美的。"你说。

　　呵呵呵，我觉得好笑。那是我美吗？那是你儿子美。如果要说我美，那也是因为我用自己的丑换来了你儿子的美。我当然美了！全世界的男人都觉得那个时候的女人美，因为她变成母亲了，是他让这个女人变成了母亲，多有成就感啊！我们刚结婚，你就急不可耐地让我怀了孕，这样你好放心，但在这之后呢，你却连施肥浇水都不管，你任由你儿子在我的身体里生根发芽，汲取自己所需的营养。从那时开始，人们在形容我时，就不再是年轻漂亮的罗素兰姑娘了，而是米海西的妻子。我并没有抱怨，因为作为女人，该来的东西，迟早会来，我自然接受就是了。关键是你，你怎么看，米海西，在哺乳动物的世界里，产生一个母亲时，就相应会产生一个父亲，可你觉得你是一个父亲吗？我不知道你的内心为什么总能做到那么安静，就是米罗出生那天，你表现出来的都不像是一个父亲该有的行为，我没看到你的激动和兴奋，我看到的，只是你的不知所措和恐慌。

　　在我临产前最为难熬的三个多小时里，你不陪我，而是让你妈陪我在楼道散步，她不停地冲我的肚子说，"小孙孙啊，你早点出来吧，奶奶可想你了！你出来就好了，你爷爷是大米，你就是咱们家的小米。"可她怎么知道是孙子，而不是孙女儿啊？她说，这次来的一定是米家的孙子，因为她好几次梦到老家房顶上晒满了谷子,红彤彤的太阳照着,突然刮起大风,刮走的全是糠皮,留下了的是亮晶晶的米粒。她还去卜过卦,人家送她一句话:"你心里想啥,那就是啥。"

我问她想的是啥。

她便不好意思地笑,说:"我想啥,等你到了我这个年纪啊,你当了婆婆,你就知道了!"

孩子出生了,一个毛茸茸、皮肤褶皱、面色黑紫的小家伙。孩子个头偏大,又过了预产期,为了争取自然分娩我在家里又跳绳,又吃那种蓖麻油炒的不准放盐的鸡蛋,孩子顺产,六斤六两,多吉利的数字,可对他的大个子来说,有点偏轻,所以他瘦,皮肤松弛,看上去像个小老头儿。你妈高兴得不得了,可算遂心愿,米家迎来了又一代人。她一直跟着护士,形影不离,担心人家搞错,做了手脚。她对我也非常用心热切,无微不至,可我希望那个热切的人是你。你却站在医院楼道的顶头不停地抽烟。我爸我妈、你妈、医生、护士手忙脚乱,你却还有工夫抽烟。我想找你,却找不到,我想看你,却看不到,你连到床边拉我一下手,给我一个幸福的笑脸都没有。孩子的名字,是咱们早想好的,不论男女,都叫米罗。好在是我争气,给你家生了儿子,如果生个姑娘,为了你们米家的香火说不定我还得给你续个小啊,要知道,那时可不像现在,我们生第二胎就意味着你我要受处分,说不定你还得回农村去。

护士把米罗放到我旁边的小床上。你妈不声不响走了,一个多小时才回来。我以为她是去给我买吃的,不想她是去买老花镜。她戴着眼镜重新打开孩子的包裹,掰开儿子的腿,把脸凑近了去看。她可真有意思!

我生了儿子,为你立了大功,但你似乎并不领情。因为你有你的理论,你说米罗是你的儿子,就是你儿子,仿佛你只是借了借我的身体。你这么认为似乎也对,因为你妈一辈子行善积德,怎么也得给你们米家积一个孙子来。第二年清明,你必须回老家,你妈早早发好了一锅豆芽,备下两瓶酒,让你带到祖坟。只要你带酒,那些扛锄的人就知道老米家添人口了,还是个男孩,因为只有男孩才有带酒上坟的荣幸。他们向你祝贺,还替你向你爸、你哥禀报,但没有人会问是哪个女人生下了这个孩子。我说得没错吧,我罗素兰在你眼里,其实就是一个子宫。

"你怎么能这么说,"你说,"真难听!"

可事实就是如此。你心里有我吗?有过这个叫罗素兰的女人吗,米海西?除了你身体的需要,你在什么时候想起过我呢?一些东西在你身上是根深蒂固的,我不是笑话你,米海西,你太大男子主义了,时代进步到现在,蛇能蜕皮,蟹会脱壳,你却为什么总是一成不变呢。你想想,你不正是有了那么多那么多的改变,才有了现在的样子吗?米海西,也许我是无知,我知道你引经据典花了不少工夫找到了"觳觳觫"的出处,你还说你们那个村是古中山国的一部分,历来就是一个重要关隘,你家房后山坳上的那个石寨,是一个历史悠久的烽火台,你们带有入声的发音是一种古话发音,你说"觳觫"是古语,这个词在第三届汉字听写大会上,还被选为全民焐热的冰封汉字,可你注意到了吗……冰封,就是说,要比"尘封"还要古老,包括你们老家形容一个人拉肚子是"跑茅";小孩子病了,说"不乖";形容感冒流鼻涕是"风赴了";用粪水给瓜果施肥说是"奶";阳光叫"阳婆"等等,这些词含蓄、形象、生动,可毕竟是方言。方言就是不通用的,而我们正越来越走向通用。我们在发展,米海西,我们所有的语言是为了和更多的人交流,而不是要设起一堵墙,在发展的路上,时代如浪潮,该覆盖的,该淘汰的,那就让它们去好了。我们为什么要惋惜,为什么要挽歌,你不可能既向往高楼大厦飞机高铁,还要留恋悠然见南山的田园生活,我是说,你自己进步了,你不能挡住别人也进步。兴许是我的观点错了,可我说的也是事实啊,所以,我烦透了那些享受着城市灯红酒绿,却把乡愁挂在嘴边的人。你也是其中之一。

"我承认我是其中之一。"你转过身,从旁边的书架上为自己抽了一本杂志,还好,你没有用它挡住你的脸。我知道你是在做样子,好让不知情的人以为我们是一对老夫妻,还有点文艺情结,我们来咖啡馆消磨时光,女人讲故事,男人在听。

"哦,我刚才说到哪儿了? 孩子……对,我们的孩子,米罗。我讲这一段的时候,你大概不会烦吧。你对你妈梦里大风把全部糠皮吹走,只剩下亮晶晶的米粒怎么看? 这个孩子,他和你的关系,将来会和你日夜相处,还会让你为他做出 N 多牺牲。你在楼道里抽烟的时候,就是在想这些吧。不管你怎么想,我是想要这个孩子的。因为他是你的孩子。在没有认识你之前,我没有想过要孩子,我无法想象自己怀上别人的孩子。可认识你之后,我就觉得我要生一个你的孩子,将来那个孩子能让我放心,让我在前进的路上停不下来。"

孩子就是我的加油站,助推器,这么多年来,当我受到打击时,每次都是孩子让我重新振作了起来。兴许,你会说我一意孤行,好吧,那我还想告诉你,你就是我的事业,米海西,我的终身追求,生一个属于你我的孩子算一个阶段性成果,孩子的出生具有里程碑式的现实意义,因为每当我看到你独自坐在书桌前写作时,我就觉得我似乎无法缩短与你的距离了,我无法再往前走一步,我的热情你并不需要。你不需要女人、妻子,但你需要儿子。所以我给了你一个儿子。可是到头来,我发现我并没有做对,你很可能什么都不需要,或者说,你只需要孤独,和伴随着孤独的那份宁静。爱你,就给你足够的时间和自由让你孤独! 我发现了这个秘密时,米海西,我被吓了一跳,它像一根冒着寒气的钢钉一寸寸地扎进我的体内。

听到这里,你是不是有一种"人将死矣,其话也诚"的感觉? 似乎我在为自己寻找离开你的理由。我告诉你，我对你有不满，太多的不满，但我没有说要离开你。如果，你已经足够优秀，已经成了大人物，我或许会考虑，但你现在还是个半成品或残次品，还不到时候。是我太霸道了吗？因为我觉得，没你，我自己可以一个人过，可你没有我不行，我觉得没有哪个女人会像我这样对你好。当然，这只是我的想法，你有你的自由，如果你烦我了，你可以选择。我早说过，我就是你的梯子，垫脚石。梯子和石头不会自己挪动，但你可以把它们搬开。你应该能听得出，我一直在讲我们，就像刚才那杯蒜末葡萄酒，没有人知道它的味道，只有我知道，因为我尝了，因为是我选择的，我活该。

　　"提到孩子，米海西，你脑子里能有多少有关孩子的记忆呢？"我说，一到晚上，卧室的灯就得打开，米罗天生怕黑，只有有光的情况下，他才能睡得安稳。我却在有光的环境里无法入睡。孩子躺在旁边，肉嘟嘟的脸蛋圆得像苹果，微翘的上唇中间顶着水泡，他鼻翼翕张，眼睛微闭，像在假睡中偷窥……这孩子，是不是你背着我给他传了什么秘诀，他从小就有偷窥的嗜好。我们做父母的，当然不会对自己的孩子设防。可是，孩子为什么要偷窥父母呢？他们当然是想寻找父母间的破绽，他们懂得利用人与人之间的亲情与善良，在把父母当作生存依靠的同时，他们早已经把他们当作了敌人。这些东西你懂吗？你观察过吗？思考过吗？在整个月子里，我睡不好，孩子一会儿吃，一会儿尿，有时还毫无缘由地哭，床头放着奶粉、暖瓶，换下的尿布扔在地上，我乏得要死，胳膊困得抬不起来，我常常搞不清白天晚上，自己是醒着，还是睡着。你却像个没事人儿一样在书房里，一坐就是几个小时。我从背后看你，看到的永远是一段黑色的树桩，书房里键盘噼里啪啦响，主机嗡嗡嗡的，知道我那时想什么吗，我想冲过去在你屁股底下点上一包炸药。你好不容易到卧室里来，可你就像一位事务繁忙的总统，你只是看儿子的，你伏下身亲吻你的儿子，说："他可真是小啊，还这么丑。长大可千万不能像我。"然后，就转身出去了。看你，连孩子的长相你都想和自己撇清。

　　"放心吧，孩子像不了你。"我当时是这么说的。

　　"那是肯定。男孩像妈。多亏咱们生的不是女孩！"

　　我太困了，不想追究要是生了女孩，你和你妈会怎样。还有另外一个原因是，我也不希望孩子像你。我父母是知识分子，人家搞对象时就在喝手冲咖啡。而你呢，一只井底之蛙，你一离开山村，世界就大得叫你应接不暇。你给人留下淳朴、憨厚的印象，其实那只是表象，真正的你就是一只头上长有眼睛和嘴的怪兽。你从小在农村，习惯了一脱鞋就上炕，没有养成睡前洗澡的习惯，上床后夫妻间总是要聊点什么的吧，你却一挨枕头，就呼呼大睡。在孩子眼中，本该有母亲也有父亲的，可你选择了退出，还退到我和米罗找不到的地方。你用你的行动告诉我：哦，米罗是你生的，那就是你的事了，你自己去干好了！

即使这样，我也没怪你，因为我看到了你在奔跑，在努力，我暗自提醒自己，让他去实现梦想吧，能帮他实现梦想就是我的梦想。为此，我什么都可以做，什么都可以忍。我知道你们这种散养长大的孩子，其实都缺情少爱，你们对爱的理解很偏颇，也浅表，觉得父母没让你饿死、冻死，那就是爱。不，爱有更深的含义，有更具体的内容。你们既没有学会去理解爱、表达爱，更没有学会呵护爱。你们的爱，其实只是一种自私的不考虑别人感受的"自保"，你们总是像防贼一样防着别人，却不知道真正的爱需要分享。我认识到这点后，我就只能用你还是个没长大的孩子来安慰自己，我耐心地等着你长大，我用心陪着你长大，所以一场场本该恶语相加的冲突，我都选择了沉默，我努力去理解你，原谅你。你自己却被气得半死。一个下午或一个夜晚过去，你气消了，高涨的情绪冷却了，你就开始觍着脸巴结我，表情是那么的无辜啊，似乎是我欺负了你。我只能哭笑不得！你结结巴巴，问我你该做什么，该怎么做。米…海…西！我拿你……你总该会冲杯奶粉吧，知道把橡胶奶嘴儿送到孩子嘴边前，先滴几滴到手背上试试温度吧；给孩子洗屎布前，总得先把黄灿灿的屎粑粑刮一刮吧；你那么巧的手，为什么一做家务就笨手笨脚，我一遍一遍地说，一点一滴地教，我太累了，我无论怎么教，到下次你还是做不对。还记得吗，我让你打一碗芝麻酱，你从橱柜里拿出芝麻酱瓶，用哪个勺子、哪个碗、挖几勺、放多少水，什么时候放盐，放多少盐，一直问个不停。难道你是第一次吃吗？你的筷子把碗沿打得哐哐响，我还得像个讨厌的质检员一样问你，"你糖放了吗？"

"没有。"

"酱油放了吗？"

"没有。"

"没加点香油吗？"

"没有。已经是芝麻酱了，还要放香油？"

没有，没有，没有……可是，上次我是手把手教过你的呀！你的心都给谁了呢？我没法儿不生气，无法容忍你对生活敷衍的态度，你什么都凑合，却怪我做事太认真，要求太严格。你上纲上线，说我对你不满，是因为我从心底里看不上你。可是在我眼里，生活就该那么认真，人既然活着，就要认真地活着。我们不是穴居人，不再饮血茹毛，我们就要活出生活的本质来。

"米海西，你想想，就你那种对待生活的态度，我敢把孩子交给你吗？你拍拍良心，换作你是母亲，你会让孩子重复你的人生吗？不是我独揽大权，我是对你不放心。"我说，"我太爱这个孩子了，我不能让他毁在你的手里。"

第19章

"米海西,你没发现,米罗是越来越像你了!好在,还没有完全像,好在……"

"好在,还没有令你失望。"

"是啊。"我说,"是我自己一手带大的孩子,我当然知道。米罗会比你优秀,当然我不是说他在某一方面,我是说他的综合素质。尽管他一时冲动用刀比了我,但在关键时刻理智占了上风,说明他……"

"谢谢你看到了米罗的成熟,所以,你该花点时间善待自己。"

"我?"我差点儿笑出声来,"我还有什么好善待的呢,在你心里,我不就是一个……吗,那个词不用我说吧,我知道你们男人对这样的女人既爱又恨,需要时就捧到手里,不需要时就给她头上泼脏水。"

"我没有。"

"你只是不承认。"

那我就替你说吧,你会说你从来没有那么认为,你会说我是好人,大大的好人!难得的好人!对我,你即便心有万般无奈,海一样的无奈,你也会赞美我,因为你一直觉得配不上我,你一直很努力地想配上我,只是到底,你还是没有实现愿望。可你说的都是些屁话,米海西!我不想听这种骗人的鬼话。无论配上配不上,你不都和我生活了20年嘛!我没想做那种跟在丈夫屁股后面,靠丈夫来给自己充门面的女人,我没想过有一天,一个陌生人会来敲门向我来采访你写作时的糗事,我也不会暴露你写作时会像孩子一样咬住衣领的习惯。我记得的,有一次我带孩子参加夏令营改变了行程提前回家,我用钥匙开门,你却在里面大呼小叫,你从不用英语的,在初中时你连 baby 都能发成[bæbi]的音,你的初中英语成绩最高也就五十九分,所以工作后,你发奋学习英语,那天你却在屋里脱口大叫:"no……no……no!"喊得既快又有力,非常惊恐。你把我和儿子都吓到了,我以为你……我让儿子等在外面。我先进去。我想着也许会看到一个让我改变对你看法的场面,会有一个衣不遮体的女人出现在我面前。我看卧室是空的,就知道你在书房,我推开书房的门。结果,我看到你躲在书柜拐角处,用一张报纸挡着身体,你赤身裸体,非常难堪。当你看到进来的人是我,而不是儿子时,你满面的红云才慢慢消退。你让我给你去拿衣服,我却不,我问你这是什么名堂。你说你在写作,一大早就开始了,忘记了穿衣服。可卧室里的被褥整整齐齐的,显然你一夜未睡。你呀你,就这么夸张!我准备喊米罗进来看看他这个当作家的爸,你马上拱手求饶。多有趣的故事啊,绝对是一位作家私密的一手资料,但我没有兴趣,就是登门的人是来为写你传记的,我也不讲。因为这是我丈夫的事,我们家的事,是我的一部分。

你懂吗,米海西,我对你的不满,是觉得我们离正常人的生活越来越远了,我们不能总是冷冰冰地生活,婚姻不是一个人,可我总是看到你身在此心却远游的样子。你的样子很吓人,像一口幽深的井。我不想这样。生活本来和艺术不同,我不希望你把生活变成艺术,更不希望你让艺术代替生活。

"我能理解你的意思。"你说,"我只是想让你再等一等,应该不会太长。我不想前功尽弃。"

"不,你还是没有理解。我再三强调,我不反对你写作。但写作得有一个度,度,你懂吗?你可以继续写作,但你总可以把土豆皮削薄一点儿,总可以把油菜叶上的泥洗干净一点吧,总可以把筷子往筷筒里放时放整齐一点吧!我只是要你分一部心来给生活,给家,给孩子,给我。"

"我尽力了。"

"胡扯。"

你想想吧,米海西!20 年了,就是在盛夏,天空宁静,杏黄色的阳光照进屋里来的早晨,你想过和我一起出去打一会羽毛球吗?在那些星稀月朗的晚上,你有心情陪我去街上散一散步吗?时间对你来说,总是紧张,除了写作,无论干什么,你都是慌里慌张。你辩解说,托尔斯泰 41 岁时完成了《战争与和平》,萨特 33 岁写下《恶心》,卡夫卡 29 岁开始创作《变形记》,加缪 27 岁写出了《局外人》,托马斯·曼 26 岁写出了《布登勃克一家》,肖洛霍夫 21 岁时就开始创作《静静的顿河》,马尔克斯 19 岁时完成了《落叶与其他的故事》。你觉得时光如白驹过隙,恨不得时间卡在那里不要再走。你说,时间不会停下来等你,言外之意就是我会一直等你!那种感觉……似乎是我占了你的时间，你常说，孩子刚刚才开学，转眼一个学期就结束了，感觉一家人刚从批发店买回节日彩灯，转眼就到了暑假。这是你的感觉，也是我的感觉。在这转眼即逝的时光中，你完全把我忽略了。在一次文学座谈会上，你讲，为了文学，你会把每一天都当作人生的最后一天。那你的人生有多长呢？马上就要结束了吗？不，米海西，即便你想那么干，我也不允许。别以为我不知道亨利·米勒43岁才发表第一部作品，塞万提斯近60岁才出版《唐·吉诃德》，赫拉巴尔年近半百才开始创作，亨利·皮埃尔·罗什74岁高龄才发表第一本小说，我还是那句话，你老急匆匆的，要去干吗，真要去赶火车吗？我是不懂文学，我也不伟大，但我觉得一个人在成为神之前，一定得先是人，先做好人吧！你想一想，是不是这个道理？

"理论上没错。"你说得很正经，像要摆开架势和我谈论文学。但你很快发现我是门外汉，你就说，"你又不懂。"

我当然不懂，我要懂，早把你培养成著名作家了。但我知道，你是在拿你的想法和世界，哦，应该是和"我们"抗衡，你在打一场没有硝烟的战争。每当你有一篇小说在像样的杂志发表，一本书出版，你身上流露出来的自信就让你长吁一口气，你想着接下来会有评论家为你的作品评论，媒体记者会闻风而动，你的头像会放到各大门户网站的显要位置，无论哪个场合你都是座上宾，无论走到哪里都前呼后拥。作家当然不会像影视和体育明星那样被狗仔队盯上，不会有粉丝会为得到你的拥抱而去跳楼，但你知道你的光芒会比他们照得更久，你自己体形瘦弱，却带给读者光一般的温暖。在你第三本书的时候，出版社把研讨会开到北京，当地报纸做了整版采访，省里的媒体把那本书推为年度重点。你跟我说，自己却没有金光闪闪的感觉，相反你要学写出《围城》的大师那样闭门谢客，还想要像某位作家那样穿着拖鞋登机。但这一切都是假象，很可能你自己没有察觉，在那段时间里，你提到最多的不是媒体记者、签名售书，也不是答应米罗班主任的邀请，到他们学校做一场演讲，而是两个人……彭金辉和你爸。你说，要是你爸活着，那该多好啊，你问我，彭金辉最近在忙什么。他们才是真正需要你展示自信的人。

可惜你那点自信没能维持多久。因为你的作品没能像你想象的那样，火得一塌糊涂，没有人请你去天南海北地演讲，你只是一个普通的作家抓住时机出版了一本书而已。仅此而已！你和你的作品，都没有家喻户晓，而人家彭金辉却依然家喻户晓，比你有名，人家经常在电视里露面，他的办公楼伫立在城市广场的旁边，宣传他的企业和产品的广告贴满机场、地铁的走廊。我不懂文学，但不等于我不懂你，米海西，大多数作家都像一块温暖的冰，人家有温暖，而你，却是一个失魂落魄的鬼。我看过一些作家传记,知道作家美好的感情,浪漫的旅行,激情的对白,疯狂的邂逅,知道人家会柔情蜜语,热爱生活。我是说在写作之余,写累的时候,不想写的时候,人家总会有别样的生活,人家会干些其他事,看父母、约朋友、陪孩子、冲浪、晒太阳、探险、钓鱼、约会女人,当然那个女人不一定是我。可你呢? 你总是孤零零的一个人,永远找不到同类,也不去找同类。米海西,我知道作家的婚姻多半不幸,因为他们很难真正找到自己的同类,他们总把自己当上帝,他们知道有一个被称作妻子的女人和自己同床共枕,但那只不过是一年半载的事情,他们很快发现,她看上去一点儿都不可爱,甚至连曾经打动过他的鼻翼、声音、小嘴和下巴都不再美丽。作家不需要妻子,他们只需要一个工作时替他打字、去书架上找书,不工作时可以把她摁到床上的秘书。这个秘书还得很有文化,得和他志同道合,得了解文坛的现状与各种思潮。没错吧?

"好像有点道理。"你说。

米海西,你说话为什么总是似是而非,你记得你以婚姻专家的名义做过的一场演讲吗? 就是你在晚报上开专栏那段时间,你做了那场演讲,还收了不少粉丝,后来,你说你根本对自己讲的内容没有思考,这也恰恰暴露了你的心,你说在上面讲:一个女人需要的不是一个丈夫,而是一个自己满意的丈夫。但这又几乎是不可能的,因为和一个人在一起生活,可不像把一个摆件放到博古架那么简单,就算两个人恋爱时百分之百满意,随着时间推移也会变得不满意。这很正常,不是吗? 当两个人紧绷的神经开始放松,不是双方身体里固有的缺点开始暴露,就是各自的要求开始发生变化,学识、地位、环境、生活经历,还有第三者,总之,你会发现另一半的毛病其实很多,尤其是女人看男人,仿佛从结婚之日起,老公的身上增加的就从来不只是体重,而是毛病。然后,彼此双方都看对方不顺眼。于是开始抱怨,恨不得让对方出门就被车撞死。于是,失望,失望,不断失望,怪自己2.0的视力还是看走了眼。两个人当即就去离婚,很快各自又重新开始了新的婚姻。可结果呢? 结果就是,又一次重蹈覆辙。这就是婚姻的真相。朋友们,这个世界没有人能让自己真正满意,或永远满意。没有! 因为婚姻考察的不是对方够不够优秀的问题,而是满不满意的问题,因为"满意"和"优秀"根本就不搭调。婚姻需要的是一个和自己合拍的人,步调一致的人,但在现实中,有这个可能吗? 没有。因为那个人一旦变得和你合拍、步调一致了,你马上就会觉得他(她)变得平庸,变得俗不可耐,让你无法忍受了。再说,上帝也不允许世上有那么多美满的婚姻啊,因为世间一旦缺少了爱恨情仇,上帝就会被人遗忘。上帝怎么能被人遗忘呢? 所以,婚姻充其量只是两个人的想象,它不可能成为谁的归宿,我们每个人的最终归宿,到头来,只能是我们自己。

"这就是你的婚姻观,米海西,多么歹毒,你自己的婚姻还一塌糊涂,你还去教育别人。"

"但我一直在努力!"

"但你没有努力到位。"我说,"就是庸俗的,吃喝拉撒睡,你也没有努力到位。"

"可我们不能,"你说,"不能活得只是些吃喝拉撒睡吧!"

唉!你们这些作家呀,就是一群食着人间烟火,还要蔑视烟火的怪物。你们把冷酷、狂热、无聊和精英划起了等号……哦,我笑笑。你们作家算是精英吗?精英就该冷酷、无聊,把理智和目空一切视作禀赋吗?你们有时狂热,不狂热你们写不出伟大作品,但我看到的是狂躁。你们说冷酷是你们沉思的结果,那么残酷呢?你还不够残酷啊!你们只崇拜文字,让文字像癌细胞一样在你们体内繁衍,它们吞噬你们的肉体,也吞噬你们的灵魂。你们不仅对生活敷衍,对婚姻、女人也不认真。站在你们旁边的那位妻子,只不过是为掩人耳目,你们需要的其实是个超脱的女人……哦,萨特的波伏娃算一个,杜拉斯大概算半个,但那有什么好,我是说,如果一个女人真能超脱,她干吗还要钻进婚姻里受这份罪!

就拿和异性相处这件事来讲吧,你们想做恺撒,我们就不能做一做克里奥帕特拉?男人们和女人风花雪月那都是应该,都是需要,但女人一旦和某个异性走得太近,就会变成"千夫所指",她就成了摧毁婚姻的第一罪人。你应该懂我的意思,我没用"罪过"和"堕落",因为"罪过"和"堕落"只是个人的事,女人的事(永远是女人),可"摧毁"不同,它会结束婚姻,打倒男人,拆散家庭……红颜祸水啊!米海西,每次我从外面回来,无论我是否和彭金辉在一起,看到你那种阴阳怪气的神情,我就……你是每天和我在一起生活的人啊,你却是在用"想象"和我生活。你有太多的假设、分析、推断了,连我看手机时侧一下身,你都能演绎出一段故事来。你从不用心和眼睛看我,你对想象的信任,超过自己的体会。米海西,咱们两个到底是谁在演戏,是谁心不在焉呢,就算是形式,婚姻怎么也是两个人的事吧,没有获得对方同意的做法就是法西斯。你还不尊重人,或者说,你认为一对男女一旦步入婚姻,就不需要尊重了。说轻了,你是自私。说重了,你是剥削。有一次我问你,"你晚上回来吃饭吗?"我的意思是说,我有事想和你商量,希望你能早点回来。

你说:"晚上有个应酬,大概九十点吧。"

"九十点也行,等孩子写完作业,差不多也那个点了。"我说。

"可我还得陪一个主编去喝茶。"

"那就安心先忙你的!"

可我知道你没应酬,也没什么主编要你陪……你只是不想回家。为什么,我就像那些传统的日本女人,认为丈夫下班后早早回家而没有在外应酬是没出息吗?你宁愿到小巷里吃一碗炒面,也不愿意回家。可我是全心全意爱你的啊!爱却让我成了你的敌人。我能理解你一进家门一想到回家,就会产生的紧绷感,难道你觉得家里放着的不是妻子,而是个凶煞恶神?我与那些唇涂口红、指甲染成酱黑色,还要用它们去撩拨男人下巴的女人有什么不同?我只不过是一心为你好,从开始就毫无保留把自己交给你的人。我却把你吓到了。你用"不配"来形容自己,觉得自己一无是处。所以,你立志要怎样怎样,不仅要有远大目标,还要为整个人类殚精竭虑。可我觉得你连一个女人都无法安抚,你却要去抚慰整个人类。我这样的逻辑没有问题吧,还是我太心疼你,我的爱变成了一种伤害。

你常说,婚姻里其实没有多少大矛盾。我也常这么想。大多数婚姻看上去也都这样。可结果呢?结果就是因为丈夫晚了三分钟进厨房去洗碗,妻子和面时指甲缝没洗干净,妻子说"滚",丈夫说"滚就滚",便离婚了。当然,这些小事在民政局的工作人员面前,没人会提起,大家都是成年人,彼此只说"受够了",似乎从结婚之日起相互就在忍受,他们进而说"感情不合""价值观相去甚远"等等。其实到最后,他们也不知道自己究竟是为什么而选择离婚。也许他们坚持一下,忍耐上一天,只需要彼此给对方一个拥抱,日子就能冰释前嫌继续下去。

"是啊,所以我们坚持到了现在。"你说。

"是啊,所以我们坚持到了现在。"我长叹一声。觉得自己这么讲好没意思。其实你什么都懂,甚至,连你也不知道这个全心全意为了家为了你的女人,究竟错在哪里。有一次,你难得的和我一起做饭,切菜时,你问我:"你喜欢张爱玲?还是余华?"

"我喜欢做饭。"

"那你喜欢法国呢,还是日本?"

"我喜欢在家。那些地方去不去都行,可是家,我觉得一天都不能不回。"

你当时没再说话。你觉得我俗气,觉得我没听懂你的意思。可你也没听懂我的意思。因为我认为我比你抓住了生活的本质,还有人生中最为重要的东西。

"我知道你现在的想法,米海西,这些陈芝麻烂谷子的事让你心烦。也许我应该和你讨论库切。"可我希望你能开口说话,说说你的看法,表达你的态度,哪怕说"不要再说了,反正我受够了,咱们还是离吧!"也行。可是你就是不说。你总是一团雾,让人看不清,摸不透。你在等什么?在等彭金辉吗?关于我和彭金辉的事,我会讲的,否则咱们就是离了,你也不会甘心。

第20章

不是我说你，米海西，多少年来，你一直觉得彭金辉是个角色。他像梦魇一样折磨着你，让你害怕入睡。你始终认为彭金辉在人们的视野里消失后，却以某种秘密的方式单独与我保持着联系。由此，你觉得你活在一场骗局中，一个阴谋里，你无法安心，时刻准备着面对突如其来的挑战。

实话告你吧，我也只是比你早一年重新遇到了彭金辉。要说我有不对，那也只是在我和彭金辉相遇后，我没有及时向你汇报。其中很大的原因，是我觉得没必要汇报，因为有没有他，我们的生活都不会改变。我们的重新相遇纯属偶然，可你把那次相遇认定为你我发生矛盾的转折点。你说之前我一直正常着，心无旁骛地操持家务、相夫教子，其余的时间养养花种种草，偶尔接几单艺考生的生意，是这样的吧？我从早到晚不停地忙，以你的理解，我一直处在一种紧张的幸福中，就像那次报纸记者坐在咱们院里对你采访之余对你我生活的描述，那个女记者（采访你的总是女记者）征得你同意，可以在咱们小院拍照，记者把镜头对准石榴树，石榴树正在开花，她又靠在凌霄边上自拍，她坐在竹子边的石磨盘旁摆 POSE，然后询问即将要开的铁线莲的颜色、韭兰的生性、金银花的采摘时间，她蹲在花架前一盆挨一盆地观赏多肉植物，用手搓着绿叶，向你问询香叶薄荷和紫杆薄荷的区别。家里的那只白色长毛猫隔着玻璃看她，她跳进菜地，不管是否会春光乍现，也要弯腰去吻那些木耳菜的嫩芽，哦，阳台外的平台上摆着各色天竺葵，西北角的木屋门口卧着拉布拉多犬，她说她从小怕狗，至今腿上还有被狗咬的伤疤，但咱们家的狗让她忘记了对狗的恐惧。她问你咱家狗的名字。

"Lucky。"你说。

"一看,就知道它很幸运!"女记者说。

"不。其实是我们的幸运。对我们这些现代的人来说,能有机会和动物相处,是我们人类的幸运!"

你在说谎。因为你不喜欢狗,狗饭量大,还捡吃狗粪,狗像个忠实的奴仆,但也会突然翻脸和你对抗,它把牙咬入你的胳膊,让你压着血淋淋的伤口去打预防针,狗粮不便宜,你会计算养一条狗的成本,除了金钱,还有时间。所以,你喜欢猫。你说猫特立独行,有着一种高贵和独立精神,它从不和不喜欢它的人相处,它像个智者一样活在你的生活深处。为此你写了一篇题目为《猫脾气》的文章,你在文章里这样形容猫:它天生喜欢我行我素、特立独行,它从不把自己的前途与生活交给别人。为此,它诡秘好奇,善于思考,颇有个性,还极富耐心。猫是动物,但它有气质。猫只会按照自己的方式行事。哦……现在看来,你是在写自己。那位女记者在家里待了很久。她完全忘记了上司给她的时间。我泡了茶,给你们端到院中。女记者不知道怎么称呼我,开口叫我嫂子。她赞美我们院里的桌子,茶盘茶壶茶盏的造型,夸院里的细节与小玩意处处都很精致。那天没下雨,也没阳光,气温不高不低,很宜人。眼前的一切,让女记者重新调整了奋斗目标,在我给你们送茶点时,她说:"这可真是神仙般的日子啊!"我不懂她的意思,因为生活不就该是这样子的嘛! 当时我笑了笑,我说:"就这,某些人还不满意呢。"

"是吗,嫂子?"女记者说,"真是贪心。"

"不。其实我挺满足的。"你马上接上话茬儿。

"满足吗?"我对你说,"我看不像。"

"我们的大作家,一定是指自己的作品,每个作家都对自己的作品不满意。"女记者驴唇不对马嘴地这么为你开脱。她觉得她很理解你。难道我不理解你吗?米海西,在别人的眼里,我们过的是神仙日子。你也这么认为。所以你认为在这样的生活环境里,我没有不满足不平静的理由了。所以就在我们陪孩子去参加课外班遇到彭金辉一家之前,你因为我一次以身体不适不和你做爱,而大惑不解。那段时间我的身体真是不好,晚上老失眠,米罗的成绩又毫无起色,谁有那种心情。结果彭金辉出现了,你一下子找到了答案。"原来如此啊!"你的心结定然是豁然大开。

我要强调的是,米海西,你的想象力完全用错了地方。因为我没变。你应该知道,我还是会为你吃饭速度过快而和你生气……哦,米海西,这么多年来,我在你身上其实就看到两个词——"着急慌慌"和"心不在焉"。你吃饭总是狼吞虎咽,一筷子面条送进嘴,嘴唇还没合上,就已经下肚;吃米饭你把菜夹进碗里搅个乱七八糟,然后一股脑儿往嘴里拨拉;你的牙刷上,总是留有上次刷牙时剩下的牙膏,嘴角的牙膏沫会擦到毛巾上;你写东西时,我给你送水进去,你不是放凉了没喝,就是听到我的脚步声立即端起来几口咽下;你洗过的袜子,从来没有一次能晾晒平展;穿过的衣服从来没有一次能捋顺；你能把内裤和背心反着穿；我和孩子还在吃饭，你就急着去洗碗，我们吃一盘你取一盘；就连床上那点事，你也巴不得三下五除二了事。我常问你："你是急着去赶火车吗？"难道你以为我是在和你开玩笑？

　　有一年暑假，孩子去参加夏令营，只有你我在家，你竟然能几天不和我说一句话。我憋得难受，你也一定憋坏了，因为你有时会到巷子口和那些换纱窗、收破烂、卖水果、发传单的小商小贩们闲扯，你跟我说，那些人生活窘困，却没有愁容，你有种天然的本能，可以和他们搭上关系，你不关心政治，却说那些小贩代表国家，你大讲电视里欣欣向荣的画面与那些人的距离，可是一轮到我，你便马上词穷。"那么我们呢？"我问你。"我们哪哪都好啊。有哪里不好吗？"你平淡地回答我，然后你顺手捡起一本书，你说一个人越是手不离书，就越能接近现实，反之，就会像一只蜉蝣，永远漂浮在社会的表层，触不到真相。可我看到的真相是，你原本细长的脑袋正越来越圆，我说不清那是你智慧的开始，还是蠢笨的始端。你常常发呆，也许有人以为你是在思考，但也有人会反感，米海西，因为她看到了那颗脑袋里的东西正在腐烂发臭。总之，那段时间，屋里的空气都要凝滞了。我快要憋死了，我必须出去透透气。我就约了几个同学去玩。你说："好啊，好啊，你也该出去走走了！"你不问我走几天，和谁，几个人，去哪里。你什么都不问。

　　同样也是八月。我们去了大草原。大概女人们到了中年，就都有点胸憋气滞的毛病，我们去大草原不是为乘凉，也不是喜欢动物的膻腥味、臭烘烘的牛羊粪便，更不是为了体验躲到帐篷后撒尿的刺激，我们只是想站在一望无际的大草原上，敞开胸怀大口呼吸。

　　我们驱车向北。从上路开始，我们就约好，这次出去，我们这群"老女人"，满车的大姐、大婶、阿姨，必须玩出"老女人"的洒脱，我们要玩得爽爽的，拽拽的，就是邂逅贝克汉姆、刘德华也不跟他们搭讪。我们向草原深处挺进，一路上我们沐浴着自由的风，享受着广阔的视野，真是心旷神怡。谁想，有一辆黑色大越野一直跟在我们后面，它那宽宽的轮胎分毫不差地碾压着我们的车印。开始我们只是紧张，后来就害怕，各种不测在我们的脑海里翻滚。要知道，我们车上是四个女人，最强悍的一个在把方向盘，她是有过独自驾车从漠河到喀什，将车开到珠峰脚下的经历，但那是在公路上，国道上，眼前的情况她也没遇到过……

　　我们已经处在草原深处了，而且越往里走，就越是人烟稀少。可我们又不知道前方是什么，一片树林？一个湖？一片沙漠？或一座山的山脚？我们都是地理盲，万一是地洞呢！不管是什么吧，总之，我们是在靠近绝境。后面的催命鬼却一直追着，逼着，一副不逼死我们绝不罢休的架势。我们几个的心都揪了起来，悬了起来。我们想象着车上有什么东西能做武器，后备箱有三角警示牌、千斤顶，车里有灭火器，唉，怎么连双高跟儿鞋、防身喷雾都没带呢，可这些东西毕竟不是手雷，冲锋枪啊,剩下的就是帐篷、睡垫、饮料,和我们的肉体了。实际上我们都是赤手空拳,还没哪个学过擒拿格斗。对方要干吗,劫财? 还是猎色? 人家一定发现我们是四个女人,一群虽不鲜嫩,但还算肥美的女人。我们胡思乱想,尽可能胡扯闲话给自己壮胆儿。有两个女友已经在手机上搜索最近的派出所了。我们猜想后面的车里至少会有三个男人,一个个又黑又高,脸上有刀疤,胳膊上有纹身,他们嘴里叼着香烟,嚼着口香糖,长着黑毛的手腕上戴的不是香木手串就是金表。他们穿着圆领T恤,宽大的裤衩里很可能没有内裤。那种车我们在电影里见过,正面人物时,车门打开走下来的是一位西装革履的绅士,反面人物时,走下来的不是黑帮老大,就是一夜暴富的土豪。我们越想越害怕,因为那辆车咬得我们很紧,我们快它就快,我们慢它就慢,毫不松口。最后,我们索性停下。我们不跑了。我们不能像只兔子一样被追着。我们得反抗,得决斗!

我们猛踩刹车,把车停在那里。在有限的距离里,我听着两辆车嗡嗡响着,我都能想象出那呼呼的尾气怎样将旁边的青草吹倒。我们都盯着对方看,即使快要傍晚,我们也看到驾驶座上是一个男人,又高又大的男人。好在他不是那种五大三粗野性十足的男人,可我们看不到他的长相,宽大的墨镜挡去了他三分之一的脸。我们只能猜想那两块镜片后面会是一双怎样的眼睛。那个男人手握方向盘,也盯着我们看,嘴角笑嘻嘻的,一副旗开得胜的样。我们的司机,我们的老大,从高中时她就是我们的老大,探出头去向后看。我们也回头看,帮她看后面的车上到底有几个人。副驾驶位空着,后座似乎也空着,可我们看不清,万一有个男人躺在那里呢。老大打开车门,冲下去。一个女友急了,满脸恐惧地说:"怎么办? 怎么办?"那一刻,我有点急,想提醒老大小心对方有枪。一个男人,就是两个男人,在草原深处驾车跑路,在他旁边,或座椅背后,说不定真会有一支枪。我这样猜。可是,能怎么办呢,这个时候谁要软了,谁就输。我推了旁边的一个女友一把,想把她从惊恐中推醒,我说:"不就是个男人嘛,怎么了,他们不就是有枪吗?"

"那我们可没办法……"另一个说。

"有啊。"我说。

"有什么啊?"旁边的人问。

"有你的身体。"

我是这么说的。她们太紧张了,我得让他们放松。其实我更紧张,在说话的时候,我的手一直在包里寻找水果刀。这就是女人,米海西,平时里你总以为女人强大,无所不能,其实说到底她们还是女人,她们需要呵护。女人的强大只是不得已的伪装。我的话让其他女友紧张,她们本能地看自己的身体,似乎都已经忘记自己穿的是裤子还是裙子了。

此时,我们老大还站在车旁,一身的野辣味,但不是舒淇那样的,倒像演员宁静。这很可能更能激起男人的欲望,但她必须得站在前面,她是老大,有责任保护车上的小妞。我看着她叉着腰,向后车走去,然后用力拍人家的机盖,用脚踹人家的车胎,一边爆粗口,问人家想干什么。对方将头伸出来,很客气地道一声"对不起",然后低声和老大说了什么。我们老大便板着脸返回来,她将后车门拉开,命令我:"罗素兰,下车,人家要的是你!"那口气,似乎挖出了一个内奸。

一辆黑色大越野一路尾随,真实原因却是为我……我能不纳闷?但我只能下车,又被老大拉到对方车门前。对方这才摘下墨镜。我就看到一副似曾相识的面孔……你猜对了,是彭金辉,他脖子上确实戴了一条金链,但他还是彭金辉,我问他:"怎么搞的,简直把我们吓死了,你这是……"

"憋得不行,出来透透气!"

"真有意思!"我就笑。心里还想:"原来男人也需要透气啊。"

"是很有意思!"彭金辉说,"没想到在这地方碰到你,昨天晚上……"

"昨天晚上?昨天晚上怎么了?"

"你好好想想。"

我站在车旁回想前一晚上的情况。这时,我们老大返回前车去了,她和车上的其他女友用奇怪的眼神看我,似乎我就像身上带着信号发射机一样,给这辆越野引着路。可我是冤枉的,我一点也不知情。

前一晚上,我记得什么都没发生。彭金辉叫我再好好想想。我只记得,我们颠簸十个小时,在夜幕降临时到达目的地。我们进了一家酒店,到房间简单洗漱后,便到餐厅用餐。我们围坐在一起,像男人那样放开自己,我们很嗨,嗓门比平时大好几倍。我却没精神,反胃,可能是晕车了。她们却以为我是在想家,放不下你这位大作家。她们吵嚷,大口喝酒,同时想带动我的情绪。我没有注意到旁边桌上坐着什么人。彭金辉说,他就坐在旁边,只不过靠近拐角,不容易被人发现。他说,他只是听到我说"你们就收敛点吧,别像一群野人",就认出了我。我的声音很特别,当时他抓着一根烤得焦黄还沾满孜然的羊排,我的出现让他再吃不出羊排滋味了,香、辣、油滑都吃不出来。他变换着角度,以不被人发现的姿势看我。当他确认真是我时,他便不停地走动,一次去餐台取汤勺,一次去倒马奶茶,还有一次去外面的车里拿香烟(他居然抽上了烟),但都是为了引起我的注意。其间,我上过一次洗手间,我确实有点想家,但不是想你,米海西,我只是想你一个人在家能不能按时吃饭。彭金辉说,他端着一杯马奶茶六神无主地找我,似乎我的这次消失,就会永远消失一样。他感到一种痛心的恐惧,怕我消失,他想到我们的桌子前向女友打问我,又怕我不想见他,事情适得其反。后来我们回房间,他曾五次在我们楼层走动。他希望我能打开房门,然后,按照他设想的情节和我搭讪:"世界可真小啊。"可那是个非常静谧的夜晚。我不知道这些事,我当然想不起来。我就看到彭金辉的手在用力搓方向盘。

"然后，"我问他，"你就跟踪我们？"

"怎么叫跟踪？我只是决定跟你们走。"

"去哪？"

"无所谓，爱去哪去哪，去哪都行。"

你想想，一群女人，后面跟一个男人，一直保持固定的距离，一起开往未知的草原深处，蛮有意思吧。后来，我们的车陷在泥里，车胎被扎过一次，还遇到过儿郎，我们突然庆幸有彭金辉在，女人就这么奇怪，常常是当男人出现时，她们才发现男人原来是有用的。后来，我们在一起度过了五天时间，我们一起看星星、骑马、湖边发呆、烧烤、捡石头，一起寻找野兔的洞穴，一起被蹿出的蛇吓得东蹦西跳，一起忍受被荨麻蜇到的痛痒，一起和牧民家里的小羊顶头，一起站在夜色中对着天空鬼哭狼嚎，一起在难得一见的树下睡午觉，一起……哦，你一定抓住了这个重点词——"一起"。可我指的是我们一起，四个女人和一个男人。我没有单独上彭金辉的车，即使女友们途中想睡觉，我本可以腾出后座给她们的，我都没有。"要去，你去"在她们催我到彭金辉车上时，我是这么和她们说的。你一定会说，很多时候，一对情侣的"一起"是隐藏在大家的"一起"中的。对头！你非要这么想，那我也没有办法。可我和彭金辉是情侣吗？你是这样定义我和彭金辉的关系的吗？

"我承认，彭金辉自从见到我，他自己，包括他的生活就都变了。可那是他，是他的事。不是我。你不能把别人的责任加到我头上。这不公平，你懂吗？"

"我懂。"

你不懂。

第21章

米海西，我一直纳闷，我们在一起生活这么久，我们的想法为什么老是不能一致，我们的相互影响到底去了哪里。说到这，我停顿了片刻。我不是思考，而是让你稍稍思考。你却给我一个不淡不咸的笑，仿佛我的问题既笨又蠢，然后你接着沉默。我觉得你是准备好沉默下去了，你不想解释了，你只想要一个结果，一个决定。

我告诉你，米海西，无论你是怎么阴谋的，怎么猜测的，我和彭金辉都是正常的。你应该发现，在这个世界上，你在我这里永远是第一位的，我不否认有男人在我周围转悠，他们探头探脑，但他们只是小猫小狗，有时我可怜它们，同情它们。同时我也能从它们身上得到一点小温暖，小安慰，其实我在利用人家，我在你这里得不到的东西，我到别处得到一点点。但，他们终归是小猫小狗！

"真是这样吗？小猫小狗那么简单？"你满眼怀疑，"问题是，他们不是。他们是男人。"

"那又怎么样？"我说。我突然觉得，你是那么厌恶男人。

我也不想辩解。辩解没有意义。你是从什么时候开始怀疑我的，那次草原之行吗？但你是从那之后开始更加少言寡语的。你把自己扔进了想象的泥沼里，你对我的态度越发恶劣，脾气更加乖戾，为一件小事竟然还动手打孩子。之前你从来不会对米罗动手的，你总喜欢用你妈那句口头禅"哪只小猪天生也带二两糠"来劝我不要对孩子太苛刻。但那次你是怎么了，你是想用一种愤怒来表达另一种愤怒？你拿孩子泄愤、出气。你可真出息！你心里不痛快，就直接冲我来，干吗让一个无辜的孩子受牵连啊。是的，我承认，从草原回来后，我就莫名地喜欢上了喝酒，我不在乎我的嗓子了，我也不想再收什么艺考生了。

我随便说几句艺考生的事吧。你知道，我不是科班出身，不是文工团的独唱演员，没受过正规声乐训练，我只是一名厂图书馆管理员，可我有一个厉害的姨妈，她也曾经在咱们厂工作过，还搬过砖，推过煤，那有什么呀，这并不影响她只哼了几段小曲，就被来厂里演出的歌唱家发现。她被带走后，很快便成为家喻户晓的歌唱家。她教了我几招简单易学的呼吸和吐字方法，我很快就能领会。她说我不唱歌真是可惜。我用她教我的方法去辅导了几个学生，效果奇好。我不知道那些学生将来还唱不唱歌，可是经我辅导后，他们总是能考入大学。我按行情收费，一小时200块，我什么证都没有，也不做广告，他们通过口口相传找到我。那时家里不富裕，米罗又要参加各种辅导班，你却下了岗。那时，厂里的机组越转，电发得越多，就越赔钱。有一次你给书记写讲稿，哦，那时你已经调回机关当秘书几年了，你把"又好又快"写成了"又快又好"，当然不能说"又快又好"不对，但提法已经过时，不符合上级最新精神。书记在台上讲，喇叭放大他的声音，于是成了政治事件。人家说，你是有意为之，想陷害上级。于是放了你的假，实际上就是下岗。我没说过你一句难听话，我还鼓劲你，这样更好，从此你就有整块的时间看书写作了。但实际上，你这样不仅断送了自己的前程，还影响了家里的收入。那时，我已经办了内退，我只能多收几个学生维持家用，甚至我还带 Lucky 到狗场配种，希望它多生几个幼仔，一只 500 块，哪怕 400 也行，我甚至从柜子里找出多年前的旧衣服穿。

可是，在我决定动身去草原之前，你就已经看不上这些零敲碎打的收入了，你的新书在一片骂声中热销，印刷厂加班加点，各个读书会上，你和你的书成为不能忽略的话题，实体店、网店好消息不断。你说你家祖坟上的那棵草终于开花了，你米海西撞上狗屎运了。不用说，你的好运来了，马上媒体记者、电视机屏幕、影视公司、有声读物、版权代理会围着你转，在作协你可能会当选成市作协的副主席，无论你愿不愿意，一个人一旦撞上狗屎运，就都是这样。好在，你还没去想国家级大奖，但你已经感到自己鸟枪换炮了，你说话的口气明显铿锵了，你却没意识到。你去参加座谈会，参加签售会，场面火爆，我在电视上没有看到，是我的同学后来手机转发我的，说你成了红人。可对我来说，我会为你高兴，却不会因为你而改变。你的成功属于你，我还是要去草原。我收拾好行李，开门向你道别，你却连屁股都没有挪开椅子一下，你不起来抱我，不吻我，你只说一句："好的，再见！"……哦，多么有深意的一个"再见"！我却浑然不知。我太天真，太傻，你的那声"再见"哪里是对我啊，你分明是对你所有的过去，当然更包括我。

米海西，我知道你想自由，需要自由。可你有没有想过，我比你更需要。哪个人不需要自由呢？我受够了你的冷酷，受够了你的旁若无人，受够了你连身体都懒得动一下的敷衍。有时候我想，我为什么非得自讨苦吃和这样一个男人生活呢，我难道不能和一只猫一条狗一头猪生活吗？我同样的付出，至少它们不可能视而不见。其实我没必要总围着你转，我没必要只要觉得对你不够尽心，就会自觉理亏，知道吗，我看上去那么强势，可在我心里，我却那么想讨好你，想向你投降、献媚。

我知道我想从你那里得到什么,但我什么都得不到的。女人就像大地,收到的礼物永远是垃圾与弃物,你们拉屎、放屁、尿尿,大地还得以鲜花与芬芳回报。这就是女人的傻,其实我没必要总在你面前失去自己,失去自己反倒遭你鄙视,哦,兴许我过分了,兴许你从来没有鄙视我,你只是不在乎女人,这就是你们男人的态度,作家的态度。你们注定孤独,注定无法与人共处。所以,当你得知你的书一夜间大卖时,你就像一只雏鸟熬过成长期,变得羽翼丰满,体格健壮,你有着无尽的前程,一个女人算什么,一个家算什么呢,金光灿灿的大人物,哪能受这些拖累啊!

是这样吧?于是你再也不想忍让或忍耐了。你要做一个真正的男人。你一改过去寻找我身上的优点来安慰自己的做法,你开始挖掘我的缺点,好为自己推卸责任……我出去参加活动的次数变多,每次都超出你预计的时间,本来说好只是中午见个同学吃个便餐,结果连晚上都占去了一半,更为可气的是,你觉得那是一场阴谋,因为在我出门前我就把钱给了孩子,让他自己解决吃饭问题,我又打发你去参加朋友的婚礼,你回家后,发现我并不在家。晚上很晚的时候,我终于回来了,我说在街上遇到一个朋友,就把晚上也搭进去了。前前后后足有八九个小时。事情哪那么巧,更重要的是我的装束,我开始穿起了旗袍,还化了妆,如此的打扮,却只是为见一个同学,吃个便餐,骗鬼去吧!

"见个同学,至于这样吗?"

"那你的意思呢?"我说,"人要出门,总是要收拾收拾的吧!"

"哦……那是应该,那是应该,那是应该,好好收拾吧!"

你话里有话,绵里藏针,你像有特异功能一样,猜到我不是去见同学,又没遇到什么朋友。而是……你再没有问下去。你心里早有答案。我是去约会,去和彭金辉见面。由此你用分析小说人物的方法,来分析我,你观察我看手机的频率,手机摆放的位置,你发现我的手机不再到处乱扔了,我把它带在身边,就是炒菜也揣到口袋里。晚上睡觉前,我看一会儿朋友圈,早晨一起床,我就带着手机往卫生间跑。你在我身边走来走去,却只是为偷偷看我的手机屏幕,即使过节抢红包,你也能从中看出了破绽,"5.20""13.14",关系不一般啊!你在求解,在找真相,在完成一道婚姻几何题,你用了能用的所有方法,做了好多辅助线。你这个混蛋,你只是初中生,你连三角函数都不懂,更没见过高等数学,你懂什么,婚姻是等边三角形吗?你总是直觉、猜测。我恨你的直觉,恨你的猜测。

后来有一天,我终于喝醉了。我失忆般地回家。我不知道我怎么到家的,不知道有没有人送我。我什么都不记得了。那次醉酒我好开心,我像死了一样感觉到了解脱,同时我又感觉到莫大的孤独和悲哀。我觉得冷,或者说正是因为孤独,我才喝醉了酒。可你干了什么,你在书房里研究精神与肉体的关系,在写一篇《精神与肉体的分崩离析是人类最大痛苦》的文章。我扑到床上,感觉天旋地转,胃里像塞满了东西。我吐了,吐在枕巾上,床单上,床边的鞋里,你回去看看,咱们的床垫上现在还有污渍。你讨厌女人醉酒,憎恨女人醉酒,醉酒的女人像白痴一样可笑可怜,不值得同情。可你真正憎恨的是醉酒后男人把女人抱在怀里的场面,醉酒的女人很容易让男人抱来抱去,她领口大开、裙子被撩起、文胸被揪掉、肚皮和肚脐露在外面,男人们以帮扶和安慰的理由,在她身上摸来摸去,那场景比一场强奸还恶心。好在,我是衣帽整齐回家的。但衣帽整齐并不代表什么都没发生。那种醉酒之前清醒或半清醒状态下发生的一切,叫你生厌。最可怕的是,你总能把事情复杂化,要是哪个男人对我心生好感进而动手动脚,你就觉得他触碰的不是我的身体,而是你的自尊。你不去指责那些男人,却来怪我。

那次我真醉了,没有任何防范。我的电话又那么称心如意地给你响了起来,你从我包里取出手机,看着屏幕上的名字犹豫。这就是你的高明之处,你能预感到接下来会发生什么。于是,你以我的口气和对方开始微信聊天。你知道对方正处在头脑发热的焦灼中,任何人在那种状态下都会犯错,况且就在几小时前,我还亲口告诉他你不知道我们的事,你从不看我的手机。对方在微信里相信了你就是我,而你又表现得很好,你是作家,你说的话滴水不漏。对方心急如火,恨自己为什么要让我喝那么多酒,就是心里不痛快、憋屈也不该喝那么多。你用我的口气说,没事,除了头晕眼花、说话语无伦次外,意识还算清楚。对方说,那就好,那就好。他让我自己去冲了杯糖水、蜂蜜水或找一瓶苏打水,然后问你在干吗。你用我的口气说"人家早睡了!"其实你刚刚忍着愤怒,给我倒过一杯凉白开。喝了酒的人总是口渴,可我什么都不知道。我像死人一样趴在污渍之中,呼着恶心的臭气。

你坐在沙发上,隔着门洞看我,就像看垃圾堆里的一具腐尸。你和对方继续聊。通过对蜂蜜的引申,你们聊到下午的约会。对,对方就是彭金辉,他几次鼓动我出逃,以各种理由出逃,然后我们在某个城市或旅游地汇合,一起过几天浪漫舒心的日子。在你的提醒下,他回忆了约会的种种细节,他说一直以为自己就是个残废,开始你以为他是指身体,后来你才明白,他指的是精神。他说只有见到我,重新遇到我,他才开始恢复成正常人。你知道,男人对女人的爱,实际上就是对自己或缺部分的补充需求,每个人身上都有需要别人来弥补的部分,这个男人是,女人也是,只是你以为彭金辉的所需和我的所需是那样一致、那样契合。彭金辉说他吻了我。是的,吻了。在分手的时候,在楼道的拐弯处,他趁没人突然抱住我,吻我。我没反抗。这是重点。我为什么没有反抗呢? 如果我在家里幸福,如果我在家里不缺那个吻,如果我对那个男人反感,没有感觉的话,我没有理由不反抗啊。

这成了你死也解不开的谜,一个死穴……"罗素兰,你为什么不反抗?"是啊,我也不知道我为什么不反抗。是因为猝不及防,我蒙了? 不是。是他眼神中的渴求,让我心软了? 不是。我在还是个姑娘的时候,在认识你之前,也被人吻过,我同样没反抗。我不知道,但那个吻对我来说,没有意义,是不存在的,就像一只热情的蜜蜂突然蜇了你一下,只不过它蜇在了我的嘴上。没有配合的吻,不应该叫吻吧,你也应该有过类似的经历,那些粉丝,他们突然扑上去吻你,你却毫无准备。那样的吻能代表什么,什么也不能代表。

"我没有那样的粉丝。"你辩解说。

"真的吗?"我说,"说明,你还很失败!"

你一心想知道我和彭金辉发生了什么。彭金辉有钱,非常有钱,房车还有两辆呢。你觉得我应该和那样的人生活,那样我便可以整日游山玩水,珠光宝气,我的孩子不用在应试教育的独木桥上拼个头破血流,我可以把他送到美国、新西兰、德国,面对每年几十万的花费眼都不眨一下,我要操心的只是怎样活得更快乐更潇洒,我是自由天使、宇宙之王啊,我可以养我的小白脸。

"是这样吗?你这个傻瓜。如果我想过那样的生活,还用等到今天吗?"我说,"说吧,米海西,我要说的就这些了,下面该你了。"

"你想让我说什么?"你还是一副期期艾艾受气包的样子,你说,你没什么好说的。

"但你最终会说出来。"

"为什么?就因为我受够了?"

"其实我也受够了。我不想拖累你。"

"那想说话的人还是你。"

"我没什么好说的。"我说,"我现在只想看到我的儿子。"

"我说过了,我和他刚刚聊过,我们聊得很好。孩子大了,我们得相信他。"

"他在恨我。总之,我总是费力不讨好。"

"不是那样的,谁心里都有一杆秤。"你不自然地笑了一下,算是给我安慰。

不过我知道,你是不会提出"离婚"的,即使我们的婚姻维持不下去,那个宣告散伙儿的人还得是我。你不会把这种骂名担在自己身上。况且,就眼下的情况,我们还会扮演一段恩爱夫妻,等米罗上了大学,再过半年,或九个月,你会找个机会和孩子深谈的,你会以一个成熟男人的语气,从成人的角度分析米海西和罗素兰的婚姻,你会让那些根深蒂固的原因像刀一样立起来,我们的婚姻会被那把刀划个体无完肤。似乎所有无法善终的东西,都是因为没有那个善始。这是你的理论。

你斜眼看我。我能看得出来,你从一开始就没有真正看上过我,当时你只是被一些外在的到头来却发现没用的东西蒙蔽了眼睛。你对我从一开始就进行着分解,随着你看的书增多,你分解我的能力也越来越强,越来越有依据。我不怪你。我早说过,无论你做什么,我都不怪你。你根本不用内疚。我知道我自己在干什么,我也知道我这样同时会毁了什么。可我无怨无悔。

最后,我想说的是,彭波的死与我无关。我和彭金辉的事她可能知道,也可能不知道,但是无论是我和彭金辉的过去、现在,还是将来,都不足以让她死。说句不客气的话,这一代孩子从父母身上想得到的永远是钱,彭波得到的钱够多了,那些钱让她觉得人生没了意义。这可能是彭金辉的失败。他总是给她钱,他甚至有一次都说,要不把米罗和彭波一起送出去,费用他来出。我当然就回绝了。我说任何一个孩子去花父母之外的人的钱,都是一种债,那样对孩子来说,没有一点好处。如果你硬要把我和彭波扯到一起,那我就只能猜,是她了解了自己的真实身世后,心里承受不住打击,才造成了那个后果。你想想,她妈原本是个戏曲演员,在一次下乡演出时被人轮奸,这就有了彭波。这消息不知道怎么传出去的,听说在同学聚会上她被耻笑,说她是野种。当然以彭波的性格,她当场不会表现出什么,我听说她表现得很不以为然,有一次她还主动在米罗面前夸耀自己野种的生活有多幸福。但她是在反讽自己。不信,你去问问米罗。彭波是个极度自私的孩子,尽管我们两家走得很近,但我并不了解她。

"哦,总之挺可惜的。"你说。

"谁说不是,本质上,她又不是个坏孩子。"

可是,每个人都是习惯站在自己的角度去看问题。兴许在你看来,我和彭金辉是想拿米罗和彭波的友情,来做我们的挡箭牌、遮羞布。我还不至于那么无耻吧!我跟你说,我曾经第二次单独见过彭波,因为米罗跟我说过彭波情况很不好,很危险。她见了我,确实像见了仇人。她可能觉得是我破坏了她们家。当时她对我说了不少狠话,叫我管好自己,还让我"滚"。我念她年轻,就没和她计较,我却不知道她是用年轻在掩饰自己。听说她回家后还心平气和,她向彭金辉要真相,她问这么多年来,彭金辉是真心喜欢她和她母亲的,还是出于某种同情可怜她们,施舍她们。彭金辉和我犯了同样的错,认为小孩子容易骗,他没有正视孩子的问题,起码没有引起重视。他觉得彭波在胡闹,因为彭波在他面前提到我,问他内心里真爱的人是不是我。彭金辉完全可以给孩子一个正面回答,是,或不是。彭金辉却打了岔,正巧当时他也心情不好,因为付佳敏在干蠢事,不管是真是假,他发现付佳敏在对我或是对他进行报复。知道吗,是那种最为庸俗不齿的报复,有一段时间,付佳敏总和你在一起吧,而且还是她主动约你,所以彭金辉没有耐心和孩子说话。后来彭波就不问了。她关起门,开始在屋里唱歌,过了一会歌声停了,他们都没觉得有什么异常,以为孩子睡了。可他们万万没有想到……直到,物业的人陪着警察在楼道里敲门,他们进了屋,才发现彭波的阳台窗户大开着。

"哦,我一直像在交代问题,对吧?"我突然笑了笑,感觉一身轻松,"你想知道的,我想坦白的,就这些了。当然不可能是全部,谁都无法保证自己讲的是全部。很多东西我忘了,还有就是,可能有很一大部份掌握在你那里,米海西,总之,我要说的,就这些了。"

我看着你,等你接话。你却学猪八戒,说你没有让我交代什么啊。你是个混蛋,我连说这些话都是心甘情愿自作自受。后来你把服务员叫来,掏钱买单。我向服务员打问米罗的情况:"刚才坐在我这个位置的孩子,一个十七八岁的孩子,男孩,他看上去还好吗,他的表情怎么样?"

服务员摇摇头,说他没看到有谁坐在这里,他只看到这位先生一个人坐在这里。

"怎么回事?"我说。

你马上就火了,责问人家服务员是不是没有长眼。

"别理他,小伙子,这个人神经病!"这时候,我只能这样对服务员说。

等服务员走后,我问你:"你确认是和米罗聊过吗? 你没有撒谎?"

"你说呢?"你看我一眼,眼神里全是不可理喻。

是啊,很多事情,其实要落到去追究信与不信的时候,那也就没有多少意思了。

第三部

米罗的秘密

MILUODEMIMI

时间在继续。米海西和罗素兰的婚姻也在继续。在这期间,他们吵过几架,最后一次吵得特别大。争吵后,两人重新平静下来,他们莫名地意识到,吵架在婚姻中是那么不可避免,那么小儿科,同时又那么没意思。无论米海西,还是罗素兰,他们都开始认真审读婚姻,思考婚姻。他们都想过离婚,但都只是一闪之念。因为他们谁也不敢保证放弃对方重新再来一次选择的结果会比现状要好。虽然两人没有深入探讨婚姻,但是,除去生育后代和搭伙生活外,他们找不出婚姻更为可圈可点更为深刻的内涵;除去活着和健康,他们挖不出生命最为本质的意义;他们心照不宣地开始意识到,两个人在一起,即使是同吃同住,彼此也不会是,也不能是对方的全部。一个家庭,包括婚姻,每个成员永远拥有的只是一部分,就像数学集合论里的交集,谁要试图用子集的思维去获得婚姻,获得爱,那他注定只能失败。大吵大闹是没作用的,除了伤害感情,让一切更糟,再无用处,因为吵闹解决不了问题,妥协与和解才是正道。

　　由此,米海西不再偷看罗素兰的手机了。他答应罗素兰用她的方式方法去处理和彭金辉的问题。在反省罗素兰说过的那些话后,他开始调整自己。兴许潜意识里,他可以认为,自己只有成为作家,父亲才会含笑九泉,才能赢回自己那点可怜的自尊。但要不要为了写作就去拼命,或者说,是不是拼命就能成为一个好作家,写出好作品,就需要自己慎重了。他开始合理分配一天里的时间,专门抽出不少的精力和罗素兰一起种花、养猫,一起打理那些盆盆罐罐,秋天的夜晚,他们打着手电筒去抓那些金龟子,以保证各色菊花的艳丽盛开。中秋节他们一起分吃自己树上的石榴,把自制的手工月饼递到对方嘴里,罗素兰说:"幸福,其实就这么简单。"

　　罗素兰知道这是米海西的让步和妥协。而对米海西来说,虽然他成名了,有钱了,但那种奇怪的被收养的心里还是无法摆脱。这使他把自尊看得很重,他能感觉到罗素兰说话比之前更小心了,罗素兰再没有把"滚""讨厌""农民"挂在嘴边。每天上午,米海西会在书房里写作三小时,罗素兰给他冲蜂蜜水、削水果。没有人说得清她为什么要这样,她自己也搞不清,但已经成了一种习惯。当别人说她是为米海西时,她又宁愿相信是为自己,因为她不那样做,她就会感觉心里无着无落没个安息之处。这是怎么回事呢,她也想不清,但她觉得,一个正常的家庭就应该是这个样子的。

　　秋日里的一天,罗素兰决定把家翻新一遍。在请装修公司进入之前,她和米海西得先把家里收拾收拾整理整理。米海西在儿子房间的柜子顶上发现了一个文件袋,凭直觉,里面应该装满了秘密,但文件袋却开着口,只是文件袋皮上用铅笔画了一个骷髅,下面写了一行小字:谁看它,谁死。呵呵,小孩子的把戏!米海西把罗素兰叫来,把文件袋递给她,两人一起犹豫起来,不知道该不该打开。可他们分析,如果这东西真要重要,儿子为啥没带走呢,就算忘了,他也可以让他们给他寄到学校的。显然它搁在柜顶已经有些时日了，文件袋上落满了灰。夫妻俩就交换眼色，决定还是打开。文件袋里，是一个笔记本和一只粉红色的 U 盘，笔记本是黑色的，装帧精致，罗素兰认出来了，那是她买给米罗做错题本的，而那只 U 盘……他们开始面面相觑，印象中谁都没有给过孩子，他们不约而同地想到一个人——彭波。

夫妻俩坐到电脑前，将 U 盘插入 USB 接口，他们担心看到那种不堪的画面：色情片、米罗的丑态，或……孩子们的某个秘密集社，他们有可能受到某种诱惑搞过一场放肆的舞会。他们一个个戴着假面具，赤裸着青涩的身体，端着餐盘在摇曳的灯光下走来走去，他们稚嫩的脚踩在松软的地毯上，旁边是吊床、睡袋或帐篷，兴许是沙发、床或几块毯子，头顶是星空、枝形吊灯，或者是旁边燃烧着的篝火照出的微光，如果在室外，周围应该是溪水或树林，如果在室内，那么会在哪里呢？谁会给他们提供那种场所？罗素兰说，她记得米罗曾经有一次突然开口向她要过数额不小的钱，她当时还嘀咕，米罗要那么多钱干什么，他是男孩，平时他所需要的东西一样都不少给他，她立马想到了一个女孩子需要堕胎却不能让家人知道，那些钱会不会……这一代的孩子们啊！他们的心猛地被一下子揪起来，就像被一只带刺的手用力抓着一样。米海西和罗素兰既急又怕，一个青春期男孩，大人们还真是猜不出他会做出什么样的事情来，这时，他们马上又同时想到彭波，不管之前彭波曾经给过他们多么美好的印象，但现在的彭波，就变成他们的噩梦了。说不定就是彭波带米罗去了那种不该去的地方，是不是堕胎的女孩就是彭波呢，那个"小妖精"，她连死都不怕，还有什么事情做不出来呢，可米罗那么单纯、天真……一想到这里，他们就开始后怕。

他们心里忐忑，难道米罗真会那样？……不能吧！难道自己对儿子就如此没有信心？说不定只是一段毕业留念视频，那些可爱的孩子对着镜头说出了对米罗的祝福。或者是……他们马上想到会不会是一段虐狗或虐猫的视频，米罗的高三后半期复习压力特别大，为了释放自己，他会不会干出……哦，不，很可能是一段敲诈视频，米罗高二那年，曾被高年级的学生打过，他回到家时鼻青脸肿，不敢去上学，他说那些家伙录了像，要和家长要钱。当时罗素兰气愤至极，要闹到学校去，还说如果学校不惩罚那些孩子，她就去教育局告学校领导。最后还是被米海西拦了下来。米海西和米罗谈心，要米罗自己去处理这件事。最后结果还不错，那些孩子成了米罗的朋友。想到这里，罗素兰的心马上又酸了起来，她体会到了孩子的不易，尤其是孩子的心灵，如果孩子真像平时看上去的那样，那他也不会藏这么一个 U 盘啊！他们点击鼠标，U 盘里是一部电影——《都灵之马》。可是，米罗为什么要藏这么一部电影呢？

"是部什么电影？"看着屏幕上黑白的画面，听着聒噪的音乐，罗素兰问米海西。

"是部文艺片。没什么内容，很深刻。"米海西说，"反正不是他这个年龄段的孩子该看的。"

"哪来的，又是你推荐的?"罗素兰的口气明显充满埋怨，"你总说孩子肤浅。这下可给你深刻了!"

"总比不深刻要好吧。"

"我可不觉得。"

"难道你希望米罗成为那种只知道吃蛋卷、冰激凌、玩传奇的优酸乳男孩?"

"我觉得那也没什么不好。起码不用像你，一天里愁眉苦脸，就像世界末日。"

"但他迟早会长大。"

"那就等他长大的那一天到来。我不希望你过早地给他看这些片子。"

"不，我没有给他推荐过这片。"米海西说，"我在电话里和一位朋友聊起过这部片，但是他不在场的时候……会是谁给他的呢?你应该知道才对。"

"怎么又是我?我又没有一天24小时看着他，我既捆不了他的手，又没绑他的腿。他想什么，我也不知道啊!"

米海西就不好再说什么了。

米海西知道《都灵之马》是一部灰色、深沉、压抑、充满哲学思考的影片，他相信米罗一定看过它了。他没有马上点击播放。这时，罗素兰拿起那个笔记本坐到米罗床上，米海西跟着坐在旁边。两人一起打开。以下的文字，都整理自米罗的那个黑色笔记本。

第22章

"我是谁？"当我一个人的时候，我就会这么问自己。然后我回答，"我是我，我是米海西和罗素兰的儿子。可我怎么就成米海西和罗素兰的儿子了呢？'因为他们是你的父母。'……真的吗？这还有假？"我去卫生间照照镜子，仔细寻找父母留在我身上的痕迹。这明明是事实，我却不断去提问、回答，然后确认，就像一个人不停地探讨一加一到底等于几一样，既没意思，也有意思，说是无聊，也不无聊。

我真的是我？到底什么样子的我才是我。在不断的成长中，我却深刻地体会到我在变成他人，尤其是从我爸书架上抽出那本《他人是地狱》后，这种意识便越发强烈了。《他人是地狱》薄薄的、很轻，封面的颜色和设计都很简单，我很喜欢。我把它背在书包里。尽管书里的话我初看时，感觉理解不了，有点绕，但我还是喜欢它。每次整理书包，我都会把它拿出来看，有时我还会翻开看上一页半页，每次都有收获，我也随之产生了一点点成就感。

我一直想等我形成自己的一套看法（哪怕不成熟）时，我要和我爸来一次正式对话。因为我觉得，我爸离我太远了，很不真实，我总感觉他是一个装在套子里的人，呵呵，一点也不可爱。我特别希望他是只变色龙，我要识出他的真面目。顺便说一下，我还喜欢 2002 年南海出版公司出版的那本《活着》，当然不是里面的内容，小说里，那么多人死了，一个接一个地死，作者是想让我们好好活着呢，还是说人生无常活着活着就死了，我也不知道，我只是喜欢那个封面：现实的衣服里装了两具没眉没眼五官完全省去的人。设计师用单线条勾勒，画了那样一个简单的脑袋，挺好！《他人是地狱》的封面也好，每次看它，我都会想到作者手持烟斗透过镜片冷眼看世界的那张相片，大概只有冷峻的人才能思考吧，或者说一个人因为思考了就会变得冷峻。我爸说，一个冷峻的人要比看上去热闹的人，拥有更多的自由。可是，什么是自由呢？萨特同志是不是获得了自由呢？还是我爸那样，就拥有了自由？唉，人哪能自由！父母也不会让我自由啊，他们总是凭经验办事情，按习惯想问题，他们一定要你这样，要你那样，让你变成他们想象中的那个孩子，可是——他人就是地狱啊，真是个悖论。

但我又不能不按照我妈的意思去做，毕竟我妈那么辛苦，为了我，她连工作都不要了。我尽力成为那个令她骄傲的孩子吧，可是……我就是一个平平常常的孩子啊，我深色的皮肤，留着小平头，厚厚的镜片让我的眼睛向金鱼发展，我相信无论放在哪个群体里，我都不会被人关注。

我这么说吧，我跑不快，跳不远，投篮姿势不帅，命中率不高不低，我没有受过教练鼓励，但也没挨过骂，我英语水平不高，作文写得马马虎虎，课堂上既不踊跃举手，也不在下面搞小动作。我没有往女生的文具盒里放过没毛的麻雀，也没有放过还没睁眼的小老鼠（当然我找不到也没时间去找这些东西）。我没有在同桌起立时，在她的座位上放图钉或口香糖。我会拉小提琴，但仅仅是刚会。开始长小胡子的时候，我很想让那些胡子长到胸上而不是嘴上，听说喝牛奶有助于增长毛发，可我不知道为什么在我身上似乎效果并不明显。我没有打过弹弓，尽管我很想偷偷敲碎谁家的玻璃，管它是谁家呢，能听见玻璃碎片哗啦啦落地的声音，一个女人推开窗户破口大骂，却不知道骂谁，多过瘾啊，可我只能想一想。我没有扎过老师的自行车车胎，没有在课堂上偷吃过零食，我没有穿过奇装异服，没有泡过网吧，没有在雨过天晴后光屁股跳进河里。我没有在游泳池里撒过尿，没有逞英雄活吃过蝎子，没活剥过任何动物，哪怕是一只蝉。我爸说，他小时候曾经在集体粮库里一次抓到过 310 只活麻雀，他拧下了它们的脑袋当弹丸，他因此获得过学校的"除四害"奖状。到我这里，麻雀平反了，可我没有给鸟儿做过窝，我提议过，可我妈担心木锯会锯掉我的手。我没有像我爸小时候那样偷喝过同学的饮料，那怎么可能呢，别人的嘴碰过的饮料罐，上面染满了各种病菌。我没有偷过同桌的钢笔，倒是羡慕过同学手上的苹果手机。我没有站在公共厕所后边往粪池里扔过石头，怎么可能呢，我没有，没有，没有，没有……我妈说："时代不同了，你们没必要有这些经历。"那我们有什么呢？我爸说："你们什么都有！"可我为什么感觉什么都没有！我爸一开口就讲，他们小时候，他的童年。那我们呢，我们有童年吗？我问过很多同学。他们也都说没有。我们都觉得根本没时间当孩子，似乎我们从一开始就是大人。

这正常吗？当然不正常。可你就处在一个这么不正常的时代，你要正常了，反倒不正常。彭波就说我"简直正常得不正常"，尤其是我们这些独生子女，每个家庭都想把我们培养成一只漂亮的白天鹅，可是为什么呀，我就想长出一身的黑羽毛来，我要做黑天鹅，我喜欢那种油亮的黑，充满罪恶的黑，最好我的私处和屁股却一毛不长，呵呵，就像鸵鸟和火鸡一样，多好玩啊！我干吗非得要别人喜欢我，干吗要活成别人眼中的那个自己。萨特老爹说了，他人是地狱。我干吗要成为别人。但这只是我一厢情愿。社会、时代、世界、宇宙，无论你以什么形式存在，它都是一个集体，在一个庞大的集体里，每个个体总是要被一种，不，应该是多种复杂的力量、物质与关系拉扯着。谁都无法逃脱。萨特老爹也不行。"你永远只是你自己。"只能是一个理想。当然你会发现，当你是你的时候，你在天堂；当你成为他人的时候，你便入了地狱。天堂与地狱间，不就是人间嘛！人类在天堂与地狱间彷徨、挣扎，我们身心分离，被真假、善恶撕裂，所以说，我们人类就是一群自相矛盾的倒霉蛋（我太厉害了，竟然讲出这么高深的话）。

可我想有自由啊。我同时又想做我爸我妈眼中的好宝宝。我不知道我妈会让我成为什么样的人，她挂在嘴边的是网络公司的大佬儿、著名科学家，还好不是那些演员和歌星明星，但我知道我爸是想让我当作家，一个比他更厉害的真正的作家，他说他在当作家的路上积攒了很多经验，可以给我提供一些捷径，还有他书架上的那些书，如果我当了作家，那些书就可以不用当废品卖掉或捐给某个镇图书馆了。他完全盗窃了我爷爷的策略，让我闲暇时去翻他书柜里的书，说那样可以提高我的语文成绩。为不让他失望，我爽快答应了："好啊，等我写完作业，就去。"但实际上，作业根本写不完，就是写完，我也就该上床睡觉了。

……

彭波，你了解你爸你妈吗？我突然发现，我们每天花很多精力去了解老师和同学，却忽略了父母。尤其是我爸，我真的一点儿都不了解他，除了他是个男人、是我爸、别人称他作家外，我对他真的是一无所知。这是好，还是不好呢，你有没有发现，一个孩子要去了解自己的父母有多难，父母们总是高高在上，总是一副正人君子，其实人不该是那个样子的吧。

为了解我爸，我还真动了不少心思。我告诉你啊，我编了个理由，说我们学校布置了家庭作业，现在不是要求强化亲情教育嘛，我就说学校要我们对自己的父母做一次采访。这招还挺管用，你要不要也试试，采访采访你爸你妈，看看他们究竟是怎样的。我采访我爸，很成功，彭波。我像正规记者一样坐在我爸对面，还准备了录音笔。我说："米海西老师，今天我要对你做一个采访。"

"当然可以，米罗同学。"

"希望你能认真配合，不要有顾忌，毕竟这是一个严肃的家庭作业。"

"好的，我会尽力。"

"好，那咱们现在开始。"我说，"第一个问题，我想知道你为什么会想当作家？"

"一个老生常谈的问题。"

"看来很容易回答。"

"不。不那么容易回答。"我爸说，"你知道的，作家总是令人羡慕……"

"是的。"

"但那不是主要的，或者说不是我当作家的真正原因。"

"哦……"

我觉得我爸要耍滑头了。在孩子面前,这么冠冕堂皇的问题,他都不想老实。

"咱们往深里说一说吧!"过了那么几秒,他若有所思地突然说。

"那样更好。"

我知道我爸挺讨厌形式上的东西,他老说我妈形式主义,那些花里胡哨的东西,说是浪漫,实际上是肤浅。于是,我爸煞有介事地说,他内心里其实并不想当作家。说到这儿时,他的脸上突然露出一种似乎只有山里孩子才会有的那种羞涩,那表情我只在随我爸回老家时,在那里的人脸上见到过,不是憨,不是傻,也不是呆,是一种诚实,是一种不设防。我喜欢我爸的这表情,可爱,不成熟,就像我同桌从厕所里回来发现自己尿湿了裤子,坐在我旁边忍俊不禁时的样子一样。我觉得我爸只有这个时候,才是我爸。我突然真想开口叫他一声"爸",但我没有叫,我担心他意识到自己的身份后就会拿腔拿调。但我知道,他们那代人年轻时都想当作家,起码写诗,写诗是年轻人的标志,一个人离开诗,就标志着他老了。80年代,情歌流行,朦胧诗大行其道,北岛、舒婷、海子像神一样光芒四射,抒情的浪漫的东西替代了革命的东西,自我和真挚的感情也大胆了不少,我爸就很喜欢张贤亮的《绿化树》,觉得《绿化树》里的人物,真实。可是,我爸却说,自己不想当作家。难道是另有原因吗? 他看了看我,似乎答案并不在他那里,反倒在我这里。我当然纳闷,然后他就以一个作家的机智问我:"孩子,哦,记者同学,那以你对我的了解,我要不当作家,我可能会干什么呢? 或者你希望我干什么呢?"

"我从来没想过这个问题。这不是我该想的问题。"我说。

"不。"我爸说,"你一定想过。"

"是吗? 我自己怎么不知道。"

"可是,我知道。你会想我是一个不大不小的煤老板,一个县处级以上有点实权的小官,一个国企老总,或者一个服装批发商。"

"为什么?"

"因为,我要是那样的人,你就不用费力学习了,我会把你送到国外,几年后哪怕是在一所'野鸡'大学毕业,你回来,也是一只金光闪闪的'海龟'啊。"

"聪明!"我说,"这很正常,能省的力不省,能借的力不借,那多傻呀!"

"这就是你们这代人的想法。"我爸感慨着说。

"很务实,对吧,"我说,"也很实用。"

"可是,我让你失望了。我没有给你提供拼爹的资本,因为你爸我也觉得自己很失败!"

"失败? ……我可没有这么说过你啊。"

"但你绝对这么想过。"

我不得不承认,我爸猜对了。我当然这么想过,我没法不这样想。那些有钱人，因为有钱，孩子们就可以进好学校，无论孩子有多笨，起码他们接受的是优质的教育资源；因为有钱，他们的孩子从小就通过"行万里路"，获得了超过同龄孩子几倍甚至几十倍的见识，当别的孩子在想象大漠的荒凉、爱琴海的蔚蓝、蒙娜丽莎的微笑时，人家早已经在现实中亲身体会过了。这种差距你可以用公平不公平来解释吗？阅卷老师不会因为这个孩子家里有钱，就给他减五分；也不会因为另一个孩子在放好牛、喂好猪、照顾好卧病在床的妈妈后，自己才能忙里偷闲学习，就给他加十分。如果我们要去清华、北大那些名校里去看看，有几个学生是来自贫困山区的啊，我是说比例，难道那些山区孩子的智商，真就比大城市里的孩子低吗，他们欠缺的，只不过是优质教育资源罢了。可是这些话我不能和我爸讲啊，因为他比我更清楚。所以我常常安慰自己，说我在家庭背景普通的条件下，我的各课成绩超过了那些家庭背景好的孩子，我已经不错了。但我知道，将来我即便学习成绩再好，也不一定能比人家有一个好的未来。我知道，虽然人比人，气死人，但人们还是会自觉不自觉地去攀比。

就拿我来说，我现在已经高二了，可我至今没有正儿八经学过英语音标。初三时我爸发现了这个问题，他奇怪学英语怎么能不学音标呢？他们上初中时首先学习的就是音标，音标和汉语拼音一样，怎么可以不学？如果不学音标，就像音乐家不识乐谱。我说课堂上英语老师不讲音标。"为什么？"我爸还奇怪。我说，班上的同学都在课外辅导班学过了，我那时偏偏没去上辅导班。上课时，老师问同学们有多少人学过音标了，同学们齐刷刷地举手。我也举了手。我不能成为那个初中竟然没有上过辅导班的孩子，那样他们会以为我的父母是保洁工和下岗工人，家里在靠政府救济活命。不过我相信，一定有第二个和第三个学生和我一样，也没学过音标，但他们也和我一样举了手。这例子太多了。可我们，能怪谁呢！

于是，我习惯性地对我爸笑了笑。

"我不会怪你，孩子。"我爸口气真诚，他说，"如果换成我，要在现在，我也会这么想。你们这代人很不幸，米罗，知道吗，我们小时候，物质是匮乏了一些、经济条件是差了一些，但我们的家长在教育上，不仅看重的是知识的教，更看重人格品质上的育。可现在的教育啊，兴许是知识太多了，让多数家长变得只教不育了，或者说是因为教的任务太重，而顾不上了。所有的家长和老师恨不得让孩子们变成一台大内存的机器，把知识给他们拷贝进去。但是，教是简单的、显性的，只要灌输就可以，可育呢，那才是难点或是重点，育是复杂的、漫长的、隐性的，需要育者自身也要有较好的修养和水平。孩子，教是浅表性，你没发现现在微信朋友圈里每天都在大量推送着心灵鸡汤吗？就是那些挂在嘴上的知识和似乎很深的道理。但是，育这个东西，只有内化于心形成习惯，变成一个人的自觉时，它才会发挥作用。米罗，你们，包括你妈，大概总是羡慕西方的教育，可是……哦，我是不太懂英文，但我知道，那个'education'里包含着教育与教养两层意思，我们现在却只是把重心放到教育上,更为重要的教养却被忽略了。我始终认为,教育是一个国家和整个社会的基础,我们通过教育把下一代培育成为对国家(或社会)有用的人,但,一个人将来会成为什么样的人,一个国家(或社会)会有什么样的道德水准和素质,就取决于教养了。令人可惜的是,现在我们的社会却把全部任务都压到家长身上。为了孩子,大一点儿讲,就算为了国家,家长们不是不同意,不是不愿意,而是家长们有没有那个能力,却没有人去思考。结果,在世俗或庸俗的影响下,我们的教育变得越来越功利,越来越现实,离人类本该有的那种暖暖的温情的东西越来越远。"

"说我妈了吧。"我说。

"不是的。我相信你妈和我的看法也一样。只不过,因为对你的爱(实际上很可能是害),她妥协了,她只能随大流,因为她输不起,不敢拿你去赌……"

"也许很多家长都是这样的想法。"

"不过,我始终认为,一个真正有出息的孩子,让他出类拔萃的应该是他的学习能力与思考能力。但是我一提能力,你妈就和我急,你妈说,现在的孩子急需的就一个能力——考试能力。'孩子们得应付多少考试啊!'你妈当然没有错,因为你不考试,坐不到学霸的位置上,你就没有进好学校的机会,你想想,一个卖水果的人还指望多卖二斤苹果养家糊口呢,他还会有关心金字塔奥秘的心思吗?况且,我一直说,人生是一个由近到远不断寻求和探索的过程,你刚抬脚,就被卡在自家门口了,你出不了小区,你还能有什么出息! 就说文凭吧,谁都知道文凭不等于水平,但作为敲门砖,没有它你就会失去很多施展才华的机会,那些守门人他自己也知道那张文凭埋没了不少人,可是……守门人还是会狠心地劝你,你连文凭都拿不到,还怎么证明你有能力呢?"

"你为什么不和我妈谈谈? 给她讲讲那些靠素质成功的例子。"

"我们谈过。"

"结果呢……"

"结果就是,我给她讲沈从文,她说那是民国。我讲比尔·盖茨,她说那是外国;我给她讲莫言、马云,她就不吭声了。"

"我妈认输了?"

"是她懒得和我说了。因为再说下去,她就该拿文凭压我了,因为我要有张文凭,哪怕只是中专或自考大专,我也早就有更多机会了。在你的教育问题上,你妈绝对不会马虎。她不会让你输在起跑线上,从你入幼儿园开始,小学、初中、高中,每次考试、择校,她都没有一次松懈。"

"所以你下定决心成为作家,给我树个榜样?"我说,"你要现身说法。"

"我有点这个意思,但不是全部,它占不到百分之十。"

"啊,这么低,其他的百分之九十是什么?"

"为我自己,更是为你妈。"

　　这我就不懂了。于是我爸说,在孩子的成长过程中,家庭太重要了,一个孩子无论是怎样一架性能优良的战斗机,家庭必须是那艘给它提供一切可靠安全保障的航母。在社会的大群体中,一个家庭就是一个战斗群,家庭成员都必须各司其职、各尽所长、各尽所能。一个优秀的孩子,背后决然有一个良好的家庭(当然不光是指经济条件),一棵树能长多高多壮是与它的根所扎的土地分不开的,家庭就是那片土地,只有家庭这个生态好了,孩子才能健康。

　　"可是,我却依然很失败。"

　　我爸说,很多时候他把自己关进书房里,少言寡语,就是因为他觉得自己没有把家撑起来。这我就可以理解,我妈带我和彭波,以及她父母参加家庭聚会时,我爸为什么每次都不参加了。我妈说我爸在写一个大部头,脱不出身,还说我爸没情趣,不喜欢热闹,他要到场,反倒扫大家的兴。其实是我爸不想面对那样的场面。记得有一次聚会,大家聊得正开心,不知道为什么我妈做了一个昂首挺胸的动作,本来很常见嘛,兴许是我妈颈椎不舒服了,或想伸一下腰,谁想,彭波,却让你看到了,我就注意到你一直盯着你爸的表情看,这倒还好,孩子嘛,好奇,可谁想,你竟然对我妈说了一句让人下不了台的话。你故意呵呵笑,然后对我妈说:"罗阿姨,我们都知道你身材好,这就行了,你就别再因此而骄傲了啊!"如果到此,那还好,谁知道你接着又来,你说:"你老在外面这么招摇,你是想给我海西叔叔难看呢,还是要替他炫耀呢?……哦,米叔叔呢,怎么今天又没来啊。"我马上意识到,你这个家伙是在挑事,唯恐天下不乱。你说得是有点过,但不是毫无道理。还记得吗,彭波当场就大叫:"米叔叔,你在哪呢?出来说话。"我妈不能发火。你爸不能让你胡闹下去,于是他机智地对你说:"别喊了,你米海西叔叔啊,现在,在小说里。"

　　"哦……"我等着我爸继续说。

　　我就看到我爸脸上泛出一层淡淡的无奈,兴许是忧伤。他说:"我想让你妈漂亮,让你妈风风光光……我见过那些背后有可以让人引以为傲的老公的女人,她们落落大方,自信而美丽。我也见过那些生怕别人在自己面前提及老公的女人,她们躲躲闪闪,总是底气不足。"

　　"那你可以干别的,为什么非得当作家?"

　　他笑了笑,说:"我要不当作家,我还能做什么呢?你回过老家,你想想,我们这种人,除了能吃苦、勤快,其他的,大概就什么都没有了,我们没资本、没文化、没关系、没背景、没长相,我既不会耍狠,也不会耍流氓,我吹不了牛,投不了机。可是,当作家不需要那么多外在的条件,如果我有天赋,再勤奋点,我就有可能实现。当作家,不需要社会关系,没人关心你的初始学历,家庭背景,也没人关心你的长相。我还发现,艺术家自身和由他带给身边人的光芒很独特,我是说,艺术家的妻子,她不涂口红、不植假发、不修眉毛、不穿束身衣,她也依然光彩照人,因为她是艺术家的妻子,人们似乎就会对她刮目相看。因为当人们知道她的身份后,就再不去看她手上有没有大克拉的钻戒,腕上是否有价格高昂的玉镯,甚至即便她不懂风情,不会吟诗作画,人们也会在她身上发现一圈暖暖的光。老公是艺术家,他是会对妻子构成影响的,是会给她传播、扩散和浸透艺术气质的,时间久了,那种文化的气韵会产生美,这种美会冲出女人身体形成光环的。孩子,你看那些大作家的妻子,不管之前她是酒店服务员、舞蹈演员、桌球运动员、滑冰选手、金融经理,还是花店老板,但她们往作家旁边一站,她们就有一种美,一种难以形容的美。"

"老爸,你聪明啊。你是早早就认清了自己。"我说。

"那也不是。其实一个人认清自己也是一个漫长的过程。"我爸说。一切都是现实的结果,他说他刚上班那几年,没人和他玩,他也不想和人家玩,他只好看书。有一次他在报纸上看到一篇文章,很小,也就三四百字,题目是《如果我可以选择》。他觉得写得不怎么样,于是自己动手写了一篇《如果我也可以选择》,投给那家报纸,结果被采用了。那是他第一次投稿,得了10块钱稿费。稿费他没取,而是把汇款单留作了纪念。他把那期报纸寄回老家一份,自己留了一份,有段时间,每天晚上睡觉前,他就拿出来看上一遍。正是这篇小文章给了他信心,让他开始相信了我爷爷的眼光是对的。

"一篇小文章成就了一个大作家?"

"当然不能这么说。"我爸说,"但是可以肯定的是,如果没有那篇文章,我就不会娶你妈。那时你妈是图书管理员,可漂亮呢,我知道很多人去图书馆其实是为了看她,可我只是一个农村小伙……"

"那不见得。有缘人终成眷属,织女牛郎就是个例子啊。"

"你这么觉得？那是神话。为什么是神话,因为现实中不会发生。"我爸像哥儿们一样笑,"你妈现在一定后悔死了。如果说那是缘的话,那也是孽缘。你妈是我见过的最大气的女人,她的笑出不出声,都有穿透力。我们那个年代,只要一个男人敢盯住一个女人看,那就是耍流氓。可是,你妈不会。她把男女关系处理得恰如其分,即使有时办手续有人碰了她的手,她也不会因此在下次见到时改变态度。我没想过能娶你妈。我以为,我在厂里会遇到一个和我一样的姑娘,她来自农村,也是接父亲的班,我们门当户对。后来,我发现没有那个可能。在农村,家里接班的机会怎么也不会轮到一个女孩身上,所以,像我这种通过接班进城的人反倒成了困难户,城里的不好找,村里的不想要,自己好不容易不再是农民了,不能再找一个农村姑娘倒退回去啊,而且那个时候,所有的孩子户口都必须随母亲。其实,这也是家里对我的最基本的要求。有一年我回家过年,你奶奶就说我,在成家的问题上,既得慎重,但也不能太较真,人家女方丑不怕,只要贤惠就行,要是人家提出入赘,那也别拒绝,如果是二婚,只要人家带的是闺女,那也可以考虑。这些东西听起来很好笑,可在那个时候就是那样,一个户口就像一道符一样,纵然你是孙猴子,也得压在五行山下。"

"可你最终遇到了我妈。"我说,"你一定动了不少脑筋。"

"根本没有的事。"我爸说,"事实上,我发表的文章你妈也看到了,因为文章的后面有作者单位,我又是图书馆的常客。她那里有我的资料,名字、年龄、民族、籍贯、所在的车间、还借书的情况。是你妈鼓励我,我才走上写作之路的。"

"哦,她注意到了你的血型,B 型,对吧?"

"那时候表格上没有这一栏。"

"也没有星座。"

"当然。"我爸说,"我是水瓶座的,B 型血,但都是我成了作家之后,我才知道的。"

"如果她早早知道,会怎样?"

"我不知道。我们都觉得艺术家离我们很远,孩子,我们都只是普通工人,做好本职工作,争取年底能评个先进什么的,是我们当时奋斗的目标。"

"真傻!"

"好像是有点。不过,一个时代有一个时代的坚持,对你来说,我们那时很傻,对我来说,你爷爷奶奶那时也很傻。但你不能以此来判断历史,如果你能穿越回去,你就会发现每段历史其实都很严肃,同时也都有它的精彩,时代的精彩。"

"那倒也是。"

"有一天,我去图书馆还书,你妈看似无意地对我说:'米海西,不错啊!'我知道她是指那篇发表了的文章。所以我很感谢那篇文章,和那个编发我文章的编辑,他的一个小小认可改变着我的命运。"

"看来我也得感谢那篇文章。"我笑笑。

"那是当然。否则,说不定你现在正背着箩筐,在大山里捡柴拾粪呢!"

"于是你快马加鞭、再接再厉、一发不可收拾,很快成为单位里有名的大人物。你受到领导重视、同事羡慕、女孩子青睐,像现在的明星,走到哪里都得戴上墨镜?"

"是啊。那也是我的想象。我心想,我随意一下小试牛刀就能发表,如果我沉下心来,认真讲讲我的故事写写我的心情,那还不是顺风顺水水到渠成的事嘛。我知道我不可能一下子成为大作家,但总可以往前迈上几大步。于是我去买了 3 瓶墨水,20 本稿纸,墨水还要碳素的,碳素墨水写出的字漂亮,稿纸要格子最少的那种,便于修改。那时,除了热情,我还不懂嫁接、拼凑、引用、拆解、复合、转移等等的写作手法,我什么手法都不懂,我只写自己的真实感受。我把每一稿的每一页都留存下来,想着有一天会像大作家的手稿一样成为文物。"

"听起来是个大作。"

"是的,是个小说,初稿 40 万字,二次修改后剩 29 万字。名字叫《落差》,主人公就是我,完全就是一个中国版的于连,当然我是指主人公的内心像连,但他没有于连超常的记忆,没有于连的心机,更没有机会遇到华伦夫人。"

"然后你把稿子投了出去。"

"没有。我把它扔进了食堂的火炉。那里火大，一大包纸扔进去，'哗'的一下就没了。"

"为什么？你没想过一旦成名，我妈……就是你的了?!"

"当然想过。可惜的是，在后来的 5 年里，我连一个字都没有发表过，我还收到过编辑部寄来的《中学生作文》，里面没有退稿信，什么都没有。我怎么还敢把那么长的小说投出去。"

"这个编辑也真够意思!"

"但不怪人家。我知道那本《中学生作文》是什么意思。我那篇被发表的文章，一定是瞎猫撞上了死耗子。可你妈不信，她觉得既然能撞一次，就能撞第二次、第三次，功夫不负有心人！哦，这一点你应该有体会，'功夫不负有心人'是你妈的座右铭。"

"我妈是有股子韧劲儿。"

后来，我爸说，他决定放弃，无论是写作，还是对我妈，他都觉得自己是有非分之想。他不再异想天开了，想脚踏实地。就在这个时候，我妈却突然站出来，她跟我爸说："别啊，米海西，我身边什么样的男人没有，敢吹的、会跳的、能喝的、会打的、厂长的儿子、分来的学生，可是没有一个会写啊！你得坚持，你得继续，练好基本功，要是有一天我搞个比武招亲，就比写情书，结果你败了，得多可惜啊。"这不是我妈的原话，但是我妈的意思。我爸当然懂我妈的心，他把这段话视作了安慰，更当作了动力。

"那你？你怎么又说是为自己。"

"这个很好回答，"我爸说，"我们从小接受的教育是，人活一辈子，就是不争馒头，也要争口气。"

"这像我奶奶的话。"

"也是我自己的话。"

"你应该看过《红与黑》吧？之前，我给你推荐过。"

我说，看过，只是粗粗过了一遍。

"对那个于连什么感觉？讨厌死了吧！你会奇怪世上怎么会有这种人。"

"为了他那种可怜的自尊。"

"也为了掩饰自己的自卑。"

"是的。我觉得他的自卑大于自尊。"

"但实际上于连的自尊与自卑同在。于连不是一个人，而是一群人，一类人，我们周围的于连比比皆是……我就是其中一个。"

"你是说，你是于连?"

"难道我不像？于连想活得体面，想得到别人认可，于是做出许多不可思议的事情。"

"你没有不可思议。"

"那是在你眼里。你妈可不这么看。"

"哦……"

"你妈觉得我'死要面子活受罪'。她觉得我过不了'面子'关。可是不是,孩子,我是个男人,你想想,你妈总是要出去的,她在同学、朋友面前怎样介绍自己的老公,我总该给她一点,哪怕只是一点,让她可以自豪的东西吧！你想想那个于连,如果他一无所求,他完全可以留在华伦夫人身边。"

又是于连！看着我爸,我脑子里想起了小说中描写于连的文字:他的两颊红红的,低头看着地。小伙子有十八九岁,外表相当文弱。五官不算端正,却很清秀;鼻子挺直,两只眼睛又大又黑,沉静的时候,显得好学深思,热情似火,此刻却是一副怨愤幽深的表情。他也爱读卢梭的《忏悔录》,也靠着自己的聪明才智和坚韧不拔的毅力实现自己的野心。仔细一看,我爸和于连似乎真有点像。那么我妈呢,她是我爸的华伦夫人,我爸的第二个母亲,我爸的大姐,我爸的情人,我爸的保护人？我记得我爸有一次和我说,要是没有我妈,真还没有他米海西！

"于是,你就有了野心,于连那样的野心。我妈说你是一个野心家,还自私。"

"她这么跟你说吗？"我爸突然显得有点紧张。

"不是。你们聊天时我听到的。"

"有野心的人,都自私。"我爸说,"有野心的人会专心做事,对周围的人来说,那就是自私。他心无旁骛,对周围人视之若无,即便是迫于责任,他去分担了一些家务,那他也会给人一种匆匆忙忙、敷衍了事的感觉。大家就觉得他心里只装着自己,为了自己的理想,牺牲了大伙儿的利益。嘿嘿……这么说,可以吗？"

"你应该多和我妈去解释解释。"

"有些东西是解释不了的。我们只能试着理解。"他微微地苦笑了一下。似乎他的苦只有他自己明白。

彭波,我这采访很成功。起码让我打开了我爸的口。人们说,艺术家喜欢孤独,因为他们的孤独是独处,艺术家喜欢安静,因为他们在安静中得以冷静,可是我怀疑,他们的孤独很可能就是孤独,他们的安静实际上却是落寞。这次采访让我见识了成人世界的复杂……彭波小姐,我是越来越佩服你了,你说得对,大人们就是很虚伪,其实他们每天都在跳假面舞,演假情戏。他们总觉得咱们是孩子,有话就不直接说。我爸也这样。上次你跟我说,有一次你妈出差你爸在她行李里偷偷放避孕套的事,你说你简直惊呆了,觉得你爸变态,让你妈到达目的地才发现,结果被同屋的人看到搞了个大红脸。你问你妈,你妈说等你长大成人,自己有了家,和一个男人在一起生活,就都懂了。

那我也告诉你一个秘密吧！我有段时间心里特烦,想让我爸我妈吵架,最好开一次战,我烦死我妈了,真想让她离家出走上几天,好让我撒撒欢儿。我就到他们的卧室床头柜拿了两个避孕套。你知道吗，彭波，他们居然在那东西上编号，有意思吧，我撕开一只，拿到太阳底下照，多薄的一个小东西啊，可他们叫它"安全套"。安全套叫我想了很多，我觉得是谁发明的这东西，真有意思，让成年人用它保全自己，还防备别人。有意思吧，这事我不知道我爸我妈会不会发现，应该会吧，因为上面编了号。可是直到现在，我也没听到他们为这事吵架。你想想看……再往深处想想，我觉得，就这个安全套我也可以写一部心理小说，就叫《安全套的心路历程》。

另外，这次采访时，我爸说的一句话，我觉得挺好。他说：人在这世上啊，谁都不能随随便便地活着。到底是什么意思呢？应该是说，人活着，就不容易吧，大人，小孩，都不容易。彭波，我倒觉得你活得蛮容易，还洒脱，哪天给咱也传授传授经验呗！

第23章

彭波，前几天你说给我拷个电影，今天下午，你还真给我拷来了。你骑在自行车上，站在我们学校的操场外，阳光透过栅栏斜照在你脸上，很……好看，说到这，我就夸奖夸奖你吧，尽管你是尖下巴，翘嘴唇，但撩人的还是你那两条大长腿，知道吗，看到它们，我就会想到我家猫咪的腿，猫啊，我不是说性感，我是说挺招人喜欢的，让人很想去摸摸它。你把 U 盘从栅栏里递给我，让我带回家一个人的时候看。你什么意思！

"到底是什么影片？"我还问你。

"你走近点儿，姐告诉你。"

我走近了。你却让我猜。我说，不会是恐怖片，或那种片吧？

"哪种片？"你咧着嘴笑。

"那种。"

"哪种嘛？"

"那种。"

"真是小屁孩儿，自己回去看。"

"恐怖片。"我说，"你别以为我胆小，我听的鬼故事可比你多，还有，你别忘了我爸是作家。"

"拿回去看。"

"那就是那种片。"

"要是真是呢？"

"那我也不怕。"

"真不怕？"

"不怕。"

"看来是看过。"你突然抬腿做了一个踢我的动作，"小屁孩儿不学好。"接着你很暧昧地做鬼脸，一条腿开始用力踩脚踏板，准备要走。我有点急，赶紧又问你："到底是什么片子嘛，起码剧透一下，也好让我……"

"黑洞。"

"科幻片啊！"

"你这个孩子好奇心咋这么重！"你不耐烦了，跳下车，突然从栅栏里拉出我的胳膊，张嘴就在我手上咬了一口，你说，"这片子我一直收藏着，我爸我妈吵架、我突然想哪个帅哥、我心情不好、我感觉无聊孤独的时候，我就看，我都看十几遍了，每次看完，就像装了三卡车石头，过瘾，过瘾……很过瘾！你却在这里问个不停，你是猪啊，你不知道自己回去看啊！"

你上车，用力一蹬，跑了。我站在操场，感觉有点蒙，心里还想，你装三卡车石头还自我感觉过瘾，什么逻辑！其实，我也不那么傻，彭波，你难道没有发现我是在拖延时间，想和你多待会儿吗？我当面不好说，但在这里我可以说"我喜欢你"吧，我是说"喜欢"，不是男女间的那种，反正就是喜欢，喜欢你大大咧咧，喜欢你尖酸刻薄，喜欢你机灵聪明，喜欢你务实浪漫，喜欢你让我提心吊胆，喜欢你设下的每一个陷阱，喜欢你……漂亮，嘻嘻，女人还是得漂亮。不过，你很讨厌"浪漫"，你说，你恨死浪漫了，一提到浪漫，你马上就会想到你爸你妈。你就会说，浪漫？什么是浪漫啊，浪漫就是"矫情"，就是"作"。你说浪漫是男人俘获女人的诱饵，无论男人多么甜言蜜语，制造多少浪漫，最终就为达到一个目的——骗女人上床。上帝啊，到底是你把话说得太绝对了，还是你就把事情看得这么透彻？你说，你就是不喜欢和女人打交道（怎么和我妈一样），因为你觉得女人就像一首歌里唱的，十个女人九个傻，剩下一个还是呆。我就提醒你，别忘了你自己也是女人。你记得你是怎么说的吗，你说："老娘是菇凉。"

说实话，不管你是菇凉，还是老娘，我都觉得你太瘦了。依我看吧，你至少得再胖15斤，你要想做我的媳妇，进我家门，别说我爸，就是我奶奶，也不答应。因为你太"飞机场"。我说的可是真的。我奶奶常说，男人得像男人，女人得像女人。你一定要问我了，什么是女人样。我跟你说，就四个字——丰乳肥臀。我想起来了，有一次你问我喜欢哪个女明星。我当时还傻乎乎地回答你，许晴、张曼玉。你听后，一脸惊讶，几乎都要瞠目结舌了，你问我："谁？你说谁？"

我说："许晴，还有张曼玉。"

你哈哈大笑。你抓我胳膊，拍我脸。我说怎么了。你就越发笑。

我说："我没说错啊。"

这下，你笑得更厉害了，然后捂着肚子，蹲在地上，半天才说："不行了，不行了，你这个小朋友，太小，太可爱了！"

我说:"我太小了？我哪里小啊！"

你费很大劲才克制住自己的笑。你问我是哪年哪月出生的。

我说:"你知道的啊。况且这和喜欢哪个女明星有关系？"

你用手抹眼泪,让我向后转,你在后面用脚踹我屁股,你说:"米罗小朋友,你大姐我还想多活两天呢,你赶紧回吧,回去看看你爸在不在,然后把这些话和你爸说说。"

我到底怎么了啊,就一个许晴和张曼玉就让你笑成那样啊！现在,我才明白,你是在笑我土。当时我如果说,我喜欢昆凌或古力娜扎,你可能就满意了。你觉得我太落伍。可是,话不能这么说,每个人对美的理解是不同的,不能说80％的人喜欢昆凌,喜欢古力娜扎,剩下的20％也得喜欢。你笑过我后,我回家在网上搜出不少明星照来,我还是觉得丰满一些的女人,怎么也要比干巴瘦的女人美。这么说吧,彭波,不管我妈是不是因为胸大就骄傲,但你不得不承认,我妈确实是因为丰满就要比别的女人更漂亮,至少比……我没有攻击和对你妈不敬的意思,我是说,我妈至少要比佳敏阿姨更像母亲吧。佳敏阿姨喜欢穿中式长袍,看上去很古典,也文艺,可要让我说,似乎就感觉缺少点什么。

真不好意思,彭波,我不该在背后这么说阿姨。可能我多少受了点我妈的影响,我跟你说实话,我妈不喜欢佳敏阿姨。但她说我爸一定喜欢。为了验证这点,我妈还买过一套佳敏阿姨那种款式的衣服,她穿在身上,想给我爸惊喜,想让我爸看看自己的老婆穿上仙儿一样的衣服,是不是也很有文艺范。据说,她穿上那衣服,给她的女同学打电话形容自己(或许是发照片或一段视频),说自己那个飘逸啊……那个淑女啊……那个雅致啊……那个妩啊……那个媚啊……那个丽……那个艳啊……那个柔……那个……"哎哟哟,我的妈呀,我可真受不了啦！"她在电话里大声叫女同学快到家里来。"干吗？"人家还以为她出了什么事。我妈就说:"来吧,快帮我把地上的鸡皮疙瘩扫扫。""没事吧你,罗素兰,还是留着你家老米回去打扫吧！"后来,我妈就僵在那里。我妈只是在镜里看了看自己,就把衣服脱了。她把衣服卷进衣柜里,再没有动过。她那个同学怪她,说穿都穿了,别脱呀,起码得让老米同志回来看上一眼。我妈说,不行不行,再有十分钟我家孩子就放学回来了。她可不能让自家孩子看到他妈发神经。我妈说:"咱是地上站着的人,那咱就站在这地上。人家在天上飘着,那就让人家在天上飘着！"知道吗,在我妈眼里,佳敏阿姆就是个仙！

你看,就她们两个,一个天上,一个地下,差别如此之大。就说佳敏阿姨吧,她熏香、品茶、插花、弹古琴,别人说那是优雅。可在我妈眼里,那是故作风雅。别的先不说,佳敏阿姨长长的指甲我妈就想不通,一个女人,留那么长的指甲,怎么洗衣服啊,还能和面吗？一个人要有些风雅,可她不吃不喝,指着喝风屙烟活啊？我妈说,佳敏阿姨那不是优雅,而是在糟蹋优雅,在玷污优雅。我妈说,优雅是种美德。

女人不应该因为优雅就离开厨房逃开家务。所以在我妈眼里,无论佳敏阿姨怎么优雅,都不是个好母亲。彭波,这一点我觉得我妈说得还算对吧,我知道你家条件好,佳敏阿姨完全可以不用洗衣服,不擦家具,不进厨房,甚至不用接送你上学,不用辅导你作业。可是,如果要我选的话,我还是会选我妈,我想吃我妈做的饭,想在写作业时,我妈陪在旁边。

不好意思啊,其实咱们没必要聊大人们的事。反正他们的事情,咱们也说不清。只是有一点我想跟你说,我发现我妈最近变了,脾气好像越来越不好,动不动就发火,动不动就用她的付出来威胁我。我觉得,我妈越来越不喜欢我爸,她说我爸越来越虚无缥缈。这会不会有你爸的原因呢?上次,记得你也说过,你爸你妈都变了。这到底是怎么回事……咱们两家会不会……哦,还是别说了,想想都害怕。反正,最近一段时间,我妈对我的要求越来越严,只要我一次没考好,她就生气,而且……哼哼,我跟你说吧,她不让我穿有污渍的衣服出门,不准我指甲滋了泥回家,不许我碗底留下饭渣,进门后不把鞋摆正就不行。她总说我走路时弓腰驼背,动不动就骂我和我爸一样,我不知道怎么回事,似乎她看我也像看我爸一样不顺眼了。你爸你妈对你也这样吗?哦……对了,他们应该不会。你说过的,在你家,你就像一个世界公民,因为没人管你,也没人管得了你,你就是把你家炸了,也不会有人过问。你说你爸你妈越来越不像夫妻,更不像合伙人,也不像朋友。那他们像什么?对,你说过,他们像演员。你说他们很神秘,可我前几天专门翻过婚姻类的书,上面说,婚姻一点儿也不神秘,婚姻就是共生。既然是共生,何必还要演戏呢?既然失去了共生的基础,那大家就好商好量一拍两散,不是很好吗?我不知道,大人们为什么总要把一切搞得很复杂。

哎,说实话,他们还真的复杂。刚才我说什么来着,我妈最近变了,其实我爸也变了,我爸也不正常了。他回家来一句话都不说,知道为什么吗?我有个天大的秘密,你要不要听,嘿嘿……我还是告诉你吧。不过你得保证,不能告诉任何人,包括你爸你妈。

有一次我参加同学的生日宴会,半中间我上洗手间,穿过过道时,我无意间听到我爸的声音。我循着声音,发现他在一个包间里,正好外面没人,我就从门缝往里看。这不看不要紧,一看就真是吓人一跳,你知道我看到谁了,你知道吗,是你妈,佳敏阿姨。当时,她坐在我爸旁边。我原以为我妈和你爸也在,可我把整个屋里扫了一遍,虽然人不少,可就是没发现我妈和你爸。这个秘密够意思吧。

我在门口继续偷看,他们一群人闹酒,佳敏阿姨不知怎么的就靠在了我爸怀里。佳敏阿姨看我爸的眼神,那感觉是那样心驰神往、心满意足,那神情就像在宣布,这是他们俩新时代的开始,又是一场旧马拉松的结束。尤其我爸,居然还爆了粗口,那他在我面前究竟戴了多少面具啊!

后来服务生过来,我就走了。可是,彭大小姐,我见到的仅仅就这一次啊,那么我没见到的呢,我的意思是说,万一我爸和你妈真的有啥事也不是不可能!难怪现在的父母都那么热衷聚会,同事、朋友、网友、文友、茶友、牌友、驴友,我妈还参加过幼儿园的同学聚会。是不是他们已经不再把那个提供一日三餐的家当港湾了,家对他们来说,变成了泥沼,变成了井,变成了死牢,夫妻间,除了那点已经转成亲情的温情,就再没什么了。生活已经变成了大提琴,整日里拉着沉闷单调的曲子,可人们想听到的,是欢快优美的小夜曲啊。

这个秘密我就写到这里,我不知道有没有机会当面告诉你。虽然我相信你比我成熟,见识比我多,但我总觉得这个秘密与上次我告诉你的那个秘密有关,还记得吗,就那个,我从我妈那里偷听的,关于你爸爸彭金辉的。我妈说,你爸年轻时受过伤,很可能会影响生育能力。我妈说,你不是你爸的孩子。不过,谁也不知道你亲爸是谁,连你妈也不知道。当时我觉得我这么一说,你会生气,不知道这么大的秘密你是否能承受。谁想到你却像个没事人,还嘻嘻嘻笑我,和我说"多大点事儿",谁当爹不是爹啊!

呵呵,你就是这么牛,天塌下来,你似乎瞟一眼就能撑住。你就是我万炮轰不倒的大神,真牛掰!好了,时候不早了,不扯他们了。不过,我告诉你,我还挺感谢你的。你想想,如果没有你,我的这些话跟谁说去呀!那我不得憋死!顺便夸你一句,你送的 U 盘挺漂亮,起码比你漂亮。只是不知道里面拷了一部什么片,别的什么都好,但愿不是那种片吧。如果要是那种片,彭波,我跟你说,我就觉得吧,你就特那个……另外就是——不知道羞耻!

第24章

彭波家出事了。她爸她妈大吵一顿，她爸还动了手。具体情况不详。我妈说是彭波挑起的。我一下子就想到是不是因为我告诉彭波的那些秘密。这丫头，嘴也太不严了，当时她保证得好好的，怎么一回家就管不住自己了。

今天一早，彭波说要来找我。我就心虚，不知道是不是那些秘密的事，还是她想要从我嘴里再套点什么。可我冷静一想，不应该啊，彭波那么聪明，她不会这么初级吧。如果她真聪明，应该把那些秘密搁一边，花点精力研究一下那些秘密背后的秘密才对。我想拒绝她，可我又不能，那家伙听风就是雨，万一冲到我家来咋办，可我又不能对她说，我作业多不好请假，因为在彭波看来，一个人想要做事，那他就没有做不成的，除非他给自己找各种理由。

唉，我只能答应。

我以到图书馆查资料为由向我妈请假，然后到我们约定好的森林公园见面。我是按时到的，发现彭波已经到了。一看她就是心情不好，可她装得很好。我们一起骑双人自行车，打了一会儿高尔夫，就到林中的爱尚咖啡厅用餐。我喝可乐，她喝七喜，薯条和汉堡一人一份，全是她买单。因为我身无分文，而她口袋里的钱反正花不完。彭波依然穿得挺招摇，一看就价格不菲，不过她历来如此，从不穿低于500块的鞋、800块的衣服，不戴5000块以下的手表，在课堂上玩手机被老师没收，她第二天再带一部来，还是苹果。我爸挺反感彭波这样，说彭波是在炫富，家庭条件好不等于自己条件好，这样会毁了孩子，说那些有钱人的孩子，一个个让钱烧得走路都横行霸道，我爸说他们迟早得像螃蟹放到笼里被蒸了。

每当这时，我妈就笑，说他是吃不到葡萄说葡萄酸，说我爸这是借题发挥，醉翁之意，人家条件好自然就在那个消费水平上，在人家那里丢张百元钞就和丢个钢镚儿似的，钱是人家挣的，人家想怎么花就怎么花。"可那要看怎么花。"我爸说。我妈马上"切"我爸一声："怎么花，也轮不上你花。'穷养儿子'这话可是说到你心坎里了。也多亏咱家米罗是男孩，要换成个姑娘，像彭波那样的，你可咋整？不过，我倒觉得彭金辉这么做，富养女就对了，在人家这种条件下长大的女孩，将来的眼光自然也不会错到哪里，至少不会看上那些吃个饺子还想把汤喝光的穷小子。""话不能这么说死吧。"我爸说。我妈马上就又甩给我爸一个冷眼，为自己叫屈了："是啊，世上能有几个罗素兰？我这么傻、缺根弦、不机敏，甘愿当牛做马。不过，也就放在当时那会儿。"然后我妈把我拉一边，跟我说："我让你和彭波相处，米罗，是看中彭波的真实。彭波，这孩子心眼儿多，但善良。还有一个原因，就是让你见识见识人家有钱人不一样的生活。我希望你啊，只把彭波当普通朋友，从她那里得到一些学习动力。"我妈提醒我，不准我花彭波的钱，要我和彭波 AA 制。她说，亲兄弟明算账，互不相欠，友谊才长久。

但那只是我妈的想法。彭波可不这么认为。彭波的说法是，既然是好哥们、好闺蜜，那就应该各尽所能，有钱没钱是次要，尽心尽力那就好。彭波说有钱大家花嘛，天下人的钱天下人花，什么你的我的，多生分，再说就我们花的那点儿钱，对她来说也不算个啥！彭波的确有钱，就像开银行似的，有时候我都觉得她是为了花钱而花钱，图痛快，我还担心她的钱来路不正，是不是偷的。你猜人家怎么说，彭波说："那肯定，是有偷的时候，我手头紧了，没钱了，我就偷。"我正要"啊"一声时。她马上就解释说："你别怕，我就是偷，也不偷别人的，我偷我家。如果实在偷不上，我就去夜店兼职，你懂得……"她偷她家的钱，我信，但说去兼职，我觉得不可能。不过，谁知道呢，反正彭波总没个正经，说出来的话半真半假的。

说实话，要是不了解彭波，刚和她接触时，真还容易觉得她是个坏女孩，她不着三不着四，一会儿天上一会儿地下，一时晴一时阴，你刚说她在地狱，她马上说自己在天堂，谁能受得了呢，也难怪她交不上个贴心朋友。你说这家伙看上去疯疯癫癫、不着调、不靠谱吧，但和我却对脾气，她嘴上不说，但我觉得她喜欢我。我也喜欢她。举个例子，有一次她突然很正经地站在我面前，让我睁大眼睛盯着她看。我说："看什么呀！到底让我看什么？你脸上又没起痘。"

她说："有没有搞错，我脸上怎么会起痘，我是让你看我，还像不像纯洁的少女？"

我嘻嘻笑，但是我不想回答这种问题。

"不回答不行。"她用央求的口吻跟我说，"小弟猜猜看嘛，猜对了有奖。"

可我哪能猜啊，无论说出什么样的答案，结果肯定都惹她不高兴。女人善变，这家伙一定是想找我茬，才出这损招。彭波不依不饶，她越发把脸靠过来，她眨着眼睛，一双水灵灵清澈的大眼，很美，只是长长的睫毛都划到我脸上了，痒痒。

"我真的不知道。"

"这不是让你猜嘛!"

我就看她,她的眼睛、鼻子、嘴唇,然后我就把眼睛闭上了。太尴尬了。可谁想,她突然就在我脸上亲了一口,还没等我反应过来,她就又像触电一样一个弹跳蹦到几米外的地方,咯咯笑。过了一会儿,她又自己低眉下眼,扭捏着走到我面前,轻声说,"真是可爱死了。"见我不理她,她将一只脚从凉鞋里脱出来,用染成黑紫色的脚趾触碰我的腿,她又侧过身,把下巴搁到自己肩膀上,想笑又不敢笑地说:"你好多毛啊!"

我的脸马上滚烫起来,一边说:"这也奇怪?"

她嘻嘻笑:"我是说你的嘴。"

她又咯咯笑,双眼乜斜着看我,刚才要问的问题她早忘到九霄云外了。我拿她没办法。她看我,就像看一个幼儿园的小孩。我觉得自己平时挺聪明的,可在她面前,总是被她算计。后来,她拉我去买冰激凌(要我妈在,是绝不允许的),我们到林中的草地上散步,她用勺挖着冰激凌往自己嘴里送,一边很随意地跟我说,她其实不那么纯洁了。她问我对这事的看法。我说,没什么啊,这很正常嘛,就像一个产品,总得开包后才能用。彭波马上就给我竖起大拇指。说:"我要是你妻子呢?我不是说女朋友,而是你妻子,你心里会不会咯噔一下?"我本想说,不会。可没等我开口,她就抢先说:"不过,你找谁也一样,经历过成长也不可能都那么纯洁吧!"说完,她又笑。她总是笑,似乎什么都可笑,什么都能笑。这时,她发现我满脸通红,就用冰激凌往我脸上抹,一边:"我说个幼儿园你脸红什么,不会你也不纯洁吧!"说着,她把冰激凌往垃圾筒里一扔,一下把我推倒在地,让我老实交代,一边用教训的口气说:"没想到你这个小兔崽子,啊,还让大姐失望!"我马上求饶,笨拙地说:"我没有,我还好着呢……"

从那以后,她就不再让我掏钱了。每次我们在一起都是她花钱。她嘴上说,现在遇上个纯情小男生不容易,为了我她愿意多出钱。但实际上,我知道是因为我家的家庭条件,因为有一次她说,她曾经在一次聚会时看到我妈身上穿着被虫子蛀过的羊毛衫。

今天我们见面,我不知道彭波有什么事。我问了,她说什么事也没有,就是想我了,酸溜溜的,搞得和真的似的。但我觉得她最近情况不好。她却说没什么不好,也没什么好,反正一天接着一天,永远是外甥打灯笼——照旧(舅)。后来,她说我是个讨厌鬼,是大坏蛋。我觉得冤枉,问她什么意思。她才说:"你为什么要告诉我那些东西?还不如把我拉到林子里打一顿好呢!那样也比你往我身上钉钉子好受。"我就知道,还是因为我告诉她的那两个秘密。

"你不是说你知道吗。"我说。

"我知道归我知道。那你干吗要说,尤其是从你这个……你个小破孩儿嘴里说出来。"

我知道自己闯祸了。

不过彭波表现得很镇静。她说："那些秘密,既然是秘密,尤其是已经成为过去的秘密,那就让它成为过去好了,就像一把尘封了的刀,你让它去锈去腐烂,直到化为泥土嘛。你倒好,你生怕它被人忘了,你把它拿出来,擦灰上油,磨得金光闪闪的,然后趁人高兴的时候扎到人家心里。你好可恶啊,米罗,你这样做,对你有什么好! 对我有什么好!"

"我以为你想知道。"

"我知道了能怎样,不知道又能怎样,"彭波问我,"你能左右得了你爸? 还是能左右得了你妈?"

"对不起。"

"对不起有什么用!"

是啊,"对不起"没用。我偷偷看彭波,觉得她一定是发现了她爸和她妈更多的秘密了,或是找到了她们家问题的原因所在,所以她来找我……我有不好的预感,感觉这是我和她的最后一次见面,之后她就再不见我了,因为,是我把她阳光、快乐、无忧的表皮给揭去了,她露出一个伤痕累累、脆弱又不幸的自己。可是,毕竟在我们相处的这几年里,我们一直很开心啊,我不想失去彭波。尽管我说不清我们之间到底是友情、爱情,还是伙伴,我也不想失去她。

于是我向彭波道歉,用手敲自己的头,骂自己头脑简单,说我不是有意的。我说,我可以补偿。是啊,我要补偿,我看着面前这个女孩,她曾经刮我鼻子,气我,敲我脑门儿,亲过我的脸,我们在湖上划船,她在草地上撩起裙子,我曾看到过她粉色的内裤,她还怒目瞪我,我解释说我什么也没看到,她却不依不饶说,就是看到了。她要我睁大猪眼,竖起驴耳。她说,看吧看吧,看到,摸不到,气死你! 可是,现在她……她好严肃啊! 她严肃起来,很吓人。

后来,我们又像以往一样来到湖边。我们故地重游。我希望这样可以缓和我们的气氛。我们双脚踩在草地上,却无话可说。我们是孩子,我们还没学会先谈一会天气、政治,或当前新任市长如何加大力度改造城市环境的话题,也没办法从刚才的严肃中转到空谈理想、世界与社会上来。站困了,我们就地坐下。彭波抓了一只蚱蜢,她揪着蚱蜢的腿玩,然后狠狠一拽,把一条腿扯下来。她接着又去揪另一条。蚱蜢不流血,不会叫,只会挣扎,拼命地挣扎……

"你就别揪了!"我说。

"偏不。"

"别揪了,人家也疼。"

"又不是我疼。"

"对,也不是我疼。"我说,"好,那你用力揪吧,都揪了。反正蚱蜢是害虫,我爸说村里的孩子抓它回家喂金翅雀,下辈子让你变蚱蜢。"

"你知道啥呀!"

"我就是知道。我回过老家,见过那些孩子怎么抓蚱蜢玩。他们也说蚱蜢是害虫。"

"我看,你才是害虫。"

"哦,对对对,你说对了,我是害虫,下辈子让我变蚱蜢。"

"我也是害虫。"

彭波突然一下,"哇"地哭了。她转过身,用脚蹬我。但她只是"哇"了一声,马上就收住了,而且不再哽咽,也不长吁短叹,只是眼睛呆呆的,任凭眼泪往下流。我第一次看到一个女孩这么蛮不讲理,这么胡搅蛮缠,也这么伤心。那一刻我想到我妈,在她和我爸的相处中,她一定也是这样。她常怪我爸不用心,其中一个罪证就是,有一次他们俩穿过正在施工的街道时,她的皮鞋被钉子划破了,她怪我爸没有带好路。我当时还想,不就是一双皮鞋嘛,再说,我爸也没错,他带你走工地,也想不到会有铁钉划破你的皮鞋。你自己不小心,却反过来怨别人,真是无理取闹。很可能,我也只是看到表象,因为我妈说,如果我爸能拉她一把,或牵住她的手,她的鞋就不会被划破了。其实,我妈气愤的很可能是自己的丈夫为什么没有牵她的手,他就在前面,他就那样不管不顾地自己走了,而她就那么跌跌撞撞地跟在他后面。我开始学着用成熟男人的方式去哄彭波。可我又不会。我直愣愣地坐在旁边,试着伸出胳膊去抱她,同时又怕她会推开。她一定会的,让一个小男生哄对她来说是侮辱。后来,我就想,不管了,她要推开,那我就再抱,直到紧紧地将她抱在怀里为止。我正这么想,谁想,彭波一个翻身扑进我怀里,她把我的手放到她的腰间,眼泪汪汪地看我,像个孩子似的对我说:"你得补偿我。"

我木木地说:"那好吧。"

"你说,怎么补偿?"

"你说。"

"养我5年!"

"可我……"

"没那么多钱,是吧?"

"你可以挣,去打工。"

突然间,我发现自己竟然是个废物。我僵僵地搂着彭波,满脑子空白地应承:"那好吧。"其实,我去哪里打工,我能打什么工呀!这时,彭波的表情有些缓和了,她知道,在我这里,除了笨拙的"真诚",她什么都得不到。于是,她挪挪身子并排坐我旁边,试着用手抓我的胳膊寻找肱二头肌,然后又看我的手,突然破涕为笑,她伸手捏住我的腮:"没想到你这小子,态度蛮端正。你准备去哪打工?要不,我给你介绍个饭店去洗盘子?要不这样吧,我给你介绍有钱的富婆,我做你的经纪人,如何?"

"那好吧!"

"你小子……想清楚了吗,你就答应!"彭波伸开手拍我的脸。

"那你说怎么办?"

"你这个孩子呀……你可怎么办呀……以后到社会上……这样吧,我设个培优基金,你的成绩每提高一分我奖你一百块钱。然后你再拿这些钱养我,这样如何?"

我这不是稳赚不赔嘛。我也知道彭波说的养她,不是成人说的那个意思,很可能是她觉得自己疯疯癫癫,我跟她在一起会影响成绩。她一定想过和我分手,可她又做不到。我能看得出她那些隐藏在快乐里的孤单。她常说,她是一个爹不亲娘不爱的孩子。这在常人眼里无法理解,她是母亲的宝贝,父亲的明珠,他们给她提供了最优越的物质条件,他们从不大声和她说话,更不会动手打她。可是,"你觉得这样就正常吗?"有一次彭波这样问我。她说,其实她挺羡慕那些吵吵闹闹的家庭。

"难道父母之间相敬如宾不好吗?"我觉得彭波的想法很怪。

彭波说,"唉,我们一家三口,每个人都像一辆碰碰车,各自用力摆弄方向,却都是为了避免撞到对方。一家人连在一起吃顿饭的机会都少,我爸有应付不完的应酬,我妈有参加不完的聚会,我小的时候姥姥还常常来看我,可现在姥姥老了,上门送餐的业务也有了,我一直觉得我是一个人在活着,自己活着。"

"多自由啊!"我说。

"自由? 你不觉得我的自由有点没边没沿了嘛,我不知道我们该如何去理解这个'自由',你是多大自己有家门钥匙的? 告诉你,我是小学一年级。每天,我爸的司机把我接走,然后送回来,每次我开门进家,家里总是空空的,你一个人走进去,很害怕,尤其是晚上,一小时过去,两小时过去,三小时过去,家里还是你一个人……不过,这样也挺好,我在家想怎么折腾就怎么折腾,反正连个骂你的人都没有,屋子乱,那就乱吧,反正周二和周五有清洁工来打扫。"

和彭波比起来,那我就是个犯人。我一直活在我妈的眼睛里,因为我就是抠一下耳朵挠一下头,鼻孔里有点鼻痂,她都能看见,她只要叫一声"米罗",我马上就得"唉"。我爸说,我妈这样不对,她制造出的这种空气会让人感觉紧张。可我妈说,米罗要紧张倒好了,你觉得他紧张吗,你看他有一点点紧张的意思吗? 我爸就说,对孩子,也不能箍得太紧,该放手的时候就得放手。我妈说,我倒想呢,可是我敢嘛。再说了,我放手的时候还不到啊。可什么时候才是那个时候啊。我很想像彭波那样活着。彭波却说:"真的没意思,无聊透了。"她说,已经活得够够得了!

所以彭波就想着法儿地玩,拿我开心,把逗我当乐子。但有一条,我相信彭波是善良的,否则她也不会出这种主意。我说不行。彭波却说,她是心甘情愿的。那一刻,我莫名得感觉我好像就是我爸,彭波就是我妈。彭波见我发呆,就推我一把,说:"行了,这是最佳方案,就这么定了。咱们现在就执行。"

"执行什么呀!"

"你怎么跟木头人一样,真傻,还是装傻? 开始养我,你不用付首付,也不用付定金,但你得开始宠我,不能惹我生气。"

"哦,那好吧!"

"张开胳膊,抱紧我。"

"这样不好吧!"

"不好,也得抱。以后日子长着呢,你不能五年里就花四年时间说'这样不好吧',来,你多大了,抱我,就像抱你妈一样……抱啊。"

我照她的意思去做,心跳不断加速,一边傻乎乎地问她:"我好像是有一点笨。"

"就你? 笨还是轻的,你最大的问题是蠢。"她在我怀里,脑袋向后一仰,看着我。

这时,彭波把手插进衣兜,身体微微摇晃。她问我看过 U 盘里的片子没有,那天我回家是不是急不可待地把 U 盘插进了电脑,问我影片名字没出来时,是不是心脏狂跳不止。她嘻嘻笑,她说我一定猜想是那种不好的片子。我没有正面回答,而是反问她,"你说你已经不纯洁了,是什么意思啊?"

她用后脑勺捣了一下我的胸脯,伸手拍了一下我的脸说:"小孩子,不学好,我干吗要告诉你这些。"

兴许是我们身体挨得特别近的缘故,反正那天我们聊得很露骨。我忍不住问她:"彭波,你到底是个什么样的人? 天使,还是恶魔?"她就说,那要看是和谁在一起。她说:"天使和天使在一起,天使就是天使,天使和恶魔在一起,天使就会变成恶魔。"她称我是她的"小情人"。说完,她把脸转到一边,我发现她的耳根红了。她却说是被我勒的。

她总是在我面前表现得像个老手,还有点像绿林好汉。所以,我愿意和她待在一起,觉得和她在一起安全。后来,她要求我在做完作业合上书本时要想她,想她在干吗,要想象她在床上熟睡,要想象她光着脚披着毛巾湿漉漉的刚从卫生间出来,要想象她在哼歌,要想象她会像只蝴蝶在屋子里飞来飞去,想象她把窗户打开,坐在阳台上,对面高楼上的霓虹灯变幻着颜色照在她脸上。她让我在睡觉前也要想她,那个时候她应该钻进被窝了,她没有我用功,她可能在看一部小说,或在手机上玩游戏,她的毛毛熊就躺在旁边陪她,那只毛毛熊不大,样子特别丑,她就是喜欢丑丑的东西。她说如果我将来要娶她,那只毛毛熊一定是陪嫁,还要睡到我们中间。她命令我必须想她,而且我想不想她,她马上就会知道。她说,她能感应到,只要我想她,她就会犯困,会想睡觉。"你应该听到过的,"彭波说,"我每天晚上都会向你道声晚安。我说:'米罗,晚安。'然后我才熄灯入睡。"我说:"是的。"其实我没有。很可能我真的是个木头呆瓜。

我们没在外面吃饭。在不得不回家的时候,彭波把我塞进出租车,给了司机钱,她目送我离开,是那种不放心的眼神,就像看一个幼儿园的孩子自己回家。而她呢？我不知道她后来去干了什么，我想她不会回家，她就是一个人在街上闲逛，也不会回家。用她的话说，在街上，起码还能看到个人。

回来后，我不出意外地挨了我妈的批评。显然她去过图书馆了，否则她不会那么肯定地问我："又是和彭波在一起吧？我跟你说，妈妈不阻止你喜欢一个女孩，但喜欢要分时候，我是说，你要分得清轻重，这个时候学习成绩，就是你一等一重要的事情。"我胡乱"噢"了一声。反正我妈也不知道我回答的是和彭波在一起，还是我已经知道学习成绩是我一等一重要的事情。我不想解释，反正听她说就是了。

"你们班主任打电话了，说代课老师反应你上课老走神。是不是因为彭波？"

"我走神归走神，和人家彭波有什么关系？再说了，我哪是走神？每天作业那么多，我睡不够，才上课犯困。"我只能这么强词夺理，因为我知道，就是因为彭波。

"是，我肯定不能怪人家彭波，要怪，那也只能怪我。怪我不该让你们认识。"我妈语气怪怪的，她并不是在自责。接着，她开始给我讲那些早恋中把对对方的倾慕化作学习动力的例子，两个人一起互帮互学，最终考进了同一所名牌大学。她想说就让她说吧，反正我一句也听不到。我满脑子想的都是彭波，她在人流滚滚的大街上，她在干吗，她要去哪里。突然间，我觉得，其实彭波很可怜！

第25章

彭波,我前几天回老家了。我给你说说吧,这次回去,我感觉很特别。嘿嘿,你一定又要抽鼻子斜眼表示不屑了,可你心里一定会羡慕。我跟你说,没有老家的人真就像无线的风筝、无根的树。这话是我奶奶说的,我爸也说过。这次回去,我真的找到这种感觉了,一种家的感觉。提到家,我爸我妈常常为这事争吵,他们各执一词,吵得很认真。我妈说,家就是爱,有爱就有家。我爸就问我妈:"那你说,什么是爱? 还有,那些没有爱的人呢? 就都是流浪者,没有家?""没有爱的人和流浪者差不多,流浪者偶尔还能得到同情,没有爱的人,形同草木,枉费一生。"我妈说。

彭波,我们是不是太嫩了,我们每天挂在嘴上的东西,很可能我们真的不懂。有一次我爸的朋友来家里,当然是一群作家,他们谈论文学,一个人坚持说文学即人学,挖掘的是人性,弘扬的是真善美;另一个却大谈科幻,他讲量子、地外文明、人工智能、后现实、充气娃娃,那个人讲得绘声绘色,尽管在我爸的提醒下他刻意压低声音,但我还是能通过他的语调听出,他在讲那个充气娃娃时的兴奋。他相信用不了多久,那个"充气娃娃"就会抹掉"充气"成为真正满足人类一切需要的娇娃。后来,他们回到主题,他们以作家的敏感开始担心文学的前途,怀疑"人"的定义。你想想,彭波,我们是人,可是时代发展到今天,我们都开始对自己,"人"的定义怀疑了,我们还能相信什么呢!

现在,我要让你做个选择,你会选择我爸,还是我妈呢? 我想,你会选我妈,因为她更接近时代。所以当我爸问我妈什么是爱时,我妈就很恼火。她认为自己一直在用实际行动阐释着爱。不是吗,在我做作业的时候她坐在我旁边,她不认为那是监督,她认为是陪伴。她一声不吭,一盏台灯下只有你翻书或写字的声音,她悄无声息地给你准备切成块又拌了色拉酱的水果,还会替你准备一块温吞吞的毛巾,无论多晚,她都会按照老师的要求,认认真真检查你的作业。所以她觉得自己有理由鄙视我爸,一个作家,还动笔写文章,结果连爱是什么都搞不清,真是难以想象!在我妈眼里爱就是责任,就是不讲回报的付出……我妈常拿你家做比方,她说:"难道就像付大美人家,那样的家就是家,就是爱?"我记得你说过,你家门口总是堆着你爸出差时,从外面带回来的东西,沙发上扔着你妈的外衣和你爸的袜子,茶几上摆着喝剩的茶、吃剩的水果,以及各种各样的发票和收据。卫生间洗手池旁摆着泡了水的肥皂、拧成团的毛巾,浴缸旁搭着没洗的内裤。厨房里,案板没收,操作台上放着发芽的红薯和半碗稀饭……这些事情绝不会在我家发生。我妈说,这不是拉忽不拉忽的事,纯粹就是不用心。一个有爱的人,怎么会不用心呢?所以在我妈眼里,你家不是家,是旅店,还是一处废弃的旅店。

我妈经常背后指责佳敏阿姨,说她自私,说你爸那么不成熟也是你妈的错。她说一个男人只有遇到爱他,而且知道如何去爱他的女人,才会成熟。她认为好男人不是天生的,不是父母教育出来的,而是好妻子培养出来的。可是很多的女人不懂这个道理。当然,这与她们的初衷脱不了干系,很可能她们在选择结婚对象时,就是把对方视作了父亲,看成了哥哥,她们总想活在一种被人娇惯和宠爱的美好之中。可是,在这世上,除了妈妈,有谁会永远对一个人娇惯和宠爱呢?即使是父亲、哥哥,他们也没那份耐心。他们顶多纵容你,忍让你,但纵容与忍让并不是娇惯与宠爱。聪明的女人永远懂得独立,懂得自食其力,懂得爱自己。我妈就是这么认为的,她只是自己也做不到罢了。可你妈……我妈在提到你妈时,就说半句话……我猜后半句就一个字,蠢!不,我妈很少说别人"蠢",她喜欢用"过分"。她不止一次在别人面前学你妈走路的样子,挺胸、翘臀、轻抬腿、慢落脚,你妈看人时手指托腮、低眉侧目,你妈听人讲话时双唇微启、全神贯注……我爸提醒我妈,让她别老用自己的标准去衡量别人。我妈就说我爸在替你妈说话,也是在为自己说话。我爸在我妈心里和你妈差不多,一样的"装""虚伪""卖弄""不接地气""不务实"。你知道吗,彭波,在我妈看来,一个人虚伪,比到街头卖淫还恶心。

还是说这次回老家的事吧!

开始我爸只跟我说,是一件重要的事。我以为我爸是要带我钻那个山洞,好去圆他小时候的梦。那个洞我也和你说过,我也想和你一起去里面探险。我奶奶把那个山洞说得神乎其神,说山洞里住着一个蟒蛇家族,那个家族很悠久,说村里人祖祖辈辈传话下来,不让小孩子靠近山洞。他们说,有人在夏天的中午,在山洞附近见过一条小筲(这个字你认识吗?)粗的蛇,前不见头,后不见尾,可是过了一会儿,那人就见一条小蛇慢慢向他爬来。知道吗,那条蛇是趴在草尖上的,小小的脑袋,细细的身子,就筷子那么粗,筷子那么长,像条拉长了的泥鳅。不过,它可没有泥鳅嘴上的胡须,它脖子上有三道红色的圆环,像项圈。他站在那里看小蛇,小蛇也看他,左看右看,打量他,小蛇慢慢就将身子竖起来,神情中没有一点凶相。人们在小动物面前总是会放松警惕，那个人便好奇地弯腰，以同样的眼神看那小东西。那小东西就慢慢咧开嘴了，一直咧到脖子后面，它居然笑了。知道吗，我奶奶说，那个小东西是在和那个人笑。我问我奶奶："一条蛇，哪里会笑啊！"我奶奶说："你这孩子，真是笨，什么东西不会笑，只是人家笑，你没看出来，你就说人家不会笑。"后来，那人也看出小蛇是在笑，岂止是笑，小蛇还像个懂礼貌的小孩，冲那人点了三下头，哦，也许是三鞠躬，然后慢慢地伏下身体，贴着草尖嗖的一声蹿走了。那人回村里一五一十地讲，那是个老实人，没人怀疑他。我当然不信，我相信科学。可我奶奶说："要是科学水平达不到呢，很多东西是不能用科学来解释的，那么多奇闻怪事，除了听说，还有我自己亲眼所见。"我奶奶给我讲那些心灵感应、人死七天准备发丧突然又复活的事。"孩子，你以为电视里的那些灵异类故事都是瞎编的？那为什么就编不出个其他故事来呢？总有一天，科学会证明唯心和唯物是一码事，就像窗台上的那个瓜，你们叫南瓜，我们叫倭瓜，但实际上，它就是个瓜。"那时我小，即使我爸，也坚持认为那是因为农村缺乏科学知识的原因，他说，我奶奶以前不这样，可是自从我大爷和我爷爷死后，随着年龄的增大，她就越来越迷信。我奶奶根本不承认自己迷信，她坚持认为城市阳气重，人是强者，就用人的思维去解释一切，而在农村，阴气重，自然是强者，就得用自然的眼光去看问题。

彭波，在农村，人是要向自然服输的，会承认自己弱小，人们在相信自己的眼睛的同时，也会怀疑自己的认知。反正，在我们老家，没有人无缘无故去杀死和伤害动物，哪怕在屋里发现一只蜘蛛，他们也会用张纸片将它铲到外面，还会送上一句祝人家走好的话。"万物皆有灵"的想法在我们老家固若磐石，这是迷信吗？我不知道。也许是那里的人们认为，天那么大，地那么宽，能容自己，就能容动物、植物。他们说，人和动物、植物又没到你死我活的地步，大家和睦相处，自自然然，相安无事，多好。相安无事！彭波，你懂吗？兴许，只有有争夺、抢占、战争的时候，才会对应和平。只有面临威胁、高压、掌控时，才会产生恐惧。很多文章里讲，人要对大自然心存敬畏，敬畏的背后是什么，应该是恐惧。我觉得我们老家的人，与大自然真是一种相安无事的关系。就说他们供奉神灵吧，有人说是功利，他们每次摆供上香，都像是在和神灵做交易。但实际上，他们并没有因为自己的祈愿没能实现，就放弃供奉。我觉得，人们用迷信去解释这些东西是片面的，不准确的，就像当年我爷爷砸毁那些神像，事情并不像解释的那么简单，人们在热火朝天的时代里，很容易用热火朝天去解释，但他们没有在热火朝天中，看到那些被忽略的、隐隐的、看似脆弱却生命力极强的东西，等热火朝天像熊熊烈焰燃烧过后，人们归于日常，那些被忽略的、隐隐的、生命力极强的东西就会复活（彭波，我这是怎么了，脑洞大开，你给我点个赞吧，我发现我有可能会超过我爸，成为一个思想家）。

所以，我们动身那天，一上车，我就问我爸是不是要带我进那个山洞，因为很早以前他就跟我说过类似的话，他曾经抱着光屁股的我以那个山洞为背景拍过照，他在那张相片的背面写下"米罗，总有一天爸爸要带你进去探个究竟"的话。我爸却只是淡淡地看看窗外，说，不是。显然他没有兴趣了。他说，他突然明白，多少年来，老家的人为什么不进那个山洞了。不是他们不敢进，而是他们早已经意识到，进与不进那个山洞其实没什么区别，因为人活一世不是所有的东西都需要你去弄清楚的。其实每个人大概都在稀里糊涂之中活着！他告诉我说，我们这趟回去，是为了安置我大爷，我大爷死了好多年了，一直埋在白地，我奶奶想趁她活着的时候，把我大爷迁回祖坟。

我大爷，就那个米海东，我也跟你说过，只是我说得比较少。不过你应该记得，我说他死了，被枪毙的。哦，你大概不会关心，兴许早忘了。不过，我大爷在我们心中却没有真死，他只不过是以死的方式活在我们心中。这也证明了一点，彭波，时间不是修改液，我们不应该把时间的作用看得那么绝对。时间只能模糊一些记忆，但它抹不去真正存在的东西。不过，我始终觉得我大爷不是杀人犯，更不是大坏蛋，如果他真是的话，那我奶奶也不会老那么记着他。尤其是这几年，我奶奶总是一抓住机会就给我讲我大爷的事，似乎生怕我忘记一样。她说："米罗啊，你可不能忘记你大爷啊。"我起初奇怪，觉得一个我见都没见过的人，我干吗要记住他。你猜我奶奶怎么回答，那才叫神回复呢，她说："因为他是你大爷。"说完，我奶奶长叹一声，用手摸我头，我知道，她是在给我灌输一种超出时代的东西。

可能受我奶奶和我爸影响，我对老家还是有一种说不清道不明的感情的，因为一提到老家，我就会萌生一种自豪和归属感，觉得自己变成了一个有根的人。你细想想，彭波，当我们跟别人说我们来自妈妈的子宫时，那样的回答多单薄。妈妈的子宫又是来自哪里呢？我们生活在城里，我们的周围到处是陌生人，那些陌生人令我们紧张，我们得对他们处处防备。现在我们所谓的家，每隔五年或十年就要搬上一次，而且我们都要搬走了，我们还不知道对门住的人什么名字、什么职业和什么性格呢，你想想，挺可怕的吧！我们从不去关心对门住的是谁，反正我们从不敢打开窗户睡觉，不敢开着房门下楼，哪怕只是去买一袋盐或交一次电费。在我奶奶眼里，真正的"家"哪能是这样，哪能老是搬来搬去啊！那些随时都可以搬来搬去的东西是什么，是"帐篷"，或"营地"，你往深处想想，似乎有点道理吧。也许你会觉得这是守旧和古板，可当我站在我们老家的院子里时，我还真就认同我奶奶的说法。

这次回老家，我最大的收获就是对"家"的认识。我真后悔没有把我妈拉上。不过，我妈讨厌农村，她说农村的那套东西老旧、腐化，七大姑八大姨，说不清的家长里短，扯不完的亲戚关系。她不喜欢提到农村时，有些人表现出的幽怨、哀伤、挽歌式的乡愁。她说所有描写乡愁的作品都是无病呻吟，因为真正的乡愁在沈从文那里就已终结，经过革命洗礼和改革开放的我们，已经走进了新时代。她说，只有那些看不清时代的才子佳人，才会靠一点点想象中的虚构为乡愁招魂。其实，我觉得我妈说的不完全对。我们的国家是步入新时代了，可是我们的人民还没有进入新时代,我觉得我爸说的有道理,其实中国人目前还是一种农耕文明的思维,只有所有中国人的思维进入了现代思维,那才真的叫进入新时代。可是,我妈不认啊。反正一提到乡愁,我妈就对我爸哼哼一声,说,"什么是乡愁,乡愁就是你妈,等你妈两眼一闭两腿一蹬,就什么也没有了。"

"那是因为你没有在农村生活过。有些东西你不懂。"我爸说。

"正因为我没有在农村生活过,才比你更懂。"我妈说,"所以不希望那些乱七八糟的东西污染米罗。"

我爸就不吭声了。但他不认同我妈的说法。我妈说,往前走是习惯。我爸说,回头看是本能。我妈说,那就等孩子回头的时候再说,现在的孩子,太累了,那么一颗小脑袋,谁逮住了都想往里灌东西,还是先让它装点孩子生存需要的东西吧。我爸就哼哼几声,充满了冷嘲热讽。在我妈眼里,大头儿子和小头爸爸就是这个时代的真实写照。所以,当我爸提到老家那个山洞时,她就说,"老先生,咱们能不能当代一点啊,你为啥动不动就琢磨那个破山洞。你觉得有意思,有意义吗,都什么时代了!现在的孩子还会为那一个筋斗翻十万八千里感到神奇吗?现在的孩子想的是世界会不会变成两维空间,大脑可不可以植入芯片,什么时候可以实现人脑和电脑无障碍衔接。"每次听到这些,我就想,我妈才该去写作呢。可我不能说,因为在我妈眼里,作家可不是什么褒义词。但我妈并不总是那么蛮横,她也试着去理解和尊重我爸,过节的时候她还会催我爸回老家。她只是自己不回,也不让我回。她觉得那个老家是我爸的老家,只与我爸有关系,老家到我爸这就该了结了。为此,我爸想带我回老家时,就把问题扔给我。他让我做选择。我肯定想回啊。我妈也能看得出来,有时她问我:"你想跟你爸回?你不是受你爸挑唆吧?"

我说,我作业完成了!下话自然就不用再说了。我妈自然满脸不高兴,可又无奈,她就说,真是越来越像了。我知道她是说我越来越像我爸了。一种挫败感马上在我妈脸上升起,她用不解的眼神看我,仿佛已经看到一种她想极力抵制的东西在我身上开始显现。那是什么东西?是我爷爷、奶奶的言传身教吗?不是。如果是,那也是老家的土壤、空气、水,甚至口音,是我爸说话时的大嗓门,吃饭时的狼吞虎咽,走路时的大步流星,睡觉时的四仰八叉,洗碗时的笨手笨脚,买菜时的不讲价还把烂菜买回家(他只是为照顾卖菜的生意)。这些东西不论是好是坏,都是我爸在农村里生活时,农村的环境落到他身上而形成的结果。这些东西又悄悄地传到了我身上。

所以以往回老家,我多数都以接触自然、了解民俗为由向我妈请假。几乎每次,我妈都会犹豫。毕竟这些年,人们已经开始意识到,曾经被时代摒弃的东西似乎也不是就那么一无是处了,那些老传统老物件,既然能传承百年甚至千年,似乎有其内在的道理。尤其是这两年,国学大行其道,背后的原因很可能就是漂泊的人们开始在文化上寻根。人们开始重新挖掘传统、继承传统、发扬传统,在感情上对民族的基因,开始接续和修复。但同时,我妈又觉得,社会进入现代,那些老旧的东西真是不适用了,那些靠仁和义来约束人的做法已经行不通了,社会变成了陌生人的社会,统治和管理陌生人的必须是铁的纪律和无情的仲裁,遵章守法成了对每个人的基本要求,"做好人"已经不那么重要了,重要的是自己"不去做坏人"。在陌生人的世界里,当然利己主义盛行,当然到处弥漫着背信弃义和冷漠。社会变得越来越不可思议,人们除了感叹人心不古,却又深感无力。所以,我爸要带我回老家时,我妈就犹豫。她一方面想让我去体验乡野,怕我老待在城市里,变成温室里的豌豆苗,毕竟农村里还有新鲜空气、绿色蔬菜和清澈的山泉,还有阳光雨露、山花烂漫、青色的瓦垄、潮湿的苔藓、红色的油纸伞、皎洁的月亮,可她另一方面又怕我回老家会染上那些腐败的在她眼里是糟粕的东西。

这次回老家,我爸却很硬气。他不管我妈反不反对了,他直接就说,"米罗必须回!"

"你什么意思?"我起初没有听懂。

"我哥都死 33 年了,我们也活 33 年了,这是我们为他做的最后一件事,米罗不能不回。"我爸说。

"哦!"我妈问,"那我呢?"

其实,我妈当时态度蛮好,如果我爸松口,她会答应的。

我爸却冷冷地对我妈说:"你就别回了!"

我妈便"哦"了一声,说:"好吧!这样更好。"

在那一刻,彭波,你知道我想什么吗,我在想一定是因为你爸。我爸一定觉得我妈和你爸好了,他才不愿意让这个女人(尽管是妻子)去靠近他的家。这可不是好兆头。我家过去可不这样。每到过年,我爸就希望我妈和他一起回老家,尤其是下雪的时候,外面的雪下得越大,就越能勾起我爸回乡的欲望。他说冒着鹅毛大雪,牵着我妈的手,怀里抱着我,走在蜿蜒的羊肠小道上,那是何等的美好!

"最好还是黄昏,村庄里家家户户的房顶上都炊烟袅袅,你妈裹着古铜色的头巾双手插进棉袄袖里站在村口眺望……"无论我妈当时在干什么,她总会插上一句,"要不咱们导演一下?带个摄制组,等你哪天获了大奖做宣传时用,倒是不错的素材。"

我爸就上杆子了,说:"好啊,主意真是不错。"

我妈就指着我爸的脑门说:"看来还真不是我脑子有问题,米海西,咱去医院看看吧,你可能不仅有自虐倾向,很可能还有——虐他倾向!"

我妈总觉得我爸不合常规。而我爸也认为我妈不合常规。问题的关键是,他们俩,到底谁的"常规"更合乎常规呢?这很可能是造成他们分歧的主要原因。所以,我爸就觉得,我妈可能在你爸那里找到合乎自己的常规了。我觉得我爸我妈这么多年来,总在憋着一口气,他们都在委屈着自己,想争取白头到老。但同时,他们很可能又在相信自己的同时，却不相信对方。这种危机感，一直伴随着他们。我妈说人生就是一场马拉松，婚姻也是马拉松，但婚姻的马拉松比人生更难跑，因为婚姻不是你一个人跑，你得顾及他人，可人家却不一定顾及你。所以每隔几年，我妈会出其不意地答应我爸回一次老家，但两人回老家的心情却截然相反，我爸是真的回，我妈却是照顾我爸的情绪，我爸回到的是熟悉，我妈奔赴的却是陌生，我爸回家是享受乡情，我妈却是委屈自己。有一次，我爸百思不得其解地问我妈："真那么难吗？你权当是去乡村游啊。"我妈说："问题它不是乡村游。"

　　彭波，你知道吗，每次我妈和我们回老家，尤其是过年，那真是……我妈会准备碟机，带足韩剧和方便碗面。后来我奶奶就不让我们回了。"啥过年不过年的，只要你们过得好，哪里过都是年。"我奶奶这么说。只是我奶奶越这么说，我爸心里就越难受。我奶奶便安慰我爸："人家素兰是独生女，你也该替素兰考虑考虑。我这里好着呢，放心吧！"我爸就说我奶奶孤单。我奶奶把一个欣慰的笑脸送给儿子说："我孤单个啥？我不孤单。我有你爸，还有你哥呢！"可那时，我爷爷和我大爷都已经死了好多年了。

　　这种情感，我爸觉得我妈永远也理解不了。我说了，他们俩对"家"的定义有非常大的分歧。有一次我爸喝醉酒，应该是我妈重新遇到你爸后的事，我爸躺在客厅沙发上，傻愣了一会儿，冷笑了一会儿，然后就对着电视高谈阔论，他说："什么信息时代、网络时代、后工业时代、后现代，依我看……纯粹就是一个破时代……女人越来越露，男人越来越俗，画和雕塑越来越丑，谁要说维纳斯美谁就是守旧，谁要赞美从一而终的爱情谁就是蠢货……哦，一切都被肢解了，同甘共苦的夫妻变成了合伙人，尊长有序的父子要变成朋友，爷爷奶奶除了是个称呼就是累赘，一对夫妇加个小皇帝就是一个家，这是家吗？能是家吗？……唉，是咱太落伍了啊。"我妈本来端了一杯苏打水给我爸，可听到这，她一个转身就去卫生间把水泼到便池里了。我爸是醉了，可酒后吐真言啊，我爸嘴上在骂时代，但我妈听到的是在骂她。因为在我妈脑子里，家就是她、我爸和我。至于其他人，我奶奶、包括她的父母都是外人。知道吗，在我爸眼里，我妈把家的定义给篡改了。她认为家就是社会单元最小的那个——屋檐之下方为家。如果将住在一片土地上的人视为一家人，把一个种姓之人视为一家人，把拥有同一国籍的人视为一家人，把有共同信仰的人视为一家人，那么依次类推，地球人便是一家人，宇宙便是一家人，她觉得，大概念其实是没概念。我爸却老爱讲血脉。我妈就笑他，说他还停在农耕时代，让他去森林里找大猩猩认亲。我爸从现实出发，劝她能多回老家就多回吧，将来百年之后，埋进地下见到米家的人至少也不觉得陌生。我妈呵呵笑，笑我爸想得倒长远："谁说我要埋进你们米家坟里了。我将来埋到哪儿，还指不定呢！"要知道，我爸可是作家，他很可能猜出了我妈的潜台词，我妈的意思很可能是说，自己将来和谁埋在一起还指不定呢！所以，我爸才说"你就别回了"那句话。

可我妈毕竟是家里的唯一儿媳啊！我爸这次不让我妈回，显然是连面上的事都不去做了。为了哄我，我爸说他不让我妈回，是怕我妈受罪，农村的事很多就是形式，图个心里安生。他极力想用一份爱来掩饰他的恨。彭波，我们太年轻了，你看，就连爱都要这样掺假。包括我爸我妈，你爸你妈，你相信他们说的爱，还是爱吗？说到底，他们还是一种需要啊，一种世俗的需要，就像亚当和夏娃，他们因为发现自己需要对方，才去寻找对方，然后合二为一……哦，我说不清了，人也许都是从需要出发的吧，有谁会去寻找自己不需要的东西呢……哦，我说不清了，说不清了，说不清了……

这次回乡对我来说，还有一个收获，就是我奶奶。她让我看到了一个农村老太太的强大。我们老家那个村已经萧条了，进村基本上看不到一个年轻人，我们路过一户人家，院子里长满蒿草，我看到一位拄拐杖的老人低头坐在月台上，怀里抱着一只胖猫。我想到我爷爷的那只猫。我爸说，早死了，我爷爷殁的第二天就失踪了。不见了，不等于死啊。我爸说，人们再没见过它，说是我爷爷带走了它。农村里有说法，一个人死去总会带走一件自己喜欢的东西，一盆花、一棵树或一只动物。我没反驳我爸，我知道很多美好的故事，即使是假的，也都会被流传下去。其实我爸没听懂我的意思，我说的是，如果那只猫一直活着的话，我奶奶不至于孤单。不过，我奶奶很忌讳在她面前提"孤单"。问多了，她会说："啥叫孤单？我一个人在家里就孤单，你们在城里每天哄哄地挤在人群中，却一个也不认识，那才是孤单呢！"

我们推门进院，院里的丁香更老了，却更加旺盛。我看我奶奶对它可是下了不少功夫，土刚松过，周围还用砖砌了花边，枝条也修剪过了，一穗一穗的花蕾挑在枝头，尽管没有开放，却已经在散发花香了。她的日子看上去还很不错，她自己也说，当然得不错，她可不想让死去的爷爷和大爷对她不放心，不能让在外工作的我爸不安心。说实话，我平时见我奶奶并不多，我却对她没有一点陌生感和距离感。这很奇怪吧，彭波！尤其是进了屋子后，当看到我奶奶把床单铺得那么展，窗台上摆着花茎透明的虎皮海棠（她叫它琉璃翠）时，你就越发对这个老太太感觉起敬。后来，我奶奶给我讲，我爸小时候就在窗台上写作业，那里光线好，省电省油。她说，柜子旁边那条尺把宽的凳子，也是我爸写作业的地方。说到这里，我奶奶就笑，她说自己老了，就念旧，老想过去，"现在你都这么大了，可我猛一回头看窗户时，我老看到你爸在那里写作业。"我奶奶说，我爸小时候胆小，他那个孩子王啊，全仗我大爷。我奶奶说我大爷干了不少混事，她却恨不起他来。让我奇怪的是，平日里我爸老给我讲老家的事，可回到老家，他反倒是什么也不讲了。他甚至还老提醒我奶奶，那些都是老皇历了，就不要再说了。我奶奶不爱听，她说，"那我才更是要说，我要不说，米罗他们就更是什么也不知道了。"

"可是他们……"我爸说。

"我知道他们学习任务重，可是，光学书本上的那些东西……也不行，人活着，总得知道些人情世故。"

"这一茬孩子……"听我爸那口气,下半句不是"一言难尽",就是"失望。"

"这一茬孩子怎么了?这茬孩子比你们小时候苦。"我奶奶说,"别以为你们小时候缺吃少喝就苦,可你们没有这代孩子这么累,这么大压力。现在的孩子们,小小的就背那么个大书包,一天里就是考试和成绩,连睡着了,脸上都没个笑。"

"这你都知道啊?"我问奶奶。

"奶奶还没瞎没聋呢,"我奶奶说,"我就是看不到,总能听到吧。"

"真是谢谢奶奶啊。"我觉得世上总算还有一个体谅我们的人。

是啊,一代人有一代人的苦,一代人有一代人的不易。在我们家,我爸和我妈常常为做什么饭吃什么东西而拌嘴。过去的人因为没吃的,为"不知道吃什么"犯愁,现在的人因为物资供应太丰富,因为可吃的东西太多,也要为"不知道吃什么"而生气;过去的人因为书太少,"没书可读"犯愁,现在的人因为书太多,为书读不过来而苦闷。彭波,当时我一下子就想到了你。我就想,你是不是因为快乐太多,才变得不快乐了呢?是不是因为你家经济条件太好,你没有可愁的才那么愁呢?你别骂我啊,因为这是我奶奶的观点,她就说现在的人所有的烦恼,都是因为"吃饱了撑的",闲来无事,自寻烦恼。我奶奶厉害吧!

我就问我奶奶:"奶奶你说,一个人咋样能快乐?"

我奶奶说:"你不要老去想那个快乐,你就快乐了!"

我不知道你,彭波,反正我是不快乐。我一直想,自己要能变成一个什么东西是不是就快乐了,老鼠、苍蝇,就是蟑螂也行,反正我觉得变成什么,都比人快乐。你说对吗?

扯远了啊,还是说我大爷的事吧。

这是我奶奶的一块心病。本来按照乡俗,她是不必安置我大爷的,这是我爸的事。可奶奶不放心,就想着自己亲自操办这事。我和我爸提前一天回到老家,我奶奶早就将要准备的东西准备好了。我们没想到的是,那个灵秀姑姑也回去了。晚上,她到家里来,说是赶巧,但一看那情况她就是专门回去的。我是第一次见到灵秀姑姑,毕竟时过境迁,她看上去已经没有我爸形容的那种灵气和秀美了,她只不过是比村里人稍稍城市了一点。她坐在铺柜旁的凳子上,打扮还算端庄,她问我奶奶:"明天就收拾呀?"

"嗯。我早有这个心思。可是,搁浅一年,搁浅一年,我还是想趁我还能办的时候把这事办了。"

"都预备好了?"灵秀姑姑还是家乡口音。

"好了。也简单。"

灵秀姑姑停下来,也不说起身走,好一会儿她才说:"婶儿,我这急匆匆地回来,啥也帮不上。"

"别这么说,秀儿,在这个时候,你能回来,还能到婶儿这里坐一会儿,婶儿就高兴。"

"可是……"

我看到灵秀姑姑眼睛不停地眨,最终,她还是让眼泪流了出来,她说:"预备好了就好……我本来还想……我是说,其实也不用急着……"她抬眼看我爸一眼说,"这点事,海西怎么也是会办得了的。"

灵秀姑姑的话让我们糊涂。她接下来说的话更让我们……五味杂陈。她说,她是专门为大爷的事回来的,她说自己一直愧疚了 33 年,她无法面对我大爷,也无法面对我大爷的死。33 年前发生的事,现在想起来,像个笑话。她恨自己当年无知,因为若干年后她在一次妇科检查时才发现自己居然还完好无损,仍是姑娘。她常常回忆 33 年前的那个夜晚,她追究每一个细节,那些她原本认为清晰的画面就渐渐变模糊了,那些她认定的看法慢慢也就令人怀疑了。她确信她听到过"小兵"叫她灵秀姐了,还向她求过救。可在慌乱中,她还是相信了自己的直觉,认为自己被强奸了,而强奸她的人就是"小兵"。她知道米海东干不出那种事来,也没必要,无论他娶不娶她,他都知道如果他想要她,她是会答应的。只有"小兵"才可能……出于玩心或好奇,干出那种污秽事。海东不止一次在她面前提醒她要提防"小兵","小兵"不像看上去那么简单,"小兵"的心理年龄要比生理年龄大很多,他曾经在"小兵"口袋里掏出过黄色贴画,那种贴画贴在水杯上,水温一高,画上的女郎就会裸露身体。事情发生后,灵秀到了"将军"身边,她去伺候"将军"。在"将军"眼中,"小兵"是个内心复杂的孩子,他爱吹牛,好奇心重。"将军"也给她讲了很多关于"小兵"、"小兵"妈妈,以及他们家的事。"将军"说灵秀姑姑可以恨"小兵",灵秀姑姑当时只是"哦、哦、哦"敷衍,却做不到恨"小兵"。兴许一个人死了,就是有再多的恶,活人也不会去计较了。但当她一个人的时候,灵秀姑姑就重新翻腾"将军"说"小兵"的那些话,会思索,万一当时"小兵"是出于好玩掀了她的被子,或者被子是自己在睡梦中踢掉的呢?至于内裤,万一是酒后自己迷迷糊糊脱的呢?那么"小兵"他……这个时候,米海东回来了,"小兵"觉得自己并没做坏事,根本不用跑。米海东却不那么认为,他相信了自己的眼睛,于是就有了后来。唯一叫人怀疑的就是,那么晚了,"小兵"为什么会出现在灵秀姑姑的广播站。这也并不难解释,兴许"小兵"有什么急事要灵秀姑姑帮忙,他进了广播室,看到灵秀姑姑睡了,就想和她开玩笑,只是一个大胆的玩笑。他掀掉了灵秀姑姑的被子,这个时候,米海东回来了……答案是永远也找不到了。灵秀姑姑不能将自己还是纯洁姑娘的实情告诉"将军",她只能憋着、忍着,万般悔恨却于事无补。所以,她非常恨那些公安,她一个农村姑娘没见识,可那些公安为什么不把事情查个清楚啊!他们只是录了她的口供,并没有从她身上提取任何物证。否则……"将军"的头发也不会那么早就白,身体健康每况愈下,他也不会常站在"小兵"的相片前发愣,"将军"还对她说:

"灵秀,你要心里不舒服,就把它们全收起来吧!"

灵秀姑姑讲得断断续续,有时还顺序颠倒,她一时掉眼泪,一时又笑。我奶奶却在揣摩这个曾经伶俐活泼如今也疲倦邋遢的女人,她这么说,是要干吗。我爸似乎看出了端倪,他便偷偷拽我,要我和他去邻居福寿爷家串个门,说福寿爷在给我大爷加工那个和他合葬的小木人呢。

等我们再返回去,灵秀姑姑已经走了。我奶奶愣愣地坐在炕沿上两眼发呆。见是我们回来,她长出一口气说,灵秀是仁义人。她说,这么多年灵秀姑姑从来没有忘记我大爷,她越是离开老家、离开家人,就越感觉我大爷还活着。她这次回来就两个目的,一是最后一次看看自己喜欢的人,二是向我奶奶表明心迹。彭波,有些东西你可能不懂。我跟你说,我们老家虽说是个山村,但是一个很古老很古老的山村。清明、七月十五、十月一这些鬼节,在那里却比中秋节、端午更重要,有机会我带你回去看看,在那里,人死后都必须要埋进自家祖坟里,所有人家的祖坟还保留着穿堂墓的传统。就是说,那种墓,从孙子的墓后打通,穿过一个门洞便可以进入父母的墓,再把父母的墓后打通穿过门洞,就可以进入爷爷奶奶的墓。这样,你就很容易体会到血统与血脉了吧。而且所有的墓穴,埋的都是夫妻,不能落单。所以才出现了阴亲。要有合适的,攀一门亲,没合适的,就用木头或砖刻个人,穿衣打扮起个女人名字用来合葬。我奶奶说,我大爷不用和木头人合葬了。

"我灵秀姐来,就是为这事吧?"我爸说。

我奶奶点点头。

"这不合适吧!"我爸说,"毕竟我哥已经……"

"我也说不合适。可是灵秀她,她说:'海东就是怎么了,那他还是海东!'我就不好硬推了。"我奶奶说,"灵秀和她家里人说好了。等她百年后,她要和海东在一起,也算是……唉,我本想这回就把你哥安顿了,看来不行了。"

"我还是觉得不合适。"

"是啊,谁说不是呢!"我奶奶说,"我也不同意。可是,你们前脚出去,后脚她就给我跪下,叫我妈,我还能说什么。"

彭波,你也觉得农村这些事麻烦吧,即便是自家的事,也不能自家做主。一个人死了,死 33 年了,一个女人一番表白,一声"妈",就让事情发生了改变,而且还让我家和灵秀姑姑家扯在了一起。站在活人的角度上看,是挺麻烦的,可要站在死人的角度呢? 我大爷是死了,我们就是拒绝了灵秀姑姑,他也不会从土里爬出来和我们理论。可我们知道,我大爷喜欢这个女人啊,我们怎么能硬得了那个心。彭波,这个世界原来是这么复杂。

那天晚上,我们很晚才睡。我奶奶要和我、我爸睡在一个炕上。我奶奶说,难得有这么个机会。我们一家三代人第一次睡在一起,就像三段历史横陈在一盘炕上。睡前,我爸到炕头边我爷爷的床上躺了一会儿,问我奶奶为啥不拆了。我奶奶说那都多少年了，就让它在那吧，有它在，还能挡着她睡觉不掉到炕底下。我爸试着体会那种浑身失去知觉只有脑袋能动的感觉，他问我奶奶："我爸从一开始就这样？"

"是啊。他们开始说兴许过一年半载，从身体哪个部位开始有了知觉，他们要我多揉搓，别让肌肉坏死。可到底还是没用。"

"那么多年，一点点好转都没有？"

"没有。有段时间你爸老是想死。那时你就记事了，只不过他当着你们的面不吭声。可到夜里，只有我和他的时候，他就闹腾。他不吃不喝，给我闹绝食。后来他突然改变了主意，跟我说要好好活着。他可能意识到，一个人活着，其实没有多少时间是为自己。"

"是他从你身上看到了什么吧！"我爸问我奶奶。

"可能是他看到他把我累得够呛。但最终让他改变主意的人是你。"

"我？"我爸侧过头看我奶奶。

"记得有一年冬天你的脚冻伤的事吧！晚上我给你煮了荆芥花椒水，早上起来你的脚疼得走不了路，你坐在炕沿上，我往你脚上裹塑料布。"

"记得。"

"你爸看到了你脚上的冻疮，还有炕沿上的一摊碎鸡蛋皮。"

"这我不记得了。"

"那段时间你爸状况不好，我每天给你爸煮两个鸡蛋。那天早晨他又是死活不吃，我威胁他，他要不吃，我就不给你和你哥做饭。后来他吃了。我忙着给你脚上裹塑料布，他看到你一点一点捡那些鸡蛋皮放在嘴里吮吸上面粘的那点蛋清。那天中午，我就给你吃了一顿鸡蛋卤面。"

"这我记得。"

"唉，孩子永远是孩子，大人永远是大人啊。"

我奶奶一边说，一边用笤帚扫炕，她把褥子一条挨一条地铺开。被褥都是新的，说是专门给我爸和我妈准备的，她没给我准备，她想孙子辈儿的孩子就不回老家了，我只好盖我妈的被子。我在炕上跳来跳去，躲我奶奶的笤帚，她说我爸小时候也这样。我看一眼我爸。我爸还在体会我爷爷躺在刑具一样的床上，他对我说："想想你爷爷那时也够……"我过去，也要体会一下那张床。我奶奶就喊我："不行。你不行！"

"是我爷爷的。"我说。

"你爷爷的也不行！"我奶奶说。不过，我知道她是怕不吉利。

睡觉时，我躺在中间，我奶奶靠窑掌，我爸靠窗户。临睡前，我奶奶悄悄把手伸进我被窝里摸我的身体，我爸悄声问我什么感觉。我说，没啥感觉，就是家的感觉。其实我也说不清到底什么是家的感觉，以我的理解，家不应该只是港湾，更应该是一个人的根吧，是每个人身体出发后无论走到哪里，却都可以让心灵随时回归的那个地方。

我们躺在炕上，我奶奶讲了很多事，每一件都很具体，很像是对我爸交代后事。她讲了我爷爷瘫痪的原因。我奶奶说，我爷爷是在毛主席逝世的噩耗传到他们厂那天出事的。当时我爷爷在一辆汽车吊上，厂里的喇叭猛地响起来，在沉重的哀乐声中，广播员说伟大领袖逝世了。司机跳下车，先是一怔，突然蹲到旁边的墙角抱头痛哭。那辆汽车莫名就向前蹿了一下，我爷爷就被摔到地上了。按理说，汽车吊离地并不高，一个大活人从上面摔下来顶多蹭破皮或碰个血疙瘩，我爷爷却弄了个高位瘫痪。没人能解释这是为什么。但大家有所不知是，那天我爷爷收到了一封信。这事，我奶奶说是我爷爷快咽气时才说的。信是"将军"写的，那段时间"将军"正和妻子闹矛盾，说过不下去了，要离婚。我爷爷知道问题在我奶奶身上。他知道"将军"喜欢我奶奶，而我奶奶对"将军"也不是没有感情。之前，他写信问过"将军"当初为什么不选我奶奶的。开始"将军"百般抵赖，后来就把责任推到我奶奶身上，说是我奶奶选了我爷爷。但他在撒谎，因为他知道我奶奶心里选的是他，是他一而再再而三地把我奶奶推给了我爷爷。毕竟两人一起长大，谁能骗得了谁啊！在信里，"将军"和我爷爷说："你记得我们发过的誓吗？……有难同当，有福同享！谁都不能破坏我们的情谊。"我奶奶说，"破四旧"砸神像的时候，其实我爷爷是犹豫过的，家里人警告过他，可他还是陪"将军"去"表决心"了。包括后来，"将军"和我爷爷争着去当兵，彼此心里也都有一个无法开口的隐情，他们都想把我奶奶推给对方。当兵这事，我爷爷要自信一些，他在家里不是独子，而且成分好，他觉得去当兵的应该是自己。不想，被录取的人却是"将军"。后来，"将军"给我爷爷来信，里面放了一张姑娘的相片，我爷爷才娶了我奶奶。我奶奶说，我爷爷临死时，还说了我大爷自首前和他的那次见面，我大爷告诉他，"小兵"回村来确实有心事，小兵说因为他爸一直不爱他妈，他妈得了抑郁症才卧轨，他恨我们家，他回村来就是想给他妈报仇。但我大爷始终没说"小兵"是怎么死的。说完，我奶奶长出一口气。我没大没小还逗我奶奶，问她喜欢的人到底是"将军"，还是我爷爷。我奶奶精，她说："都过去那么多年了，不说了。但有一条，你爷爷选我，算是对了，要不是我，他躺在床上那么多年，换谁都不行！"

第二天一早，帮忙的人就来了。灵秀姑姑和她父亲也来了。我爸和年长一些的男人去祖坟那边开墓。我奶奶、灵秀姑姑、我和其他几个人在白地这边，两边隔着一条沟，可以喊着说话。我奶奶和几个帮忙的人象征地念叨，点香烧纸后开始挖掘，他们用锄头一层一层将黄土刨开，我大爷慢慢露了出来。毕竟33年了，棺材早烂了，我大爷变成了一堆白骨。那天下着雨，不大，绵绵的细雨，他们把挖我大爷尸骨的过程称作"起骨虫"，这种事本来是男人干，可我奶奶坚持要自己上手。她说："我是他妈，我也就这最后一次能摸到他了，我怎么也得替海东收拾收拾自己！"为了忌讳,帮忙的人戴着手套,胳膊上系了红,可我奶奶不系。灵秀姑姑也过去,她半跪在我奶奶旁边。

我奶奶说:"灵儿,你就别动手了!"

灵秀姑姑说:"没事的,婶儿。这是海东,我愿意。"

两个女人没再说什么,她们开始一点一点用手挖。我想过去,她们却不让。我只好打伞站在远处,眼看着我大爷的骨头,一根根从泥里挖出来,又一根根重新放到装殓一新的棺材里。她们是从脚开始挖的,挖到头时,我奶奶突然像受重物击打一样,一下子瘫在地上。过了好一会儿,她才开始重新伸手去摸那个头。她将我大爷的头挖出来,紧紧抱在怀里。她用自己的衣服,灵秀姑姑用袖子轻轻擦头骨上的泥。我奶奶低声问灵秀姑姑:"那个……他平时提'小兵'吗?"

灵秀姑姑回答说:"不怎么提。"

"唉!"我奶奶长叹一声,"谁愿意提啊!"

然后我奶奶就坐在泥里,一点一点抚摸我大爷的头,用脑门去抵我大爷的脑门儿,去抚摸后脑勺处的那个洞。我看到我奶奶是在摸到那个洞的时候哭出来的,她本不想哭的,一直控制着自己,但还是无法做到只是哽泣,她把那个头抱在怀里,然后转过来,看它后脑勺那个洞。似乎我大爷的灵魂就在里面,似乎能在她这个母亲的目光中复活一样。说也奇怪,这时,一条蚯蚓真从那个洞里慢慢爬出来,它一伸一缩,左扭右晃,我奶奶就再也忍不住了,她一个前爬,趴到地上,呜呜地哭,嘴里还念叨:"走吧,海东,妈这就算看到你了!"她让蚯蚓走。灵秀姑姑在旁边捂着嘴,也哭。我们一起看着那条蚯蚓往前爬,一伸一缩的,就像一个无力又无奈的灵魂。它那是见到自己的妈妈了呀,可它已经无法再叫上一声"妈妈"。

蚯蚓依依不舍地走了,它钻进了泥土里,它也只能钻进泥土里,否则它能去哪里呢。我奶奶又将我大爷的头抱起来,又是抚摸,这就是一个母亲,33年了,无论见与不见,她都日日夜夜和儿子在一起。我奶奶慢慢将我大爷的头放到棺材里,动作那个轻啊,就像托着一个月子里的婴儿。后来她亲手在我大爷的头颅上敷了一张白面薄饼,算作脸,在眼眶里填了两颗枣,算作我大爷的眼,她给整个身体披红挂绿后,叫我过去,让我跪下。她和棺材里的一堆白骨说:"海东啊,你看看,这是米罗,海西的孩子,都这么大了,咱米家有后,你就放心吧啊。"接着,帮忙的人拿着榔头和铁钉过来封棺。灵秀姑姑扶着大爷的棺材要哭。我奶奶却不让,她说大爷进坟是喜事,谁也不能哭,可她却管不住自己哭。我大爷进祖坟后,我们所有人在他墓前焚香烧纸,那些纸在大火中慢慢变黑,变成黑色的蝴蝶飞过我们头顶,在半空中盘旋。我奶奶说,这是我大爷高兴呢,连灵秀姑姑都来了,他没理由不高兴! 其实真正高兴的人是她。

彭波,算我多嘴,我想给你提个大胆的建议……如果你……你不那么介意……如果你对"爱"和我有着一样理解,你是不是……考虑……考虑去找找你的那个爸爸,你的亲生父亲,哪怕他和你想象的一点儿都不同,哪怕他已经像我大爷一样被枪毙了,哪怕他奇丑无比,哪怕……我不知道该怎么形容,我只是想说,你得承认,你也无法改变他的存在。我知道你一定去过乡下,但那是旅游,那种陌生的乡野,给你的只是新鲜,只有有血脉关系的乡野,才能给你提供家人般的亲切。你应该去找上一次,你想吗? 如果你愿意,我可以陪你。

　　好了,我想说的,我都说了。你要怪,就怪吧。反正我觉得好朋友就要说真话,就是话不中听,你不想听,我还是要说。

第26章

彭波，今天我妈又拿她朋友的女儿教育我了。据说，那个女孩是全省文科第二名，被北大录取了。可那是人家啊，我妈却把人家的书和笔记本全都要来复印了，说费了不少劲（我猜，说不定还花了银子）。我翻开那些书，呀，真是不看不知道，一看吓一跳，那是一个多么厉害的女孩啊，人家的课本竟然就像新的一样，就不要说页角折过、胡写乱画、零食污斑了。人家只是在每本书的开头写下自己的名字、班级和联系号码，可能只是为了怕书本丢失。在书的正页里，我看不到一个手写的字，偶尔在重点文字或公式下红笔划线，也是比着尺子画的，不长不短，连标点都不会超出。各科的笔记本，更是没得说，尤其是那个错题本，书写那个工整啊，连几何题证明后面的冒号，两个点都要点得大小一致。我是被震撼了。我妈问我怎么样。我知道她是指那些书和笔记。我说："太厉害了！"

"是厉害吧！"

"简直不是人。"

"你这孩子，怎么说话呢，我是让你学人家的长处，想让你明白，一分耕耘一分收获。"

"她是咋做到的啊？"

我心里想说的是，真需要这样吗？这也未免太严苛了吧。我妈却误解了我，她感慨说："这就是一个学霸和普通孩子的差别。学霸会从点滴做起，每个细节，哪怕是一个标点都要严格要求自己。一个对自己如此严格的人，自然就要比你优秀了。"

彭大小姐，你想想我接下来的日子吧。你说我还能活出来吗！你猜你得多想你，我想和你在一起的时光，可我又不能提你。最近一段时间我一提你，我妈就紧张。我妈说,你家有钱,本可以给你请家教一对一的,你的成绩本应该越来越好。可是你的成绩却一落千丈……我妈不让我和你比,说我是男孩,将来会成为男人,男人肩上会有责任。而你不一样,你是女孩,你父母可以送你出国,即便一事无成,还有一个选老公嫁人的机会。我妈跟我说笑话,说我将来和人家女孩谈对象,总不能说"喂,我可是一无所有,咱们结婚后,你得挣钱养我。"这样的话吧。我还嘴硬说:"咋不能?"

"米罗……你啥时候变得这么"无耻"了。是跟谁学的?你爸?彭波?"我妈很严肃地问我。

"无耻怎么了?"不想,我爸就在书房。他听到了,他出来对我妈说,"我倒觉得能"无耻"也挺好,你看看现在,有多少人不就是没脸没皮活着的嘛,而且活得也不差。"

"米海西,你什么意思你?"

我爸嘿嘿就笑,当着我的面就给我妈讲他的观点。我妈叫我爸闭嘴。因为她觉得我爸就是一个过早接触社会的孩子,结果呢?他世故、自私,他才是一个"无耻"的代表。

当时,我的心怦怦跳。害怕他们吵架。不知道什么时候起,我开始担心我爸和我妈的关系了。我觉得他们说的每一句话都在夹枪带棒,似乎我们的日子看上去还和往常一样,但实际上终极之战正在一步步逼近。彭波,我有点怕。这种情况就连远在老家的我奶奶都感觉到了,你说,他俩貌合神离倒还也罢,如果他们离婚了呢,那我该怎么办?那我努力学习,考那个大学还有什么意思啊!有几次,我特别想把那部《都灵之马》给他们看,可我最终……还是放弃了。我不想让他们觉得我不务正业。彭波,说到《都灵之马》,其实我很想和你讨论讨论。你觉得影片里贯穿始终的噪音,到底代表什么?影片要告诉我们,人活一世的意义就是餐桌上的土豆吗?那个酒鬼为了找酒敲开别人的门为什么还要高谈阔论?那对父女坐到窗台前向外眺望时为什么还是面无表情?井里的水莫名其妙消失了,父女俩收拾家当翻过山梁,既然走了为什么又要返回来?我不知道,每当我妈和我爸生气的时候,我就想让他们看《都灵之马》,但我一次也没说出口。我真的有点怕!

不过,我始终相信我妈是爱我爸的,很可能还是深爱。我觉得现在这个社会,一个人能委屈自己,哪怕是忍受,而坚持去对另一个人好,那就是爱。我妈就是这样的人。她一直和一个成长背景完全与自己不同的男人生活,尤其那个男人还是作家,我妈真的不容易。好在,我爸的作家称号,只是在外人眼里。我妈从不承认我爸是作家,她也有意无意想阻止我爸成为作家。她这种心理很怪,但有她的道理。以前我以为我妈小心眼,觉得我爸一旦成为公众人物,身边就会出现漂亮女人,那样会对她构成威胁。后来时间久了,我发现我错了,我妈不愿意让我爸出名,却是为了我爸。可是,我爸心里不明白,似乎也不领情。我妈说她只想要过平平安安普通人的生活。我爸却说有一束一束的目光在盯着他。

"是谁,米海西,谁的目光? 我吗?"我妈问。

"你是之一吧!"

我爸回答得煞有其事。可我妈心里觉得冤,因为她从没有给过我爸压力。还是那句话,她觉得我爸是为自己的自私找借口。她继续追问我爸,让他把那些给他压力的人指出来,一个一个的,"谁,米海西,他们是谁?"我爸却不回答,逼到最后,没有退路了,他便说:"是我,我自己,我是个男人!"

"没有人说你不是男人。"我妈气狠狠地说。

可是没用。我爸不信我妈的话,尤其是你的那个老爸出现后,我爸就更加坚定了自己的看法,似乎他等了 20 年的挑战终于来了。我妈说我爸神经病。我爸说,即使他神经,也有神经的理由。于是两人又开始吵,为一些芝麻大的事。吵完架后,他们又各自后悔,又努力寻找向对方靠拢的方法。其实,他们已经感到前所未有的危机了,感觉到他们力求想保的东西越来越难保。最后的结果是,我爸把更多的精力和热情投给了文学,他看很多书,书本上密密麻麻的文字把眼睛都看花了,其实有一部分原因是他在逃避我妈,还有一部分是想从中找些答案。他用心分析了于连,试想用于连去替换沃伦斯基,安娜还喜欢吗? 他从不敢把自己想成卡列宁、克里福德、夏尔,可他动不动就把我妈当作包法利夫人、查泰莱夫人,或安娜。彭波,看到了吧,知道我爸为什么喜欢《红与黑》《安娜·卡列尼娜》《包法利夫人》和《查泰莱夫人的情人》了吧,因为这四部小说有着同样的内容,我爸从中看到了自己,也发现了我妈。我爸把这看作是文学的本质,我爸从虚构的故事中看到了现实中的男男女女。有一次他在文章里写道,站在女人的角度来看,他也忍受不了其貌不扬、不懂倾诉的卡列宁,卡列宁太刻板了,还一贯地想表现他那虚伪的仁慈和宽厚;那个天资不高、勤勉老实、懦弱无能的夏尔医生,不仅不解风情,还毫无个性;克里福德先生呢,穿着昂贵的衣服,有时傲慢有时谦逊,可他坐在了轮椅上。他看任何事物不是像低头看显微镜,就是像抬头看望远镜,没有什么东西能真正触动他。他需要康妮在他身边,只是为了证明自己还活着。哪个女人不喜欢传奇的爱情?哪个女人的芳心不会为勇敢、帅气、风流的男子所动呢? 我爸很能理解安娜、爱玛和康妮,说明他也能理解我妈。可是不知道为什么,他就是对我妈缺乏激情。这里面一定另有隐情。

就冲我爸这篇文章,你也能看出我爸不是呆头呆脑的人,很多事情很可能他只是不愿意去做。彭波,20 年了,我妈一心想成为我爸人生路上那个助力加油的人,到头来她却发现自己是个多余的人。可她又做不到到此为止,她像养成了某种习惯,一日不停地继续,似乎停下来她就会死。我妈也调整心态,把对婚姻的要求,降低到我爸所说的搭伙儿过日子上,那她也想让这个伙儿搭得融洽一些,和谐一些。她想,不管对方如何去做吧,但自己一定要尽心尽力。在维护一个家庭和婚姻平稳的问题上,历来女人起的作用要比男人大。一个家庭,当它失去女主人时,也就不能称其为家了。这一点,我妈看得很清楚,所以,在争吵时她很少提离婚。我爸也不提。他们都把不离婚的理由归到我头上。也许这是个不错的理由,假如所有的家庭,我是说,所有的父母,在为各自的委屈感觉无法忍受时,能想到家庭解体后孩子的委屈,大概也就变得理智了。唉,真是家家有本难念的经啊!

　　写到这里,我是真不想再往下写了。说实话,彭波,我最近有点烦,我爸我妈总是吵架,次数越来越多了。我爸一忍再忍,我妈却不依不饶,她觉得我爸不说话,是死了心的表现。我一直担心他们会出事。不想昨天还真就出了。知道吗,我爸一夜没回家,理由是去附近的县城参加一个读书会,是他的新书,他不能缺席。但读书会结束他应该回来的啊。之前他从没有这种情况,明摆着他是在逃,可他逃什么呢?他很可能是不想和我妈吵,甚至连压低声音在卧室和我妈理论都不想干了。我妈很伤心,很感慨,说这到底过的是啥日子啊!

　　彭波,一到过年,你们家就出去,迪拜、巴黎、布拉格、蒙特勒、布达佩斯、维也纳、罗马,哪怕是三亚海景房、长白山的农村,可我家却只是三口人围在电视机前吃饺子。我小时候,我爸还和我们一起到外面放放烟火、放放炮,政府禁止后,春节的意义就只是那台晚会和身上的新衣了。我妈说春节不是这样的,我爸也说不是,可他们说的不是一码事。我爸想的是农村里的那套,而我妈想的是这么长的假期,待在家里简直就是浪费。问题是我爸看不上那种东西,觉得过节外出是瞎凑热闹,过节不和家人在一起,就不是过节。我妈反驳他,说谁不是和家人在一起啊,人家全家都日日夜夜在一起啊,只不过是在海滩,在香榭丽舍大街,只是换了换环境而已。"那么,老人呢?比方说我妈,她一个人在农村……"我妈似乎听不懂我爸的意思,她说:"年前我让你回去接老太太来的,是老太太不来。再说了,我们也可以带上她出去,让她开开眼界,不也蛮好嘛!"

　　"你不懂。她要出来了,我爸,还有我哥,怎么办?"

　　"那些死人?"我妈觉得可笑,"一个大活人,却被两个死人缠住出不了门,真不知道是怎么想的。"

　　"所以说你不懂。"

　　"我是不懂。你懂。"我妈就生气了,"嫁给你,我就得了一个评价——不懂!嫁给你,真是倒了八辈子霉了。"

　　"你总算说出来了。"我爸话赶话说,"要是嫁给彭金辉,就没这么多事了。现在后悔了吧?"

　　"你胡说。"我妈骂我爸。

　　就说昨晚吧,知道我爸会一夜不回来,我妈表现得那个心神不定啊,真是的……她打开柜子收拾衣服,把衣服摊了满满一床,她拎起这件看,又拎起那件看,我以为她是要和我爸分家,可她又一件一件叠好放了回去。我去帮她,这次她没撵我去学习。我看着她用手摸着一件淡灰色男式衬衣,那件衬衣领口袖口都破了,款式也老了,我就猜:"我爸的?"

"傻孩子,那还能有谁的?"我妈说,"你爸年轻的时候瘦,自己不会买衣服,他穿上这件衬衣,那个松松垮垮样很像王志文。我喜欢他衣服上的这些扣子,至今还喜欢,你看淡紫色的。"

我说,我爸可能早忘了。

我妈说:"是啊,你爸除了写作,他还能记得什么啊?唉……"

我妈的感受是越来越深了,她发现原来女人的眼泪与汗水其实是一码事,一个女人流多少汗就预示有多少泪在等她。她也看到了爱在婚姻中的悲哀,原来爱是不能让一个男人成熟的,反倒让他变得幼稚。一个女人尽心尽力爱一个男人是错吗?难到爱只会让男人走向相反,她决心要开始恨我爸了,可她无论如何又做不到,她把这种做不到视作缺陷。这也让她更加相信,自己真的爱过我爸,因为书上说,只有爱过的人,才懂恨。同时,她也恨自己,怪自己水平不高、能力不足、没有出息,总是好心办坏事,总是一腔热情遇个冷脸。于是她开始刨根问底,追溯和我爸结婚的当初,那时他们真没有轰轰烈烈、惊天动地,他们有的只是一些意想不到和心照不宣。她觉得他们的婚姻似乎从一开始就缺少一种清晰的规划,似乎一切都那么稀里糊涂,婚姻嘛,两个人的事,只能是能走多远走多远,如果有一天走不下去,那也是没办法的事。这一天真的来了,我妈却变得不甘心。是自己真的不行,还是从一开始就埋下了恶种。于是她拿养宠物的理论来对比和自己丈夫一起生活的日子。就是养了一条狗,哪怕一只猫,那它也应该是有所感觉的吧……想到这里,她自己抹抹眼泪就笑了。"世上哪有那么多应该和不应该,既然走到这一天,就接受这一天好了。"她想到我爸种种的唯唯诺诺、忍气吞声、少言寡语,觉得我爸活得也不易,她似乎承认自己法西斯了,毕竟一个巴掌拍不响,这里面一定有自己的问题,她知道自己有时候比希特勒还希特勒,她总爱表现得法西斯、集权与专制。罢罢罢,一切都甘认倒霉吧,爱也一样。罢罢罢,她什么都不要了,她要撒手,要放爱一条生路,但是……米罗,这个孩子必须得属于自己。这是底线。也算是为自己即将到来的凄冷人生,争取到的一点点温暖。可我爸不干,那不行。因为这也是他的最低要求,孩子姓米,当然得跟他。他们僵在那里,知道孩子是他们的共同结晶,无论归谁对对方来说,都是一场血淋淋的撕裂。

关于孩子,男女看法不同,女人从孩子的身上看到的是自己的爱,而男人看到的是自己。女人希望孩子丢掉自己身上所有的缺点,而男人则要孩子对自己完整的继承。从这个意义上讲,即使离婚后,将来我爸和另一个女人生出成群的孩子,他还是会把我留下,因为我是他的,他不能让自己的孩子寄存在另一个男人那里。

彭波,你听到了吧,男人到最后就会如此霸道。这也太不讲理了!我妈看着我爸,我想那时她的目光是无力的,我妈早就跟我说过我爸的冷静,说他冷静起来就不是人,而是一块石头,一块冰。我妈好伤心啊,这么多年来,原来她只不过是米海西的一个繁衍后代的工具。到这个时候,自己还有什么好哭好伤心的呢。我妈立刻收起眼泪,绝不能让自己输给这个男人。

于是,他们开始连续数日互不理睬,冷暴力、冷对抗,还好没有发展到冷锅冷灶。其实他们瞒不过我。一天晚饭后,我妈和我去散步,她紧紧地牵我的手,生怕我会跑掉。她看似平静地和我说她和我爸多么爱我,说父母间的矛盾只是父母的,无论发生什么变故,哪怕父母走到离婚的地步,我也要依然坚信父母是爱我的。我不答话。因为我觉得尽是胡扯,既然爱我,那为什么还要离婚。我能看出我妈忧心忡忡,她一方面希望我还是个孩子,她可以用天花乱坠的理由骗我,一方面又希望我长大成人,我可以用成年人的心理接受家庭的变故。最终,她还是遮遮掩掩试试探探地说出了那句不知道令多少孩子厌恶恐惧的话:"孩子,如果有一天,我是说如果,我和你爸过不下去,你有什么打算?"这话是我早就料定的,她拉我出去就是为了这一个目的。

"你们真走到那一步了?"我们一直走,漫无目的地走,我跟我妈说,"人都有优点,也有缺点。你们就不能多瞅瞅对方的优点?"

"我试着和你爸的优点相处,孩子,可是……当然……也许是我……我只是这么一假设,万一……"

"你们想到'万一',那个'万一'就会出现。"

"可这是没办法的事。我们都忍不下去了!"

"我不会选你。"我说。

"你是说,你会选你爸? 就因为你姓米? 可你的名字是罗啊!"我妈急了。

我说:"不。我谁也不选。"

"你总得选一个。"

"那我就选……跳楼。"

"米罗,你这孩子……你……你是怎么了?"我妈的语气突然变得超乎寻常的和气。

"我没头脑发热。我说到做到。"

我妈就哭了。我们又往前走,她牵我的手更紧了。在回家的路上,她又搂着我,她自言自语:"谁想这样啊! 谁想! 不是妈妈,孩子,是你爸……"

那天晚上,在路过书房时,我看到我爸的背影,还真像我妈说的是块石头,像雕像。很晚的时候,我听到他进了卧室,他们没有吵,是啊,兴许这就是婚姻,婚姻就是无论你情不情愿,无论有多大怨气,你都必须躺在那个被别人称之为你另一半的人的身边(那种平行而又不可分离的结构就是到死化作骨灰也不能改变)。可我想,当婚姻的实质内容变得只剩下一日三餐和同盖一条被子两个枕头时,还有什么意思呢? 兴许这也正是我妈一直困惑,一直要向我爸讨个究竟的问题。那晚我试着从别人那里寻找榜样，一个大家共同希望的理想模板。然而，无论是从我同学的口中、那些待在校门口口家长的神情中、各种小说名著里，我都没有找到。婚姻也许就是一声叹息、一种凑合、一根鸡肋、一种"走着看着"的状态吧，一种走近了烦，走远了想的纠结吧！

很快，又有一晚，我爸再一次没有回家。而那晚，我特别想跟我爸谈谈。我发现，他总在躲我，他敏锐地意识到我妈和我做过了沟通，而他还没有做好回答我问题的准备。他是作家啊，难道对付不了自己的儿子？他笔下的那些鲜活的文字，难道放到儿子身上就会不适用？我故意把作业写到很晚，在确定我爸不会回来之后，我才上床睡觉。没一会儿，我妈推门进来，她悄没声儿地钻进我被窝里，用身体紧紧贴住我，她满身的酒气和烟味。她用一只胳膊压在我身上，用另一只手抚摸我，她在我身上寻找属于她的部分，或者是在寻找自己的后半生。她觉得自己绚丽多彩的人生就要开始灰暗了，就要聚拢成一道前程未知的窄门了。她躲在卧室，借着酒精给自己制造幻觉，或培育麻木。她一定后悔自己过去的理想，她原本想好的事，却本末倒置了。她不可惜自己流过的汗水与泪水，却后悔自己错判了方向。可是她又不能说，再说也无济于事。她怀里搂着自己的孩子，孩子是她唯一的收获，他变得无比珍贵，她一秒钟都不想离开他，因为她预感到，不久的将来他将会离开自己。

我妈却不知道她这样做给我带来了什么。当时，我尽可能地控制自己，不让身体颤抖，我身上所有的地方，四肢、肌肉、毛发、指甲和牙齿，都是僵硬的。但藏在我皮囊之下的心却在高速运转。我妈这是怎么了？不就是我爸没有回来嘛！你也有过在外面过夜的时候啊！你为什么要这样紧张？但这一次的不同，也许只有她清楚。她一定听到了那个越来越逼迫她的声音，那声音随着我爸的外出而在她的耳边增强。她用头抵我的后背，呜呜哭。她委屈啊，她最大的委屈就是我爸不懂她的心……那个破写作……什么烂作家……他就像雾……他的心到底在哪……他这个人是不是就没有长心。她有一句没一句，不连贯没逻辑地说。她跟我叨叨，说她一直想活在一个充满爱的世界里，因为只有有爱的世界才会像热带雨林一样生机盎然朝气蓬勃。她说一直以来，她从不放弃，可她的付出就像扔出去的飞镖，既扎不到靶上，又没听到落地，她的付出永远有去无回，永远！永远！难道她是和一个影子在一起生活吗？我妈告诉我，她尽心尽力过每一天，把我爸端端正正放在生活的中心，她的中心，我爸的每一点小的变化都曾令她兴奋，譬如我爸的指甲不再单薄柔软了，五个手指三个的指甲里出现了半月痕；每天早晨我爸可以做到准时排便了；春天里我爸的嘴唇不开裂了，他的右胯在一线工作时落下的一到阴天下雨就会犯困的毛病消失了等等。可是我爸却不把这些看在眼里，他甚至说，自己的腿犯困就让它犯困去吧，反正死不了人；大便不规律就不规律去好了，不就是一泡屎嘛！一泡屎？那只是一泡屎？来，让你打上半个月排不了它你试试。我妈就是这么具体。她坚持认为,生活就应该这么具体,就是排便、喝水、放屁、睡觉这些点点滴滴,可是我爸,总在说卡达莱,说卡佛,说毛姆,说昆德拉,说库切,说《抵挡太平洋的堤岸》,说《耻》,说《在切瑟尔海滩上》,说《动物庄园》,说《解剖课》,说《城堡》,说《祖与占》,在她问油煎秋刀鱼和带鱼哪个好吃时,他总说差不多,她问家常豆腐和麻婆豆腐哪个更可口时,他总说没什么特别。更多的时候,他在忙他的,我妈也尽可能忙她的,但无论忙什么,她都是为了不打搅他。他们就像同一条轨道上却互不相干又无吸引力的星球,可她是他的妻子啊,是他身上的一条肋骨,他是她的丈夫啊,有义务给她温情与呵护。我妈当然伤心,她没办法不伤心!

"这到底是为什么呀?"我妈说,"难道穿件旗袍,蹬双绣花鞋,扭扭捏捏走路,嗲声嗲气说话,我不会?熏个香、品个茶、抛个媚眼,我不会?可是家里的这些事谁来做?孩子,请个保姆来管你吃喝,我成天像彭波妈那样在男人堆里花枝招展,你觉得我还是妈妈吗?你要这样的妈妈吗?可是,你爸……他就觉得那样的女人才是女人,才够风雅,才招人爱。唉,你爸是觉得我和他越来越不一路了,觉得我俗,配不上他。可他想过吗?他给过我机会吗?他回家来,不是关在书房,就是蒙头大睡,他连你都不关心,他一心只想家喻户晓流芳百世,一心想当大作家。可是那些东西有什么用?米罗,你跟妈妈说……有什么用?"

我想说几句贴心话安慰我妈,我却一句也找不到。她似乎也不需要。但我相信,我爸也不一定是她说的那个样子,起码不像我妈形容的那么恶劣。彭波,你不是跟我说过嘛,我爸还是爱我妈的,有一次你看到我爸把我妈不吃的鱼皮夹到自己嘴里,你还看到我爸不自觉地把胳膊搂在我妈腰上。你说,这种事不会发生在你父母身上。那么我爸和我妈为什么都觉得对方不爱自己了呢?他们甚至还觉得从一开始就没爱过?是我对爱的理解太浅,还是他们对爱要求过高?有机会你给我分析分析。

那天晚上我妈在我被窝里待了一个小时,后来走了。临进她卧室时,我听到她长叹一声,说:"唉,我都这年龄了,爱谁谁去,我儿子明天还得早起呢。"她又返回来给我掖被子,轻声跟我说,"没事,孩子,天塌不下来,天就是塌下来,我还是你妈。"

第27章

彭波：我又看那部电影了。都 N 遍了。

米罗：哪部？

彭波：你这个小屁孩儿，怎么回事？故意打岔捣乱是不是？还是想说你大姐脑残？当然是《都灵之马》了。我发现咱俩的距离越来越远了，你就像你爸一样，总也长不大，给我装！看来，你永远也就只配当小屁孩儿了。我最近在思考人生，而你，还在为你爸你妈的那点事苦思冥想。那些事，你能管得了吗？他们的事让他们去解决。我就从不过问我爸我妈的事，反正问也白问，他们又不会告诉你实情，让他们拿那一堆天花乱坠的理由骗你，你觉得有意思吗？不过，我喜欢你这个傻小子，你越傻傻呆呆，我越喜欢。

米罗：你为啥又要看一遍？我觉得那电影不适合你……不适合咱们。

彭波：是吗？有什么适合不适合的。我就是想看。我觉得那片子，很神奇，很哲学，有点"万解之解"的意思。不过，这个解对你这个小屁孩儿没有用，你还生活在你妈妈的襁褓里，睡觉时还需要叼奶嘴儿，你浑身飘着乳香味。你该嚼口香糖了，你得开始锻炼牙口了，我喜欢男人咀嚼的样子，还有青茬茬的胡子，特别是男人大口大口咀嚼青菜的时候，就是一台天下无敌的收割机，嚓嚓，嚓嚓，那些女孩，呵呵，天下的女人，就都被他收割了。下次见面啊，我要带一包口香糖，让你嚼给我看。

米罗：你让我上线，不会就为说这个吧。我是爱喝奶，我妈说喝奶对身体有益。

彭波：呵呵，羊奶、牛奶、马奶、骆驼奶、猪奶、驴奶都对身体有益。我还听说，世界上最补的东西是鸡的奶，有机会我给你弄一壶来尝尝。

米罗：你可真能瞎编！

彭波：我没骗你。我绝对能搞到。还是野鸡的奶呢！呵呵，小屁孩，不逗你了。说正事。我上次发给你的照片看了吗？

米罗：——

彭波：喂，喂，喂！怎么回事……你在吗？你看完怎么样？说说，我好想听，好想听。

米罗：你哪来的那种东西？为什么要给我看那种东西？

彭波：小屁孩儿，你是真傻，还是假傻？一张半裸照就吓着你了啊。

米罗：我不需要。

彭波：我发现你啥都没学会，就学会装了。

米罗：你是怎么了？告诉我你为什么又看那部该死的电影。

彭波：该死的，米罗，我受够了……他们又是一声不吭就走了，都走了，整个房子只剩我一个。我特希望他们大吵一顿，希望他们打起来，管它是为什么呢。知道吗，小屁孩，你妈，就是一个恶人，是她把我们这个本来就摇摇欲坠的家推下了悬崖。我告诉你，她来过我家，还是趁我和我妈不在的时候，而且不止一次。我去掏卫生间的地漏，那里有你妈的头发，我比对了，就是。小屁孩，我和你可不同。你是你爸你妈用一根绳子把你系在中间他们拽在两头的人。而我，只是一只被关在笼子里的鸟，我有吃不完的食喝不完的水，只要没有哪只野猫打开笼子把我叼走就行。我在笼子里自由自在活着，我没危险。但我想制造危险。小屁孩，我希望你是那只猫，我要尝尝被猫咬痛咬伤的感觉。知道吗，小屁孩，我受够了！我经常一觉醒来，不知道自己是死是活。我很希望，我一觉睡下去就再也不用醒来。可是，倒霉的是，我每天还是会醒来，我每天还活着，一天，一天，又一天。

米罗：告诉我，你为什么要这样，你想干什么？（我很冷静，我知道她发来的那张半裸照，是她从网上胡乱下载的。但有一条，她心情极其不好，一定是真的。）

彭波：我没怎么，我好好的，一切都好好的，你觉得我有哪里不正常吗？

米罗：那也不至于这么沮丧，你到底怎么了？

彭波：我告诉你，这是个改写一切、否定一切、怎么稀奇怎么时尚的时代。我算看透了，我们活着，就是在折磨别人同时折磨自己。我现在觉得什么都没意思。就像那部《都灵之马》，聒噪的风永远刮不完，父女俩活着的意义就是土豆。除此之外还有什么，我想说的是，我们，每个人，整个人类，即使有足够多的土豆，哪怕土豆多到可以供应到人类灭亡，但人类还是会不分昼夜地去争、去抢、去设计宏伟蓝图、去搞阴谋诡计、去欺骗、去开发、去开疆拓土、去威逼利用、去制造洲际导弹、去弘扬正义……我们这些人，应该说整个人类，根本不是为填饱肚子的土豆而存在的，人类存在就是为了相互折磨，不停地折腾，然后美其名曰是为了"美好生活"，什么是美好生活？一只在太阳底下睡懒觉的猫，就是美好生活，一只抖着羽毛在树枝上鸣叫的鸟，就是美好生活！这样的美好生活，我们早就实现了。我们不是在为土豆拼命,米罗,我们每个人每天都是在为了拼命而拼命。真无聊!

米罗:你想说什么,我的彭大小姐?

彭波:别打断我。你还记得劝我去找我亲爸的事吗?我真动过心。你总说我乖张有可能是我没有家的感觉的原因,我觉得有道理。一个人无牵无挂,大概她也就不需要有人牵挂了。没有人牵挂的人活在一种自由中,像云一样、鸟一样,可是那种自由好吗?我没有家的感觉,我脚下是空的,米罗,我感觉不到东西,我悬在空中。米罗,你觉得自己是一只困在井里的青蛙,其实那有什么不好,起码你的目光你的声音可以得到回应,我倒是活得挺广阔,可你知道有多广吗?我极目望去,什么都看不到,无论我干什么,都没有人站出来挡我,我所认识的人,包括你,都没有。你妈,她一定警告过你,警惕我的不着调、不靠谱吧,他们担心我把你带坏。其实我真想把你带坏啊,因为你不够坏,这世道好人不一定会有好报。米罗,我心情不好,一直不好,好像也从来就没好过。在你眼里,我真是一个没家的人吗?那个home,那个有根的地方,永远没我吧!其实你小瞧我了,我有的,我的home就是"受够了"或者说是"该结束了"。你一定会纳闷,一个吃穿不愁花钱如流水的人,怎么会有"受够了"和"该结束了"的想法呢?那是你还不了解的苦。大人们总以为我们是活在一个蜜糖时代,你说,这是一个蜜糖时代吗?如果是,那就是我不对了,是我完蛋了,如果是,那我告诉你甜至极处便是苦。总之,我是受够了,我真的想死。

米罗:越说越离谱。

彭波:是吗?那是因为我不想成为你。我也不想成为你爸、我爸、你妈、我妈中的任何一个。我只想做我自己。可我又不知道我会成为一个什么样的自己。上学、工作、结婚,在恋爱时和初婚时,晚上醒来,我会看到他轻轻翕张的鼻翼、圆圆的下巴、优美的眼线、玲珑的指甲、微微跳动的血管,我会感慨,那是一张多么年轻俊美的面孔啊,我会不忍心睡去,我会一直看着他,甚至会悄悄地吻他。可是总有一天,无论我们多么相爱,我还是会在某个夜晚醒来时,为自己的眼睛懊悔,那张年轻俊美的面孔不见了,取而代之的是一张陌生的面孔,他的头发稀疏又蓬乱,两腮松懈,已经无法对齐的双唇流着口水,两个鼻孔如山洞一样又黑又深,又白又粗的鼻毛爬到鼻孔外,他的鼻头丑得像只土豆。他四仰八叉躺着。老天啊!这就是自己深爱的丈夫?就是换作你,你也会吃惊自己怎么和这样的人在一起生活了这么多年。其实每对夫妻都一样,在结婚时都想与众不同,可到头来,都会归于平常,都会是别人的故事在自己身上重复。你觉得有意思吗?将来,你和一个女人生活,那个女人和你妈一样,不停地打电话将你从一个重要的场合叫回家,为的只是让你把你临走时没有收拾的浴室打扫干净,你能受得了吗?你大概也想成为作家,可你根本不知道作家的意义,所有文学作品的目的不就是让人们放弃那些虚妄的美好回归现实吗?赶紧醒醒吧,大人们一直在骗我们。

米罗:你说得也太片面了。

彭波：这是我的感觉。感觉不会骗人，小屁孩。

米罗：我强烈要求你和你爸你妈谈谈。

彭波：呵呵！谈？谈什么？他们有时间吗？我爸忙着挣钱，有点时间就去想你妈。我妈简直就该活在宋朝，她做梦都想成为李清照，她对古诗词的熟悉超过她的身体。不过，你别以为只是我们家有问题，就是让我到你们家，我同样受不了。反正，我现在对自己没有任何希望，也不抱幻想。我现在之所以还能和你聊，是因为我还没有找到更好的死的方法。小屁孩，你在干吗？在听吗？我突然想哭！我很伤心，好了，我去哭一会儿，兴许流流眼泪能让我好受一些。

米罗：你等等，你等等……

彭波下线了。这时我妈正好进来，给我送果盘。她像感到什么没有离开。她有点生气，感觉我对不起她的一片辛苦。说："彭波吧！"

我说："彭波似乎情况不好。"

"病了？"我妈说，"这孩子除了糟蹋钱，大概就什么也不会了。不会是手头紧，又出歪招吧。她爸说，她从小就这样，变着法儿地往自己口袋弄钱。"

"我可不觉得。"

"你当然不觉得。因为她知道你没钱。这姑娘太聪明！你安心学你的，不用理她。将来考不上大学，人家没事，你呢？"

"那好吧！"这成了我的一句习惯用语。

我妈冲我笑了笑。我妈走了。我自然是无法安心学习。彭波很反常，如果……她将门窗关上在屋里大哭一场倒好了。可是，彭波不会，彭波从来不哭，她总笑。没一会儿，彭波重新上线，给我发来一个吐舌头的表情。我开始试着用大胆、恣意、狂妄、无忌的语气和她聊天，这更符合她的风格，我想通过这种方式让她放松。

米罗：小妞儿哭好了？

彭波：小屁孩儿，不得无礼，怎么变得这么目无尊长，叫大姐。

米罗：叫啥无所谓，关键是你哭好了没有，我还想要不要提一个水桶去，你那可是圣女的眼泪。

彭波：圣你个头。你希望我哭，最好还哭死，我死了你才高兴呢。

米罗：是你自己说要哭。

彭波：我说哭就得哭啊，你个小屁孩，总也长不大可怎么办，哪天我总得为你愁死。

米罗：你刚才在干吗？

彭波：化妆。

米罗：化妆干吗？

彭波：一个人准备去死，总得把自己打扮得漂亮点儿吧。我可不想让人说我

"这姑娘活着的时候张牙舞爪，不好看，死了还那么丑"。我要漂漂亮亮地去死。

　　米罗：咱能不能别老说死啊？

　　彭波：啊……死有什么可怕，活才可怕呢！你是不是……我知道了，你是想到我死了的样子，晚上害怕得睡不着觉吧。那好，我可怜可怜你，我不说死。刚才你在干吗？担心我吗？

　　米罗：有点。

　　彭波：嗯嗯嗯，还算有良心。不过，你在吃东西，吃什么呢？

　　米罗：你怎么知道？

　　彭波：我当然知道。我在哭，或我在死，你却在吃东西。你嚼着脆生生的苹果，还喝酸奶，是吧？

　　米罗：你…………

　　彭波：你你你，你什么……小屁孩，我说错了？我要说错了，我现在就拉开窗户跳下去。

　　米罗：彭大小姐，说正经的，你来我家住几天吧！

　　（我猜不出她在那边的表情。后来她说，但得有个条件。）

　　米罗：哦，你放心，我会说服我妈收你饭钱的。

　　彭波：呵呵，饭钱算什么，我的条件是我要做你干妈。

　　米罗：过分了啊！

　　彭波：有吗？我可只比你爸小26岁，又不是62岁，你紧张什么。你放心，我这个人是闹了点儿，但也有淑女的时候，淑女有什么难啊，眼皮一垂，两腿一夹，呵呵，我还会待你就像对亲生儿子一样亲。

　　米罗：你就不能正正经经说会儿话啊？

　　彭波：我有不正经吗？我现在是当小孩子当够了，当烦了，我要当大人。如果你爸妈真分手了，我当你亲妈也可以考虑。然后让你妈嫁给彭金辉，好让彭金辉圆他的终生美梦，这么圆满的安排，大概上帝都想不出来。

　　米罗：那你妈呢？她怎么办？

　　彭波：她早嫁给古诗词和茶了。她是仙风道骨中人，我送她一本《唐诗三百首》了事。

　　米罗：这都什么呀，乱七八糟。

　　彭波：你不觉得世界本来就乱七八糟吗，一个时代以摧枯拉朽之势代替另一个时代，到头来还是乱七八糟。我们都想活得简单些（因为简单是幸福的），可有谁能简单得了？好吧，好吧，既然这样，我们就按自己的想法去活，反正无论你怎么活，最终还是会活成别人理解中的那个你……你细想想，我们有选择吗，我们也只能活成别人眼中的那个自己。

米罗：不会这个样子吧？

彭波：那就是我有问题了。或者说，是你在家长们的世界里活得太久了，我们得随他们的眼光去看问题。唉，小屁孩，知道我们有多可怜了吧，反正这是个乱七八糟的世界，乱七八糟的时代，我就乱七八糟地和你说话。

米罗：不不不，世界还是有秩序的。是你现在乱七八糟的心情影响了你的看法。

彭波：世界的秩序就是生死。除此之外，就是借土豆之名你争我夺。所以啊，死的意义比活大。"

米罗：我的老姐，咱们说过不谈论死的。

彭波：那咱们就谈谈活着。大概是你觉得活着意义重大吧。

米罗：我还是觉得，你来我家住几天吧。我负责和我妈说。我爸应该不会反对，我会找理由的。

彭波：不。我不喜欢你妈，尽管她也许是无辜的。可我恨她。知道吗，如果没有你妈，我们家也许不是这个样子。我知道我爸娶我妈纯粹是出于道义或同情，他想给一个怀有身孕的女人一个家。当然，那时候他也需要一个家。一个怀有身孕的女人给了他理由，他会有一个漂亮的妻子，还可以当爸爸。可他想得太简单。简单让他犯下了大错。我妈，现在我宁愿称她是那个叫付佳敏的女人，相信自己会爱这个男人，哪怕出于感激。从我记事起，就常听我妈用'你能行'来鼓励我爸，直到你告诉了我真相，我才明白那种充满温情的鼓励，不仅是在鼓励他的精神，还包括他的身体。我不明白我妈的意思，不知道我爸哪里不行，他有花不完的钱，走到哪里都是座上宾。直到有一天，我才发现根本不是这些原因，而是因为你妈。

米罗：你别乱扣帽子啊。

彭波：我说的都是真的。小屁孩，这些东西你能听懂吗？在这个世界上，有形之物最终敌不过那些无形之物。一定是我妈早就发现了这个秘密，她发现了有个人，幽灵般的人横在丈夫与自己之间。我妈是从一张相片发现端倪的。那本是一张普通照片，上面有很多人，可我妈独独发现了你妈，因为你妈的容颜、身材，以及眉宇间透出的那种媚惑……我妈说，那不是妖，不是性感，却是所有男人想拥有的东西。小屁孩，男人总有一天会老，只有那些在他预想到自己衰老的日子，咳嗽与哮喘的时候，还想拥有的东西才是他的真心所想。我形容不出来。

米罗：那就别形容。

彭波：别打岔儿。但我相信我妈发现了我爸灵魂深处的那种需要，那种需要变成渴慕，变成一种不放弃的等待。它就像一个模子一个框子一样摆在那里，无论我妈怎样去修理自己、打磨自己，我爸拿去一套，就是不合适、不配套。事情就是这样。难道是我妈错了？不是。是你妈错了？也不是。是我爸错了？不是。那种先天的、遗传的，不可逆转，不可更改的东西，早就植入我爸身体了，他怎么能左右自己呢？当了解到这一切后，我妈没有怪我爸。我爸给她讲他的过去，所有的过去。他提到你妈，但他坦言连他自己也不十分确定你妈是不是上帝造物时制造的那个与他匹配的人。什么是匹配？夫妻就是匹配。可悲的是，现实中的夫妻最初都以为自己找到了唯一的匹配，结果长则七年、短则两年，他们就发现根本不是那么回事。在和我妈生活的日子里，我们生活得越久，我爸就越感觉到你妈的重要（不是我妈），那时他还不知道你妈在哪里，他一直悲观地以为这辈子再也不会见到你妈了，所以他一直把那张有你妈的集体照带在身上。直到有一天你妈突然出现。大人们总是用"突然"来形容邂逅和相遇，似乎那种成全是他们意想不到的事。可事实上，他们自己也不知道为这个"突然"出现，准备了多久，做了多少努力。这你就可以想象，当你妈出现时，我爸有多么发疯和癫狂了……小屁孩儿，说话啊，想累死我呀！

米罗：我在听。

彭波：有意思吧！我也觉得有意思。大人们对我们隐藏了很多东西。现在，我可以告诉你，我为什么讨厌甚至恨你妈了。因为你妈是好人，难得的好人。我一点没有讽刺她的意思，我说的全是真心话。这样吧，现在咱俩调换一下，我是说，当有一天一个女人突然出现在你家，哦，我也开始"突然"了，刚才我说了，谁知道他们为了这个"突然"准备了多久。那个女人穿着红色的方口皮鞋，两条白嫩光洁颀长的腿比少女的还要令人心动。她穿着热裤还是短裙，我不敢确定，但上衣绝对是一件宽松的缩腰 T 恤，有点蝙蝠衫的意思，但不是那种老土的样子，这件上衣款式很新，任何女人穿上都会产生青春感，尤其是你妈那种身材好的女人。她披着长发，上帝啊，还让头发侧到一边。这样的女人，出现在你家，你又躲在衣柜里，你做何感想？你不是非得躲起来，也不是有意要藏起来，你是被逼的，他们突然开门进来，你又措手不及，而你又不想面对那种尴尬，你只能躲起来。而他们又完全没想到一个十几岁的孩子藏在衣柜里，他们认为只有六七岁的孩子才会干那种事。我通过柜门的缝隙有一眼没一眼地看他们，那个女人开始脱鞋，露出两只玲珑的脚。小屁孩，你知道吗，以后你要赞美一个女人的脚一定要用"玲珑"，只有"玲珑"才能包含美脚的灵动、秀美和剔透。她开口问自己该穿哪双拖鞋。我能看到她的表情，她有一点大方，还有一点羞涩。男主人站在旁边，说："穿什么穿，我觉得什么鞋穿到你脚上都是多余。"女人稍稍愣了一下，当她反应过来男主人是在夸自己的脚时，她的脸就变得柔美了。她说："那我就……光着？""除非你不想让我看着它。"男人说。你听听，他们得有多长时间的磨合才能有这种默契啊。一个男人，如果不是在相当熟悉的女人面前，哪敢这么说话。男人的眼睛一直没有离开女人，他盯着女人看。女人嘴角一翘，笑了。她转身，背手，用一只脚像伸入溪水中一样，向前探出一步，然后，一个弹跳扑向男人。我看着她像燕子一样轻盈落地，他把她接住了。然后她说："谢谢"。他们简直就像在无人之地。我真为我妈大叫不平，也为她感到耻辱，她为什么就不能脱去自己身上那身长衫呢,她可真笨,另一个女人都登堂入室了,她却去外地考察什么茶园。而我呢,我本该去参加同学生日派对的。小屁孩,其实根本没有什么生日派对,我只是撒谎,我经常撒谎,这你是知道的。呵呵,说不定我讲这一大段也是在撒谎。我只是一个在家无聊,编这个故事让你多陪我一会儿。不过,听起来还有点意思吧。我继续讲……哦,我突然不想讲了,突然觉得好没意思。我这样说吧,他们在客厅聊了一会儿,假模假样吃了几片水果,然后就进了卧室。他们没有关上卧室的门,但我看不到,后来我就听到那个女人说:"你这不是好好的嘛!"接着是我爸的声音,他说:"我也不知道是为什么。"大热天的啊,小屁孩儿,他们连空调都不开,无论他们脱或没脱衣服,最终他们都得去冲澡。你听懂了吗?小屁孩……这回你就明白我为什么要去掏地漏了。你能想象当时的情景吗,我蜷在衣柜里,听着那女人像专业抚慰医生一样安抚她的病人。可我爸是一个病人吗?他其实只是一个用蜡将自己封起来的人,他遇到了那个点燃蜡烛的人,他开始融化了。真是太可怕了!我浑身发抖,双手冒汗。我要疯了,我想杀人,我想冲出去将他们拍成视频传到网上,我绝对干得出来。可那一刻,我想到了你。如果我那么干,我要的不是他们的命,而是你的命。米罗,你该猜到了,那个女人就是你妈,你妈!这下该轮到你疯了吧!问题是,你妈根本不觉得那算什么事,她把它当作了高尚,她在帮我爸,就像高尚的医生对待她的病人。说实话,我没有听到他们脱衣服和穿衣服的声音,但他们先后去冲了澡。这就是成人世界!你以为你我长大后,能逃出这样的世界吗?所以……我还是想哭。这次我可真要哭了。你信我哭吗?

米罗:不信。

彭波:你看看,我有多可怜,连哭都没人信。你现在过来吧,小屁孩儿,其实你也是可怜虫。你到我家来吧,我们可以抱头痛哭。

(我被她的话吓蒙了,我想跟她说:"彭波,你现在去卫生间照照镜子吧。你疯了,彭波!")

彭波:我疯了吗?可我觉得我再没有比现在更清醒了!我要疯了,也是他们的装腔作势把我逼疯了,也是你的胆小怯事把我气疯了。如果有一天,米罗,我突然消失,你会伤心吗?还是庆幸总算脱出了魔掌?你这根豆芽菜,就慢慢长吧!你会变成你爸的,也有可能变成你妈。但无论变成谁,我都不喜欢。我讨厌成年人,一想到我也会变成成年人,我就想死。

米罗:彭波,咱能不能别总这么吓人!

彭波:我吓你了吗,小屁孩儿?那是你受的说教太多了,被那些充满谎言的书骗得太深了,那些头头是道的说教,那些乱如麻团的道理,让你变得越来越愚蠢。你不觉得人类正在倒退吗,那几个少数精英代表不了人类,他们只能用自己的聪明让其他人变成傻瓜。我告诉你,如果有一天你突然听到我死了,那我就是被愚蠢害死了,愚蠢谋杀了我。

　　米罗:难道就不能没有那个"如果"?

　　彭波:有啊。那就是爱。至少我理解的爱可以让愚蠢不那么凶残。可是我没有,米罗,你爱我吗? 可惜你连爱是什么都不知道。其实我也不知道,大概也没有人会知道。如果有人知道的话,我爸我妈也就不会把我单独留在家里,我也不会变成现在这个样子了。我讨厌自己。

　　米罗:可你就是你啊,你干吗做别人?

　　彭波:你说的也是。我不做我,我还能做谁呢? 像你妈那样? 一个从来不会撒娇,还振振有词的女人。而我妈呢? 一个从来不会不撒娇,总把柔弱(多数是装的)当美丽的女人。我妈就是个戏子,哦,她本来就是戏子,她没有观众,我爸从不看她,哪怕当小丑也不看。可她看重自己,看重自己的形象。告诉你一个可怕的秘密——我都没见过我妈卸妆后的样子。我爸一定也没见过。我妈总是化妆后才走出房间,即便她称我宝贝,在人前麻酥酥地亲我,唇上也要涂上口红。有一次我下定决心要看到她的真容,半夜我偷偷溜进她房间,却发现,她就是躺在床上,也化着妆。她就是这样一个女人,她从不认为自己在演戏,她认为生活就该如此,没有装饰不注意形象是对别人不尊重。因此,无论在哪里,她都有很多仰慕者,人们喜欢装模作样的人,因为装模作样的人给人看到的总是自己美丽的一面。同时,我妈又特别喜欢那种蜂拥的感觉,这点是不是和你爸很像,作家也喜欢被簇拥的感觉吧。所以他们有不少相似之处。有人说那是虚荣心,其实不是,他们那是真心喜欢。我不知道你爸在你心中是什么形象,但在我妈心中,他可是一个真实、可信又令人同情的人。我搞不明白她为什么觉得你爸好,是出于对我爸或你妈的报复吗,至少有一些这样的成分。她说,她是你爸很多小说的第一读者。我相信你妈都不一定是。她说,她很了解也很理解你爸,当然是通过那些文字。于是,她像我对你那样对你爸好。她经常说,你妈不该那样对待你爸。可你妈对你爸做了什么,她应该不知道吧! 米罗,大人们就这么可笑,就这么自以为是。

　　后来,彭波又提到死,威胁我,如果我不去,她就死,马上死。我有点害怕。我跟她说,如果她再说死,我就联系她妈。彭波在那边呵呵呵笑,说:"那就让我妈为我收尸吧。"说完,她就下线了。我不知道该怎么办,就留了言,答应去她家。可她没有回复。她知道我在骗她,她知道我百分百不会去。

　　吃饭的时候,我把彭波的情况跟我爸我妈说了。我妈说:"不会有事的。"我爸也说:"现在的孩子孤单,和米罗闹着玩,不是没可能。"可我真的担心彭波。彭波的那些话八成是真的,她想死的心也是真的。我闷闷地吃饭。我妈又开始追究我爸的吃饭细节,说我爸就是看在自己健康的份上,也该细嚼慢咽,总是那么急匆匆的,老像去赶火车! 我爸又是唉声叹气。我妈就不高兴了,说:"咋,我又冤枉你了?"

　　"没有,没有。你永远不会冤枉人,你哪能冤枉人呢!"

他们的火药味越来越浓。我就想，如果彭波在我们家，会不会也会产生另一种"受够了"的感觉。

"别嫌我整天看你不顺眼。你自己要做不到雅致一些，写出来的文字也雅致不了！"我妈搬出一堆的民国文人，胡适、林语堂、郁达夫、梁实秋、沈从文等。我爸就笑，他说："哪跟哪，能比吗，能比得了吗？就现在……"

他们又开始争论，什么教育的目的是为了社会化，社会化的基础是合作、互爱和和谐。什么教育不应该功利和奴化，也不该以高尚的名义给孩子纳粹式的灌输。我爸讲，人类命运共同体的提法很伟大，支撑共同体的应该是互尊互敬互爱，而不是你死我活的竞争与敌对。我嫌他们烦，便回自己房间了。毕竟离高考没几天了，我想不了那么多，也管不了那么多，我拯救不了山川、湖泊、草木、花鸟，我只能尽可能做好眼下的事情——争取考上一所好大学。

但是，一晚上我都在担心，如果彭波真要想不开，她要那样了，那不是说她的人生还没开启就已经结束了吗？她怎么能这样呢，我相信每个人生下来都是有使命的，我们至少应该坚持一下，再往前走走看再说！我奇怪彭波老去思考那些哲学命题，"你在干嘛？""你干这些事有什么意义？如果有意义，那是对谁有意义呢？"如果老是那样，那我们的出路，也就只能是《都灵之马》里的那匹马了。难道这就是我和彭波的不同之处吗？她总叫我小屁孩儿，小屁孩儿，难道是她真的看清了一切，看透了一切吗？那么，她说的一句"活够了"是什么意思？一种宣誓，一种示威？她真要那么干吗？我搞不懂，真搞不懂了。我默默祈祷，但愿彭波只是说一说，千万别出事。

临睡前，我还在心里和彭波说："我承认我确实是小屁孩儿。可你也不是什么大人。即便你是大人，你知道人生就像一列快车，那有什么关系呢，你要有本事，你去做那只狐狸。"

这个黑色笔记本，写到这里，就完了。能看得出，接下来他还会写，就是说，米罗应该有另外一本笔记，米海西和罗素兰就又翻米罗的房间，但没有找到。他们只能推测米罗把笔记本带到了学校。但眼前这个黑色笔记本，就让他们一时间缓不过神儿来。好一阵子后，罗素兰慢腾腾地问丈夫米海西，那只狐狸，儿子说的那只狐狸，儿子让彭波做一只狐狸，是什么意思。

"《小王子》里有一只狐狸。狐狸要小王子驯养它。"米海西说。

"哦……"罗素兰拖着长长的音。

米海西猜罗素兰一定会去看那本《小王子》，哪怕是为了儿子，她也会看那只狐狸说了什么。那个下午，连着晚上，他们在儿子的电脑里一起看了《都灵之马》。片子很长，但他们看得很认真。结束后，两人谁也没说什么。他们无话可说，却同时觉得，仿佛离对方的心近了一大截儿。

后来的一天晚上，他们到小区里散步。在晕晕的灯光下，他们沿着弯弯曲曲的小路走了八圈,却意外发现两人没有像以前那样,因为走六圈还是七圈而争吵。走完第九圈后,他们在路过小区幼儿园时停下来,罗素兰抓住栅栏,突然一个翻身爬过矮墙跳了进去,米海西先是一怔,接着也翻了进去。他们在夜色中一前一后穿过草坪,跑到孩子们的游乐场。他们滑滑梯,骑木马,跳蹦蹦床。这时,一个中年男人向他们走去。他既不是保安,也不是看门房的,只是一个路人。那人隔着栅栏问他们:"你们在干吗?"

罗素兰不回答,米海西也不回答,两人只是趴在蹦床上,屏声静气。

"都那么大了,有意思吗?"

他们俩相互看看对方,还是不吭声。那人觉得没意思,也就走了。

"你觉着有意思吗,米海西?"罗素兰低声问米海西。

"你自己觉着有意思吗,罗素兰?"米海西。

"多少应该有点吧!"

罗素兰嗤嗤笑。米海西也嗤嗤笑。

"在想什么呢?你是想着要逃吧,你一直都想逃。"罗素兰说。

"然后把你丢在这里?"

"是啊,你不是一直这么想吗?"

"我要是那样,那我也太缺德了。"米海西说。

"那你在想什么?"

"我想做那只狐狸。"米海西说。

"哪只?哦,《小王子》里的那只。那不行,就算轮,这次也轮到我了。"罗素兰说。

于是,他们躺在蹦床上为谁来做那只狐狸开始辩论。罗素兰说自己累了,真想找个人驯养自己。米海西说,那个"驯养"啊,只是形式,它真实的意思是"感情投入"。罗素兰就笑笑,觉得米海西这块死不开窍的石头终于开窍了。她把丈夫拉到身边,悄声告诉他,她没做过对不起他的事,一次都没有。米海西说自己也没有。

夜深了。旁边的楼房上,还有几个窗亮着暖暖的灯。罗素兰问米海西:"你说,他们那些夫妻,在干吗?"米海西并没有回答。但他们心里都知道,那些夫妻,不是在拥抱,就是在吵架。

(完)

2018 年 1 月　定稿于太原